ZANZÍBAR POT ESPERAR

XAVIER MORET

ZANZÍBAR POT ESPERAR

MAX RIERA, DETECTIU ALTERNATIU

COLUMNA

COL·LECCIÓ CLÀSSICA
PRIMERA EDICIÓ: FEBRER DEL 2002
PROJECTE GRÀFIC: COLUMNA COMUNICACIÓ, S.A.

CARRER PROVENÇA, 260 - 08008 BARCELONA
ISBN: 84-664-0203-9
DIPÒSIT LEGAL: B. 7.101-2002
IMPRÈS A: HUROPE, S. L.
CARRER LIMA, 3 BIS - 08030 BARCELONA

A la Maria, que als seus 18 anys
ja sap que algun dia anirà a Zanzíbar.

1

—¿T'HE PARLAT MAI DE ZANZÍBAR? —LI VAIG preguntar al Roc amb els ulls emboirats per l'alcohol.

—Centenars de vegades, Max —va esbufegar—. O, millor dit: milers, milers de vegades...

Érem en un bar. Al de sempre, suposo. O no. Devíem ser al Jamboree, a la plaça Reial. Almenys quan hi penso em sembla sentir de lluny un fil de música de jazz. Un piano que dibuixa un agradable fons de color blau cel, un saxo que esquitxa d'un roig intens l'aire ple de fum i una bateria que ho lliga tot amb una salsa multicolor. Bona música, bon ambient. Anàvem pel tercer whisky i, no sé per què, probablement pel porro que ens acabàvem de fumar, vaig pensar en Zanzíbar. Va ser com si de sobte es corregués davant meu una imaginària cortina de vellut, els llums s'anessin apagant molt a poc a poc i es projectés, en pantalla gegant, una pel·lícula sobre les meravelles d'aquell paradís africà. En Cinemascope, per descomptat. Posats a somiar, no m'hi poso per poc.

—¿T'he parlat mai de les platges de sorra blanca de l'illa, de l'aigua de color blau turquesa i de l'ombra acollidora de les palmeres? —vaig insistir.

—Sí, Max, me n'has parlat... —va contestar ell en un to cansat.

—¿I de la Ciutat de Pedra?

—Sí, Max —va dir i, com si recités una lletania, va afegir arrossegant la veu—: I també dels seus palaus orientals, dels carrers estrets, de les increïbles postes de sol, de les barques de vela mediterrània, de l'olor d'espècies que omple l'aire, de... —va fer una pausa i va somriure—. M'ho has explicat tot de Zanzíbar, estimat Max. Tot. Portes anys parlant-me d'aquesta illa i el que més em sorprèn és que no sembla que te n'hagis de cansar mai.

Vaig riure. Feia dies que no ens vèiem amb el Roc. Feina, problemes, noses, compromisos... Tot semblava haver-se aliat per fer saltar pels aires les nostres trobades habituals. Ni tan sols l'atzar ens havia fet coincidir al bar del Cipri. «Tot va com sempre», m'havia resumit ell d'entrada, en el to de qui admet que la vida ha entrat en una perillosa i avorrida monotonia. Després, ja ben avançada la nit, jo m'havia posat a parlar de la meva illa preferida.

—¿T'he parlat mai de Zanzíbar? —li havia preguntat.

—Centenars de vegades, Max —va esbufegar.

...

M'encanta Zanzíbar. Hi ha qui diu que em faig pesat de tant parlar-ne, però què hi puc fer... És com el meu refugi mental, l'illa-paradís on les dificultats s'esfumen com per art de màgia; no sé ben bé per què, però els problemes semblen incompatibles amb les platges de palmeres i sorra blanca. Me'n vaig enamorar abans que res pel nom. Zanzíbar. Zan-zi-bar. Zanzíbar... Hi ha paraules màgiques, com Zanzíbar, Tombuctú, Madagascar o Samarkanda, que tenen el poder d'evocar per elles mateixes paisatges exòtics i plens d'encant. No cal anar-hi per saber que amaguen paradisos on és més fàcil ser feliç.

Zanzíbar...

Fa més de quinze anys, des que el Nani Verdés me'n va parlar per primer cop, que somio en Zanzíbar. Si ara mateix tanco els ulls, no em costa gens tornar a veure al Nani aquella llunyana nit de principis dels setanta en què em va anunciar la bona nova. L'ambientació és important: barra del Zeleste, porro als llavis, gin-tònic a la mà, equilibri precari, parlar arrossegat, cabells llargs i ulls petits d'haver fumat massa... El Sisa cantava «El setè cel» i «La chica de Hawaii» i no costava gaire endevinar que havíem begut més del compte. Anàvem bastant carregats, la veritat. Són imatges que et queden: les cortines de vellut vermell, la sala fosca, la barra il·luminada, els porros encesos, els llums en forma de piràmide a les taules i el Sisa fent-se el desmenjat dalt de l'escenari. El Nani i jo vam estar parlant durant hores dels nostres temes preferits, «els quatre clàssics» que en dèiem: dones, música, llibres i viatges. Sempre el mateix. La conversa eterna. Quan ja havíem saltat d'*A la carretera* de Kerouac a *El llop estepari* de Hesse, del disc de la vaca dels Pink Floyd a l'*American Beauty* dels Grateful Dead, i de les platges de Formentera a l'Amanda, una argentina d'ulls negres i cos perfecte que ens posava a tots a cent..., quan la conversa ja estava més que xopa d'alcohol i amenaçava de naufragar en un mar de disbarats, el Nani va abaixar la veu i amb aire de conspirador d'opereta em va xiuxiuejar a cau d'orella: «Els viatgers com déu mana van a Zanzíbar, Max». «¿Zanzíbar?», vaig repetir, sorprès. Era la primera vegada que en sentia a parlar, però em va encantar com sonava. Zan-zi-bar. Com una fuetada a la sorra, com un eco de *Les mil i una nits*, com escenari d'una possible aventura del Corto Maltès. Però, ¿i el Nepal? ¿i Formentera? ¿i les platges de Creta? ¿i Ketama?..., vaig objectar, recorrent a les rutes mítiques del hippisme, a les dèries d'aleshores. El Nani, però, un d'aquests comptats viatgers purs que sempre van més enllà, va sacsejar el cap amb un somriure d'il·luminat. «Zanzíbar és el paradís, Max», va insistir. «Creu-me. És l'últim secret...»

Me'l vaig creure, per descomptat. Un home rarament menteix a la barra d'un bar. O potser sí, però al Nani me l'havia de creure aquella nit. Portava molts anys viatjant i havia estat a tot arreu: al Nepal, a l'Índia, a l'Afganistan, al Cap Nord, a l'Amazones... Havia viscut a Eivissa, a Creta i a Goa, que era com dir que havia fet un màster en hippisme. Si algú em podia recomanar un lloc on valia la pena anar era ell, l'home que havia entès a temps que viatjar era el millor remei contra la fossilització, l'amic que desapareixia sovint a la recerca de paradisos perduts, a la recerca, en definitiva, d'ell mateix, d'un viatge interior que no semblava tenir final.

Vaig deixar de banda els records i vaig tornar a aterrar a l'ambient carregat de fum i de música del Jamboree.

—¿Què en saps del Nani? —li vaig preguntar al Roc.

—¿Del Nani? —el Roc va encongir la mirada, sorprès—. ¿Del Nani Verdés?

—El mateix.

—¿A què ve això ara, Max? —va obrir els braços com si volgués abraçar la mesura de la seva sorpresa—. Però si fa mil anys que va desaparèixer...

—Ja, però...

—Però, ¿què?

—¿On creus que deu ser?

—Pots comptar... —va fer petar la llengua—. Es deu haver mort d'una sobredosi, o de sida, tirat en algun racó infecte del tercer món.

L'etern «optimisme» del Roc tornava a fer aparició.

—Jo prefereixo pensar que ha trobat un lloc meravellós on ha decidit plantar-se i que és feliç lluny de Barcelona —vaig dir.

—Max... —el Roc va sacsejar el cap—. Mai no n'aprendràs. T'he dit mil vegades que els paradisos no existeixen, almenys en aquest món...

—No n'estiguis tan segur.

El Roc va riure per tota resposta i va fer un glop de whisky. Després, va canviar de tema i em va preguntar per l'Alba.

—És a l'Empordà —li vaig explicar—. Està acabant una escenografia per a una obra de teatre. Diu que a Barcelona no es pot concentrar.

—¿Quant fa que hi és?

—Uns quinze dies.

—I tu no l'has acompanyat, és clar... —va somriure, murri.

—A mi no se m'hi ha perdut res al camp —vaig al·legar—. Ella és feliç mentre veu com creixen les verdures de l'hort i com van passant les orenetes i els turistes de temporada, però jo sóc un animal cent per cent urbà. Ja ho saps, Roc. No sabria viure lluny de la plaça Reial.

—Ja...

Va deixar anar un altre cop el somriure murri.

—¿Què vols dir amb aquest «ja»? —li vaig preguntar, picat.

—Vull dir que tu rai, Max. Qui tingués com tu una dona artista... —em va donar un copet amistós a l'esquena i es va posar en pla histriònic, fent tot un mostrari de gestos exagerats—. Ella allà, inspirant-se i pintant, i tu aquí, tot solet. No saps la pena que em fas, Max... T'ho pots muntar amb qui vulguis i quan vulguis.

A vegades penso que el Roc veu la vida com una novel·la on l'argument principal consisteix a crear-se un món paral·lel amb les condicions ideals per poder fer el salt a la dona. Ell és així. Qualsevol cosa que facis, qualsevol cosa que li expliquis, qualsevol cosa que vegi, la interpreta sempre en clau sexual.

—¿Que no estàs bé amb l'Anna? —li vaig preguntar.

—Sí, però...

No va dir res més. «Sí, però...» Va deixar penjada la continuació. Parlava més o menys com sempre —mig irònic, mig fatxenda—, però a mi no m'enganyava. Era evident que alguna cosa l'amoïnava. Feia molts anys que coneixia el Roc, una eternitat. Havíem viscut plegats en una comuna a Formentera i havíem compartit pis d'estudiants, o del que fos, a Barcelona. Amb els anys, però, ell s'havia sabut reciclar cap al periodisme, mentre que jo, tal com a ell li agradava repetir de tant en tant, continuava instal·lat «en una eterna nostàlgia del hippisme». El coneixia molt bé al Roc, tan bé que no em podia enganyar. Per molt que es volgués fer el simpàtic aquella nit, per molt que volgués actuar com el Roc de sempre, estava clar que tenia el cap a una altra banda.

—¿Què et passa, Roc? —li vaig engegar directament.

—¿A mi? —es va fer el sorprès, com si els problemes i ell fossin incompatibles—. Res, ¿per què?

—No ets el de sempre.

—¿Ah, no? —va fer una rialleta de conill—. Doncs ja em diràs qui sóc... ¿Potser el Bogart?

—¿Tens problemes amb l'Anna? —vaig insistir, burxant-lo.

—Estem millor que mai.

—Doncs, llavors és que passa alguna cosa al diari o que ja no se t'aixeca.

El Roc, tocat per l'última pregunta, la que posava en dubte les seves prestacions sexuals, es va incorporar a la cadira, va fer un glop de whisky més llarg de l'habitual i per fi ho va treure.

—Mira, aquesta nit estic de guàrdia... —va començar a dir.

—¿De guàrdia al Jamboree? —vaig riure.

—No te'n fotis, Max, que ho he fet per tu —em va parar els peus amb una mirada incisiva—. Em tocava estar de guàrdia al diari, però quan m'has trucat per anar a fer una copa he pensat que no et podia deixar tirat i...

—Que bo que ets, Roc... —vaig somriure amb una falsa admiració—. No saps com t'ho agraeixo, sempre sacrificant-te pels amics.

—Vés rient tu, vés rient... —va remugar—. Total, que he deixat un becari al diari, m'he endut el mòbil i li he dit que em truqués si passava alguna cosa.

—¿I on és el problema? Si no et truca vol dir que anem bé.

—El problema és que el becari que hi ha avui és un mitja merda amb ínfules que no té ni puta idea de res —era evident que el Roc s'anava carregant per moments—. Començo a pensar que ni tan sols sap marcar un puto número de telèfon.

Vaig riure: em feia gràcia veure el mar de contradiccions en què es debatia el Roc. D'una banda, s'estava prenent whiskies amb mi i es volia mostrar passota i despreocupat, com en els vells temps. De l'altra, sabia que era «responsable» del que pogués passar al diari, i allò el neguitejava. Després d'uns instants d'intens debat intern, va acabar guanyant la segona opció: el Roc va desenfundar el mòbil, va renegar per dintre i va marcar el número del diari.

—Sóc el Roc Duran —va dir, procurant emmascarar la veu, massa xopa d'alcohol—. ¿Tot va bé?

Va escoltar les explicacions del becari amb gest preocupat i va bramar:

—Un incendi! ¿Un incendi a Gràcia? ¿I es pot saber per què no m'has trucat? —estava vermell d'indignació—. No facis res, que ara mateix vinc!

Es va posar l'americana d'una revolada, va deixar uns quants bitllets sobre la taula —«gràcies, Roc, gràcies»— i em va explicar la magnitud de la tragèdia:

—S'està cremant una casa okupa a Gràcia. Me'n vaig pitant al diari. ¿Què et deia jo? No et pots fiar de ningú! —parlava atabalat, menjant-se les paraules—. Diu el mocós del becari que no m'ha trucat perquè es creia que no era important. No sé què collons els ensenyen a la facultat.

Ja havia fet un parell de passos cap a la porta quan va tornar enrere, com si es deixés alguna cosa.

—Me n'oblidava, Max... —va dir apuntant-me amb el dit—. Ets un farsant.

—¿A què ve això ara?

—Ho saps perfectament: mai no has estat a Zanzíbar.

Vaig somriure mentre mirava com se n'anava. El Roc era un cabronàs, però tenia raó. Havia intentat mil vegades anar a Zanzíbar, fins i tot havia arribat, com aquell que diu, a tenir un peu a l'escaleta de l'avió, però per un motiu o altre me n'havia quedat sempre amb les ganes. Devia ser per culpa del meu karma, del meu destí o del que fos. Ho sabia tot de l'illa, l'havia buscat en tota mena de mapes, havia llegit tots els llibres que en parlaven, m'havia après de memòria els seus racons privilegiats, havia vist documentals sobre les seves platges paradisíaques i l'havia dibuixat incomptables vegades —les palmeres, la platja, la sorra, les cases, la gent...—, però no hi havia estat mai. Era el somni pendent, el viatge mil vegades previst i sempre ajornat. Tots els meus camins portaven a Zanzíbar, però la meva eterna misèria econòmica s'havia encarregat de boicotejar el viatge.

—Algun dia hi aniré —vaig murmurar per mi mateix—. Ja ho veuràs, Roc, ja ho veuràs...

2

FEIA ESTONA QUE EL TIMBRE SONAVA D'UNA MANERA INSISTENT, burxaorelles, com si volgués esbotzar fins a l'última barricada d'una son tossuda. M'havia tapat el cap amb el coixí, confiant que el torrafaves de torn es cansaria, però vaig ser jo qui es va acabar rendint. Vaig posar els peus a la fredor del terra i vaig anar a obrir la porta mig adormit, remugant tota una col·lecció de renecs i d'insults i disposat a engegar a qui fos als inferns més terribles, però em vaig haver de mossegar la llengua. Era l'Alba.

—Hòstia, Max! —em va saludar amb un retret—. ¿Que saps quina hora és?!

—Ni idea —em vaig passar la mà per la cara per treure-me'n les teranyines—. ¿Per què ho vols saber? ¿Has perdut el rellotge?

No li va agradar la pregunta. Va entrar cap al menjador amb pas decidit, va buidar tot l'aire dels pulmons en un esbufec llarguíssim i, sacsejant el cap de banda a banda, em va dir:

—Es podria enfonsar el món que a tu et seria ben igual, Max. Vas a la teva, sempre a la teva, i als altres que els bombin...

Vaig donar una ullada al rellotge de paret: eren les dotze del migdia, una hora com qualsevol altra. ¿De què es queixava? ¿A què venia aquell numeret?

—Fa hores que t'estic intentant trucar, Max —em va etzibar amb un somriure cent per cent fals—. Hores!

—No he sentit el telèfon... —vaig al·legar en defensa pròpia.

Va ser just dir la paraula «telèfon» que tots dos, de manera instintiva, vam mirar cap a l'aparell. Merda. Era allà, a la tauleta de sempre, a tocar del sofà, però amb un petit detall que no l'afavoria gens ni mica: l'auricular, despenjat, jeia com un cadàver estès entre els coixins.

—¿I com volies sentir-lo si el tens despenjat? —l'Alba el va penjar d'un cop sec—. I per postres has posat la balda i no he pogut obrir la porta... Bé, aniré al gra —va inspirar fort—. El Tomàs ha desaparegut.

—¿I això és dolent? —vaig preguntar amb un somriure maliciós.

A mi, si haig de ser franc, em semblava una notícia collonuda. Volia dir que no hauria d'aguantar els rotllos inacabables del Tomàs Miralles, ni els seus consells d'expert sobre la conveniència de fer-me un pla de pensions, ni la seva eterna i absurda preocupació sobre les hipoteques i el preu del diner... Si el pesat del meu cunyat havia desaparegut, l'únic que se m'acudia era destapar una ampolla de xampany i posar-me a brindar i a ballar fins a la matinada per donar gràcies a tots els déus.

—Max, Max, Max... —va repetir l'Alba marcant un clar *in crescendo*—. No és moment per fer conya. La Clàudia està feta pols.

Tampoc allò era una mala notícia. Era el mínim que es mereixia la germana de l'Alba, una dona avorrida i pretensiosa que sospirava per canviar-se el parquet de casa com a mínim un cop l'any, per anar a la perruqueria dia sí dia no i per sortir retratada a les pàgines de l'*Hola*. Però era més que evident que l'Alba i jo manteníem el que se'n diu punts de vista clarament oposats sobre aquell tema. La veritat, si haig de ser franc, i no veig per què no ho hauria de ser, és que em costava seguir-la aquell matí. Ella anava com una moto i jo encara estava mirant de situar-me, d'esbrinar coses tan elementals com, per exemple, en quin planeta vivia. M'agrada començar el dia d'una manera endreçada, sense pressa. Una visita al lavabo, una pixadeta, una mirada al mirall, una passada de pinta, preparar el cafè amb llet, rosegar una magdalena... Tot suau, al ritme d'una cançó dels Grateful Dead. Un cop enllestit el ritual de l'esmorzar, ve el millor moment: m'assec prop de la finestra mentre fumo el primer porro del dia i escombro amb la mirada la plaça Reial per comprovar que tot és al seu lloc: les palmeres, la font, els arcs, els turistes, els pispes, els desvagats, els cambrers, els ionquis, la bòfia... Però aquell dia el show hiperactiu de l'Alba m'estava trencant tots els esquemes.

—El Tomàs ha desaparegut i saps molt bé que això no és normal, Max —va continuar, sense perdre ni un gram dels seus nervis—. Si et passés a tu o al Roc, no m'amoïnaria gens ni mica. Al contrari —va riure, com si allò fos una bona notícia—. L'estrany és que no desaparegueu més sovint... Però, ¿ell, el Tomàs?

—¿No pot ser un dels numerets de la teva germaneta? —vaig dir, acostumat a les falses alarmes de la Clàudia, una histèrica capaç de trucar a la policia, al Tribunal Suprem i al Papa perquè no trobava la sucrera o perquè els nens havien desendreçat l'habitació.

—Aquesta vegada, no, Max. El Tomàs no ha anat a dormir a casa i ningú sap on para.

—Potser té una amant —vaig aventurar, divertit davant la perspectiva.

—Max, sisplau...

—No seria el primer a dur una doble vida —vaig continuar—. Com si ho veiés. Va anar a fer un polvet al vespre, es va quedar adormit, se li va passar l'hora i ara està acollonit i no sap com arreglar-ho.

—Max, que estem parlant del Tomàs.

Vaig baixar del núvol. La meva especulació era, en efecte, pur deliri si teníem en compte que es tractava del Tomàs, un avorrit crònic que feia de la puntualitat el seu valor més sagrat.

Vaig lligar un porro mentre fingia que escoltava atentament les explicacions sobre la desaparició del Tomàs. Quan l'Alba va aturar la xerrameca, vaig posar cara d'entendre el problema i, després de fer unes quantes pipades, li vaig preguntar què podia fer jo.

—Vull que m'acompanyis a veure la Clàudia —em va implorar—. L'he deixat a casa embotida de calmants i...

—¿És absolutament necessari? —vaig posar cara de gos abandonat. No podia haver-hi res al món que em vingués menys de gust.

—Està sola, s'ho passa malament i casualment sóc la seva única germana. ¿Què vols que faci la pobra?

—Doncs, que s'escarxofi al sofà, es posi el vídeo de *Pretty Woman* i s'afarti de bombons... És el que acostuma a fer quan té problemes, ¿no?

—No siguis animal, Max —l'Alba va posar els ulls en blanc—. Ho va fer durant un temps per superar la depressió, però ja ho ha deixat. Vinga, anem.

—No em va gens bé, Alba, de debò —vaig iniciar una protesta poc estructurada—. Haig d'acabar uns dibuixos de Zanzíbar just avui i... a més, ¿què hi pintaria jo allà?

—Li faries companyia, que és el que més necessita.

—Ho sento, però no. De veritat que no puc. Tinc molta feina i...

—Max... ¿Estaves dormint com un tronc a les dotze del migdia i em vols fer creure que tens una feina urgent?

Un parat crònic com jo mai ha d'esgrimir com a excusa que té coses a fer. Resulta poc creïble, encara que hi havia alguna cosa de cert en el que deia. Havia estat somiant en Zanzíbar i tenia ganes de dibuixar platges amb palmeres, palaus orientals, carrers laberíntics, dones de pell fosca, postes de sol...

—Zanzíbar pot esperar —va dictaminar l'Alba—. Fa tants anys que me'n parles que estic segura que no vindrà d'un dia.

Mentre baixava les escales vaig pensar que la vida és a vegades massa cruel. Et despertes flotant en un paradís exòtic on estan prohibits els problemes i l'única proposta de viatge que reps quan et lleves és la d'anar en metro a veure una bleda amb un atac d'histèria. Injustícies urbanes.

3

ERA L'HORA DE LES GUITARRES I LES PALMES QUAN VAM sortir a la plaça. Un gitano alt i prim —rostre xuclat, cos de ballarí i cabell negre i arrissat, llarguíssim— tocava amb poca traça al ritme que li marcaven les palmes de quatre amics asseguts en un banc, els culs al respatller i els peus al seient. Sonava fatal, però estaven embalats i no semblava que els importés gaire. Uns quants turistes se'ls miraven embadalits i els feien fotos. La caixa tancada de la plaça Reial feia que tot plegat ressonés com si hi hagués desenes de guitarres. Vaig pensar que, al cap i a la fi, era millor allò que la bogeria dels bongueros, capaços de passar-se hores i hores atacant un ritme monòton i eixordador. Ho anava a comentar a l'Alba, però em vaig adonar a temps que no estava per orgues. Va passar pel costat de la font sense ni veure-la i va enfilar cap a la Rambla a pas accelerat.

Vam pujar al metro a l'estació de Liceu i vam baixar a la de Diagonal. A la sortida, vam caminar a pas lleuger fins al pis de l'honorable matrimoni format per Clàudia Noguera i Tomàs Miralles. La Clàudia ens va obrir la porta feta un moc. Més o menys com sempre, encara que aquesta vegada hi havia algunes novetats a tenir en compte: maquillatge corregut, nas vermell, ulls entelats i cara inflada. Un horror, en definitiva. Vestia a més una llarga samarreta blanca amb un cor de pedreria vermella travessat per una fletxa daurada, uns pantalons de xandall de color rosa que la feien encara més grassa del que era i unes sabatilles de borla de color blau cel. Si anava així cada dia per casa, era comprensible que el Tomàs s'hagués fugat el més lluny possible.

Quan la Clàudia va veure l'Alba —a mi no em va fer ni cas; tinc la virtut de ser invisible per a ella—, va deformar el rostre en una ganyota penosa, va connectar els lacrimals a la màxima potència i la va abraçar com si s'hagués d'acabar el món d'un moment a l'altre i ella fos el seu únic suport.

—El Tomàs, el meu pobre Tomàs... —repetia desconsoladament.

I jo allà, palplantat, sense saber què fer, reprimint les ganes de destrossar un gerro pseudoxinès de formes recargolades que semblava escapat directament de la fira dels horrors.

—Passeu, passeu... —ens va dir després d'uns minuts d'actuació de vídua desconsolada—. Perdoneu si no dallò, però és que en l'estat en què em trobo...

—Si prefereixes que marxem... —vaig intervenir, però l'únic que vaig aconseguir va ser una altra mirada de censura de l'Alba.

Un cop a la sala —decorada amb un gust digne de figurar a qualsevol manual del kitsch, amb un immens sofà vermell, un parell de quadres que representaven cavalls alats, un prestatge ple de figuretes de Lladró i un televisor de cinquanta mil polzades— vaig confirmar les meves sospites sobre el desconsol relatiu de la Clàudia. En record dels seus vells temps depressius, que estava segur que mai havia acabat de superar, tenia un vídeo posat —*Pretty Woman*, en la seqüència de les compres per Rodeo Drive— i una capsa de bombons gairebé buida al davant.

—Seré una tonta, però és que m'anima tant aquesta pel·lícula... —va murmurar entre plors mentre s'enfonsava al sofà—. És tan, tan... tan positiva.

Conclusió: efectivament, era una tonta.

Vaig optar per mantenir-me en un prudent segon terme mentre la bleda de la Clàudia —mocador rebregat a la mà, veu trencada i plor incontrolat— ho vomitava tot a l'Alba, amb pèls, senyals, morbo i dosis de melodrama a raig. No tenia gens de ganes d'intervenir. Al contrari, l'únic que em venia de gust era escapar com més aviat millor d'aquell univers horripilant, perdre de vista els quadres de cavalls alats i les figuretes de pallassos enamorats, escombriaires feliços, pagesos honrats, futbolistes alegres i altres degeneracions paralitzades en porcellana. De fet, em costava entendre com m'havia deixat arrossegar fins a un territori tan clarament hostil. ¿Què hi pintava jo allà? La Clàudia mai m'havia pogut veure i sempre havia criticat que l'Alba visqués amb mi. Em trobava «poc ambiciós, tronat, penjat, poca cosa, mort de gana, tarambana, baliga-balaga... hippy». Molt diferent del seu sempre admirable Tomàs, «treballador, responsable, bon pare, home com cal» i unes quantes tares més.

Quan la Clàudia, amb la mà al pit, va repetir per tercera vegada allò de «...i jo, espera que espera...», vaig decidir que ja en tenia prou. Vaig murmurar que anava a menjar alguna cosa a la cuina —cap de les dues em va fer cas; continuava sent invisible— i em vaig esfumar.

La meva retirada a la cuina tenia, de fet, un doble objectiu: omplir el pap i alegrar-me la ment amb un porro d'artesania. Un cop allà, però, la repulsió que em va provocar l'ordre maniàtic de la Clàudia —tot estava fastigosament net i endreçat— em va animar a invertir les prioritats i vaig començar lligant el porro.

Anava per la segona pipada, tranquil·lament repenjat contra el marbre, quan va aparèixer la Clàudia buscant «alguna cosa per picar». Ni em va mirar. Va obrir un armari amb gest decidit i en va treure una bossa de patates fregides, una llauna d'olives i una capsa de bombons en forma de cor (n'hi havia quatre o cinc més apilonades). Just quan anava a obrir la nevera va ofegar un crit a mig camí entre la sorpresa i la santa indignació.

—¡Déu meu! —va exclamar mentre ensumava l'aire amb cara d'alarma—. ¿No serà droga això que estàs fumant? —va dir «droga» amb una aprensió evident, com si agafés la paraula amb les puntes dels dits—. ¿Com has gosat, Max?

—¿En vols? —li vaig passar el porro, que no sigui dit que sóc un mal educat.

—Oh, no, Déu me'n guard! —la Clàudia va tancar els ulls i es va portar la mà al pit, com si s'hagués escapat d'un melodrama—. ¿No t'adones que ets un inconscient?

—¿Per què? —vaig arronsar les espatlles—. Tu t'atipes de bombons i jo em fumo un porro. Cadascú va a la seva. No fem mal a ningú, ¿no?

La Clàudia va dibuixar amb els llavis un «ohh» de no saber-se'n avenir, va deixar anar uns quants escarafalls, em va plantar un cendrer davant —«Recuerdo de Benidorm», hi vaig llegir— i amb un gest imperiós em va comminar a apagar-hi el porro. Ho vaig fer per estalviar-me problemes. Jugava a camp contrari i no volia tirar-me el públic en contra. Un cop va tenir el cadàver del porro al cendrer —ara només s'hi podia llegir «...erdo de Benido...»—, la Clàudia es va apressar a llençar-lo al cubell de les escombraries, va rentar el cendrer amb fruïció, com si hagués estat dipositari d'una vergonya inconfessable, i va connectar l'extractor de fums al màxim. Enllestida l'Operació Neteja, em va dirigir una mirada autoritària, va agafar un parell de llaunes de Coca-Cola light de la nevera, dos vasos, les patates, les olives i la capsa de bombons i va desfilar cap a la sala remenant el seu cul gros i indignat.

Vaig lligar un altre porro tan bon punt se'n va anar i em vaig entretenir xafardejant el contingut de la nevera. Hi havia plats cuinats embolicats amb una pel·lícula de plàstic perfectament tibada i amb una etiqueta amb la data de cocció escrita a mà amb tota pulcritud, una dotzena de Coca-Coles light, tres ampolles de xampany numerades, una impressionant estiba de iogurts dels gustos més diversos i una truita de patates. Em vaig menjar un tros de truita i, a falta de cervesa, vaig destapar una ampolla de xampany i en vaig beure un parell de vasos. A la salut del Tomàs... Vaig rematar el xeflis amb un iogurt de fruites del bosc i, per acabar, a falta de puro, vaig encendre un altre porro.

Mentre sentia de fons el disc ratllat de la Clàudia, lamentant una i altra vegada la desaparició sobtada del «meu pobre Tomàs», vaig aprofitar per fer un repàs de la casa. Una exploració ràpida em va permetre una constatació elemental: la Clàudia i el Tomàs apostaven pels mobles cars, però cursis, amb abundància d'un rococó recarregat fins a la nàusea. Hi havia una calaixera en especial que era com un pastís de nata convertit en moble. Depriment... De llibres en tenien pocs —els justos per poder lluir uns quants volums enquadernats en pell—, però abundaven en canvi els discos i els vídeos, la majoria descaradament horteres. A més dels cavalls alats i de les figures de Lladró de la sala, aquell mostrari de decoració sensible es completava amb unes quantes *obres d'art* producte del curset de macramé que la Clàudia havia fet per superar la primera depressió, cinc o sis quadres que reproduïen masies amb pallers i fotos de tota la família en uns marcs absolutament ridículs. Sense cap mena de dubte, aquell pis podia optar a tots els premis imaginables al mal gust. Dues peces, en concret, em van robar el cor: un quadre daurat de Venècia en tres dimensions, amb una góndola que es bressolava automàticament davant d'un Gran Canal il·luminat de vermell, i un cendrer que reproduïa en plàstic una paella valenciana. El malson de qualsevol dissenyador.

Quan em creia que ja res no em podia sorprendre, vaig comprovar que a l'habitació de la Clàudia i el Tomàs la dimensió del nyap avançava uns quants graus més. Una altra volta de rosca, un altre pas cap a l'horror. El llit, amb un capçal barroc de tema floral, estava tapat amb una vànova de color rosa, i uns quants coixins en forma de cor escampaven el que la Clàudia devia considerar «un agradable caliu familiar». Una ràpida ullada a l'armari em va servir per constatar que la Clàudia gastava una roba interior capaç de destrempar qualsevol i que el Tomàs era partidari dels calçotets antics —alts, blancs i amb goma— i de les samarretes imperi. No semblava que hi faltés res per a una vida sexual plena. O, millor dit, plana.

Ja me n'anava quan el meu esperit tafaner em va portar a remenar les tauletes de nit. En la d'ella hi havia una pila de revistes del cor, una capsa de Tampax, un paquet de mocadors de paper, un parell de jocs d'arracades, gotes per al nas i pastilles per als nervis de totes les mides i colors. En la d'ell, un parell de despertadors, un butlletí del Col·legi d'Advocats, una revista de la Caixa i uns quants informes sobre dret. Tot previsible, si no fos que se'm va ocórrer fullejar la revista. No hi havia res que m'interessés, per descomptat, però quan l'anava a desar a la tauleta en va caure un full doblegat. El vaig desplegar, intrigat, i va aparèixer davant meu una foto d'un lloc paradisíac que vaig reconèixer de seguida: era una de les platges de l'Est de Zanzíbar, la meva zona predilecta de l'illa, amb sorra blanca, palmeres i una barca mandrejant a l'horitzó. A sota, en grans lletres, s'anunciava un viatge d'una setmana a l'illa a preu d'oferta. Em vaig mosquejar. ¿Què hi feia aquella joia en territori enemic? Em vaig guardar el full a la butxaca i vaig tornar cap a la sala. La Clàudia i l'Alba estaven igual que les havia deixat, com si estiguessin representant un pessebre vivent. La Clàudia, en actitud d'abandonada ploramiques i l'Alba, de consoladora conscienciada. L'únic que havia canviat era el contingut de la segona capsa de bombons, ara pràcticament buida, i que *Pretty Woman* era a punt d'acabar.

—¿Ja has trucat a la policia? —vaig preguntar a la Clàudia quan la Julia Roberts i el Richard Gere es van fer l'ensucrat petó final. El prospecte de Zanzíbar em feia pensar que, en efecte, allà estava passant alguna cosa anormal.

—Sisplau, Max, és el primer que ha fet —va contestar l'Alba, mirant-me d'una manera que volia dir ben a la clara: ¿que et penses que es mama el dit?—. N'han pres nota i li han recomanat que deixi passar vint-i-quatre hores i, si no hi ha novetats, que vagi demà al matí a comissaria. Hi anirem totes dues.

La Clàudia, escarxofada al sofà i amb un bombó a mig camí entre els dits i els llavis, va dirigir una mirada de gos agraït a la seva germana.

—Una curiositat —no em vaig poder estar de preguntar—. ¿Per què teniu numerades les ampolles de xampany de la nevera?

—Espero que no n'hagis tocat cap, Max —la Clàudia va arrugar el front.

—No, no, per descomptat —vaig mentir.

—És cosa del Tomàs. La número 1 s'ha de destapar el dia del meu sant. La 2, pel nostre aniversari de bodes i la 3, per Nadal... És tan meticulós.

—¿I per què no les compra quan s'acosta el dia? —vaig observar, perspicaç—. Nadal queda molt lluny.

—Al Tomàs li agrada aprofitar les ofertes del supermercat —va explicar molt orgullosa la Clàudia—. N'hi va haver una de molt bona el gener. Compraves dues ampolles i te'n regalaven una —i, girant-se cap a l'Alba amb una mirada aigualida, va afegir—. El Tomàs és un sol. Pensa que...

—¿I no teniu mai cap ampolla de xampany perquè sí? —la vaig interrompre.

—¿Què vols dir?

—Ja m'entens —vaig remoure l'aire amb les mans—. Sense numerar. Senzillament, per si algun dia us ve de gust beure xampany, sense que calguin excuses d'aniversaris o festes.

—No, no, al Tomàs li agrada tenir-ho tot controlat —la Clàudia va sacsejar el cap metòdicament, com una Barbie—.

Cada dia de la setmana li agrada menjar el mateix. Ahir al vespre —va esbossar un plor— teníem truita de patates. Encara la tinc a la nevera per quan torni. És el seu plat preferit.

Em vaig escapar a la cuina per fer desaparèixer els rastres de la meva incursió a la nevera. Vaig llançar el que quedava del xampany que havia encetat —¡Déu meu, era la número 2, la de l'aniversari de bodes!— i vaig amagar la truita escapçada al fons, rere una muralla de iogurts. Quan vaig tornar a la sala, vaig sentir que l'Alba s'exclamava:

—Ara que hi penso, Clàudia, si demà aniré de bòlit... Tinc proves d'escenografia al teatre i no et podré acompanyar a comissaria —i, dirigint-se a mi amb un somriure trampós, va afegir—. No et fa res anar-hi tu, ¿oi, Max?

Genial. Era just el que sempre havia somiat: acompanyar la plasta de la Clàudia a una comissaria de policia. Com un repartidor de pizzes, però pitjor; almenys les pizzes s'estan calladetes.

Després d'un infructuós intent de resistència —de nou anava fluix d'excuses—, vaig acceptar que passaria a buscar la Clàudia l'endemà al matí, però vaig negociar a canvi unes hores de llibertat condicional. Resultat: me'n vaig anar a casa tot sol mentre l'Alba es quedava a fer costat a la seva estimada germaneta.

—És per evitar que faci un disbarat —em va dir en veu baixa quan em va acompanyar a la porta.

—És clar, és clar... —vaig dir, comprensiu.

De camí cap a la plaça Reial, Rambla avall, vaig pensar que la perspectiva d'anar amb la germana de l'Alba a una comissaria no em feia trempar precisament. Però no m'hi havia pogut negar. Per dues raons: en primer lloc, perquè els aturats sempre tenim massa hores lliures i, en segon, perquè el rata del Tomàs tenia un prospecte de Zanzíbar a la tauleta de nit i volia saber per què collons havia «envaït» l'illa dels meus somnis.

4

EM VAIG QUEDAR A CASA LA RESTA DEL DIA, DISFRUTANT DE la meva recuperada solitud i de l'espectacle habitual de la plaça, infinitament millor que qualsevol programació televisiva: la més variada fauna urbana tancada en una capsa de sabates de mida gegant. M'agrada la plaça Reial, potser perquè és l'única plaça uniforme, autènticament democràtica, de Barcelona. Totes les cases són iguals, fetes amb motllo, sense esglésies ni edificis oficials que molestin o que decantin la balança cap a la monumentalitat. Alguns, com el dibuixant Nazario, il·lustre veí de la plaça, la consideren «la sala d'estar de Barcelona»; altres, més tètrics, prefereixen comparar-la amb el pati de la presó Model. En qualsevol cas, està clar que la plaça és un món tancat, únic, on el temps sembla passar d'una manera diferent que a la resta de la ciutat.

A mitja tarda va sonar el telèfon. Era la mare, que volia saber com estava.

—La mar de bé —vaig preferir vendre-li optimisme—. Ara mateix estic escrivint un llibre i...

—Escriure, ves quina feina... —la mare va fer petar la llengua—. L'únic que aconseguiràs és acabar alcohòlic, fill.

—Mare —vaig riure—, que no tots els escriptors són uns borratxos.

—Si no tots, pocs se n'hi falten. I els que no beuen són uns drogoaddictes, que no sé què és pitjor. ¿Què vols que facin els pobres, si no treballen mai? Només escriuen, i ja em diràs. Com si escriure fos una feina... A la Caixa hauries d'estar, com el fill de la Paquita —ja hi tornàvem a ser; era la seva dèria—. Si veiessis quin goig que fa. I això que de petit era un nyicris a qui tu li donaves deu mil voltes. Ara, en canvi, et passa la mà per la cara.

Em va fer les recomanacions habituals —que pensés a menjar bé, que no fes disbarats, que em tallés els cabells i que em vestís com déu mana—, em va demanar que la passés a veure i va penjar.

Vaig pensar en el pis del carrer Gran de Gràcia on la mare vivia tota sola, en aquell pis on res no havia canviat des que jo era petit. Els mateixos mobles, les mateixes rajoles que ballaven, la mateixa olor de col bullida... Aniria a veure la mare quan tingués un moment. Ara no, però. Tenia altres urgències: com la de dibuixar, per exemple, o la de traçar les línies principals d'una novel·la que pensava escriure sobre Zanzíbar.

Em vaig passar la resta del dia dibuixant i escrivint, immers en una febril activitat creadora. Cap a mitjanit vaig sortir de casa per anar al Sidecar, un bar situat a la cantonada de la plaça Reial amb el carrer de les Heures, just on l'elegància senyorial de la plaça es comença a diluir en un laberint de carrerons estrets, foscos i humits, sovint plens d'escombraries i amb una forta pudor de pixum. Hi actuava Sergio Makaroff i el Roc m'havia insistit perquè no me'l perdés. Quan hi vaig arribar, el Roc ja hi era. S'estava prenent un whisky en un extrem de la barra, s'havia afluixat el nus de la corbata i descordat l'últim botó de la camisa i mirava de seguir el ritme de la música picant el taulell amb la mà. La veritat és que no se'n sortia gaire bé, però no semblava importar-li.

—T'estàs perdent una cosa fina —em va rebre amb els ulls brillants—. El Sergio està immens.

Vaig demanar un whisky amb gel i em vaig dedicar a observar el panorama. La «sala de concerts» del Sidecar està situada en un soterrani allargat i amb el sostre de volta; a primera vista fa la impressió que algú ha robat un tros del metro de Londres i l'ha traslladat fins a aquell racó de Barcelona. El públic estava format per una majoria de joves que bevien birres, fumaven canutos, aplaudien embogits i ballaven sense parar. A l'escenari, entre un núvol de fum de porros, Sergio Makaroff es va arrencar a cantar. *«Me han robao la mountain bike / Fue un yonqui de la plaza Real / Qué cariño le tenía, / La bici me llevaba y me traía...»* Sonava bé. Era una cançó narrativa, tan descriptiva que em semblava que fins i tot coneixia al ionqui del qual parlava. *«Qué triste es la vida, hermano / Me quedé con el candao en la mano. / Y mientras te canto mis penas, / la bici va corriendo por sus venas...»*

—És el gran èxit del Makaroff —em va informar el Roc—. És collonuda, ¿no?

—Està bé —vaig acceptar.

—Més que això: està de puta mare! El Sergio és argentí, com el teu admirat Gato Pérez. Va arribar a Barcelona fa uns anys, li va agradar la ciutat i aquí s'ha quedat. Podria ser molt famós, una estrella, si hagués passat per l'aro de les discogràfiques, però ell va a la seva.

Era evident que Makaroff es movia entre un públic amic, entregat. Feia bromes entre cançó i cançó, saludava els coneguts i parlava del Sidecar com si fos la seva segona casa. Tenia bones lletres, lligades a fets de cada dia. Als amics que l'envoltaven, a les nòvies que el volien perfecte, al bombardeig de la televisió... Davant d'ell, uns quants joves ballaven de manera desendreçada, desafiant qualsevol estil. Em vaig fixar en la samarreta d'un d'ells. «Soziedad alcolika», hi deia. En una altra hi vaig llegir «Viska Bakunin!». Per provocar un infart a qualsevol acadèmic.

—Llàstima que Bakunin ja s'escrigui amb k —va observar el Roc, que estava seguint la meva mirada—. No el poden subvertir tant com voldrien.

En veure una tercera samarreta que proclamava que «Okupar és llibertat» em va venir a la memòria l'incendi de la casa okupa de la nit anterior. Li vaig preguntar al Roc com havia acabat.

—No em diguis que no ho saps, Max —em va renyar—. Si tots els diaris en van plens....

Li vaig contestar el que ell ja sabia, que no acostumo a llegir els diaris, i una vegada més el Roc em va dir que jo no era d'aquest món, que vivia més penjat que un ratpenat i que era l'últim hippy de Barcelona. Després em va explicar que l'incendi havia acabat en desgràcia: la casa okupa havia quedat destruïda del tot i dos nois havien mort a causa de les flames.

—I el desgraciat del becari encara anava dient que no era una notícia important, que no valia la pena molestar-me... —va recordar el Roc amb veu de xitxarel·lo—. Ha! Portada, i a quatre columnes!

—¿Va ser provocat?

—La policia creu que no, però jo estic segur que han estat els skins —va dir, insinuant que sabia més del que deia—. Ja fa temps que els okupes fan nosa i no saben com aturar-los. Recorda el merder del Cine Princesa, i el de Sants...

—¿N'escriuràs alguna cosa?

—Què més voldria... —va fer un gest d'impotència—. El director ha donat el tema a un pixafreda que no crec que descobreixi res de res, però jo no baixo la guàrdia —el Roc va alçar un dit, numantí—. Penso seguir el cas de ben a prop i a la que pugui hi ficaré cullerada. Això portarà cua, ja ho veuràs, Max. El pitjor que es pot fer amb aquests temes és deixar que passi el temps i oblidar. El meu lema és com el del Fidel Castro —es va posar solemne—: «*Ni un paso atrás, ni para tomar impulso*».

—Això em recorda una pintada que vaig veure fa uns anys a Cuba —vaig riure—: «*Socialismo o muerte*», hi deia, i algun graciós hi havia afegit: «*valga la redundancia*».

—A veure si ara em sortiràs «*gusano*» tu... —va rondinar el Roc. Després es va concentrar en el whisky que l'esperava a la barra; en va beure un glop, el va assaborir amb els ulls tancats i, assenyalant amb el cap els joves que ens envoltaven, va afegir, filosòfic—: T'ho dic de debò, Max: estan passant coses a Barcelona i molta gent no se n'adona. Els okupes no són un fenomen passatger. Fixa't en aquests joves que estan ballant. ¿Què els hi trobes?

M'hi vaig estar fixant una estona. No aconseguia llegir el que passava pel seu cervell. Em vaig girar cap al Roc i vaig arronsar les espatlles.

—T'has de posar al dia, Max —em va renyar, superior—. No tot es va aturar amb el Gato, el Sisa, l'Ocaña i companyia. A la ciutat hi passen coses, ¿saps? Mira tots aquests joves: beuen, ballen, fumen porros i volen canviar el món, com tu i jo fa trenta anys. Són gent maca, autèntica, inquieta.

Els vaig tornar a mirar.

—Són raros —vaig concloure.

—Com ho érem tu i jo en els anys de Zeleste.

—¿Vols dir que ens estem fent grans?

—Vull dir que t'has de posar al dia, Max.

—¿I tu no?

—Jo sempre tinc les antenes a punt —va riure amb suficiència, convençut que es mantenia alerta—. Em fixo en els joves, els comprenc, puc parlar amb ells...

Vaig sacsejar el cap. Em carrega aquesta gent que s'ufanen de saber connectar amb els joves, aquests que, fent un posat còmplice, diuen: «jo sí que t'entenc, nano, sé de què vas i estic amb tu».

—Fes el que vulguis, Roc —li vaig dir—, però a mi no m'importa assumir la meva condició d'extraterrestre. Ja fa anys que m'han canviat Barcelona de dalt a baix, me l'han girat com un mitjó, i no tinc més remei que proclamar-me un exiliat interior. La Barcelona d'ara no té res a veure amb la dels anys setanta, amb la que a mi m'agradava. Ara hi ha molt disseny, molta modernitat i molts turistes, però ja no és el que era. A vegades, quan passejo per la Rambla, em fa la impressió d'estar en un parc temàtic ple de turistes en comptes d'en una ciutat.

El Roc va esbufegar amb impaciència i, com si em deixés per inútil, va passar full radicalment.

—¿Has vist aquelles estrangerotes? —em va fer l'ullet, assenyalant un parell de rosses model valquíria; exuberants, excessives—. No paren de mirar. Segur que busquen brega.

Les dues rosses estaven recolzades a la paret del davant. Devien anar pels vint-i-pocs anys i tenien tot l'aspecte d'estar-se avorrint de mala manera. Vestien de negre amb estètica motera —jaquetes, pantalons de cuiro i botes— i gastaven unes mirades fredes i esmolades com ganivets. La veritat és que no eren gran cosa, però el Roc s'entestava a despullar-les amb la mirada.

—Roc —li vaig dir—, ¿per què no assumeixes que som el que som?

—¿I què som? —em va mirar sorprès.

—Dos quarantons decadents, caducats.

—Això ho seràs tu, Max —va reaccionar, com si ell no tingués res a veure amb mi—. Tu, que encara sospires pels vells temps hippies i per la Barcelona de fa trenta anys. Jo, en canvi, sempre he sabut estar al dia.

Vaig repassar la seva corbata de colors cridaners, la barba de pocs dies retallada amb una pulcritud malaltissa i l'americana de solapa alta. Per molt que es disfressés, el Roc era, com jo, un penjat dels anys setanta.

—Estàs criant una bona panxa, Roc —vaig apuntar a un dels seus punts dèbils.

—¿I què? —se la va agafar amb les dues mans, satisfet—. Això és símptoma de felicitat, de bona vida. La vida s'ha de viure a fons, Max. De tots els eslògans que cridàvem de joves, l'únic que ha sobreviscut és el que diu «A follar, a follar, que el món s'acaba!».

Mentre el Roc exhibia amb orgull la seva impúdica felicitat, una de les rosses objecte del seu atabalat desig va passar el braç per damunt l'espatlla de l'altra, es va entretenir jugant una estona amb els seus cabells i va acabar besant-la als llavis.

—Lesbianes, uf! —el Roc va girar el cap, decebut, i va trobar la força en un altre glop de whisky per afegir—: De tota manera... no eren gran cosa.

Quan Sergio Makaroff es va engegar a cantar una cançó que parlava de paparazzis que l'assetjaven al seu jacuzzi, em va venir al cap la desaparició del meu cunyat.

—¿Coneixes el Tomàs? —li vaig preguntar al Roc.

—¿Quin Tomàs?

—El meu cunyat.

—No el conec, però me n'has parlat —va assentir amb el cap—. ¿Què li passa a aquest plasta?

—Ha desaparegut. Fa un parell de dies que no en sabem res.

—Feliç ell —va riure, mefistofèlic—, que deu estar rebolcant-se amb alguna rateta.

—És el primer que he pensat, però no pot ser.

—¿Per què?

—És el tio més avorrit del món.

—¿I què? Hi ha dones molt rares... —va fer una pausa i va afegir—: ¿Aquest Tomàs té peles?

Vaig assentir amb el cap i el Roc va somriure.

—Les peles són capaces d'esborrar qualsevol tara física i mental —va dictar sentència.

—M'estranyaria que hi hagués alguna dona implicada —vaig arrufar el nas—. El Tomàs n'està molt dels fills, de la dona, de la feina...

—Fins i tot aquests mosques mortes hi ha un dia que els cau la bena dels ulls i decideixen engegar-ho tot a rodar.

A mesura que li explicava el poc que sabia de la desaparició del Tomàs, el Roc s'anava embalant. Sempre passava el mateix. Havia llegit tants llibres de lladres i serenos que veia la vida com si fos una novel·la negra, una complicada trama amb bons, dolents i molta intriga.

—Doncs, si el teu cunyat no s'ha fugat amb una dona... serà amb un home —va concloure—. Molts tios de vida formal i endreçada acaben sortint de l'armari un bon dia i es llencen de cap a la mariconeria. No seria el primer, Max.

—Em sembla que t'equivoques.

—Ja m'ho diràs d'aquí a uns dies... —es va fer l'entès—. Mentrestant, ja saps el que has de fer.

—¿Què? —vaig preguntar, sense tenir ni idea de per on em sortiria.

—Posar-te a investigar pel teu compte i potser de passada trobaràs tema per a una novel·la —el Roc va somriure i em va donar un copet de col·lega a l'esquena—. Sempre t'he dit que els temes per escriure els tens al teu voltant, Max. T'entestes a escriure de Zanzíbar i de la quinta forca quan els temes bons són aquí mateix. Només has d'obrir els ulls. ¿Què et sembla això? «Un advocat avorrit es fuga amb una amant secreta...» L'inici sona a banal, però mai se sap. O potser «Un advocat surt de l'armari i se'n va amb un mariner lituà»... Tot consisteix a amanir-ho amb gràcia. Pensa en *Psicosi*, per exemple. L'inici és semblant. Una dona jove amb un amant apassionat no resisteix la temptació i arreplega un bon dia un grapat de diners de l'empresa on treballa, es llança a la carretera i...

—Roc, sisplau...

Quan s'embranca en temes de novel·la negra, al Roc és millor parar-li els peus de seguida. Si no, és capaç de continuar hores i hores, fins a una eternitat tenyida de negra.

—Molt bé, molt bé, ja callo... —va fer un gest de rendició—. Però, fes el que et dic: mou-te, Max, investiga. El nas em diu que aquí hi ha marro del bo.

—¿Investigar, jo? —vaig esclatar a riure—. No, gràcies, Roc. Ni m'interessa la vida dels altres ni m'agrada buscar-me problemes.

—Desenganya't, Max, ningú no és una illa —em va dir amb un to de filòsof de bar—. No pots viure sense que t'afecti el que passa al teu voltant.

El Roc va fer dringar el glaç del whisky i, quan semblava que anava a afegir alguna cosa, Sergio Makaroff va tornar a l'escenari i es va engegar amb una melodia càlida. El local es va omplir de cop d'una onada de sensualitat i de mirades que es perdien entre un fum que concentrava totes les incorreccions polítiques. A la següent pausa, el Roc es va inclinar cap a mi i em va dir:

—Una cosa no m'encaixa, Max. El Tomàs te l'ha portat sempre fluixa.

—Sí, ¿i què?

—Doncs, que no em lliga que estiguis preocupat.

—*Touché* —vaig somriure—. Mira, estaria encantat que hagués desaparegut per sempre, si no fos per un petit detall.

—¿Una dona? —va insistir.

—No, una foto. Ahir, remenant per casa seva, vaig trobar un prospecte amb una foto de Zanzíbar.

—Alto, pareu màquines! —el Roc va fer un dels seus números habituals; va obrir els braços de bat a bat i va cridar perquè el sentís tothom. Ell era així, excessiu. Li agradava tenir públic—. Algú ha gosat envair el somni del meu amic Max, el somni de Zanzíbar.

Els únics que es van girar van ser uns joves amb grenyes que se'l van mirar com si es preguntessin què li passava a aquell vell disfressat de modern.

—Suposo que te n'adones que n'estàs fent un gra massa, Max —va dir—. Que el Tomàs tingués una foto de Zanzíbar no vol dir absolutament res. Jo també en dec tenir alguna per casa i...

—No és el mateix —vaig aturar-lo—. La foto que et dic del Tomàs estava amagada entre les pàgines d'una revista a la seva tauleta de nit.

—¿I què? Ara està de moda anar a Zanzíbar. ¿O et penses que ets l'únic que hi té dret?

—No em lliga amb el Tomàs. Mira...

Em vaig treure el full doblegat de la butxaca i el vaig ensenyar al Roc. Se'l va mirar sense gaire interès, va deixar passar una estona i, com si de sobte se li il·luminés una bombeta al cap, va tornar a la seva obsessió:

—Això pot ser un cas molt interessant, Max. Amb Zanzíbar o sense, el cert és que el teu cunyat ha desaparegut. De fet, recorda l'inici de *La dama del llac* de Raymond Chandler; o el de *La germana petita*. Algú desapareix i algú el busca. A *La dama del llac* és una dona, la Crystal Kingsley, a *La germana petita* és un home, Orrin P. Quest, i aquí torna a ser un home, el Tomàs... —es va quedar rumiant una estona—. T'aviso, Max: tard o d'hora sortirà una dona, t'ho dic jo. O un home. La gent no desapareix perquè sí. Digue'm una cosa, ¿quin cotxe tenia el Tomàs?

—Un Golf GTI de color negre.

—Un Golf GTI! —va repetir entusiasmat—. Aquests són els pitjors.

—¿Per què? —em vaig sorprendre.

—¿Saps en què s'assemblen un castell escocès i un Golf GTI? —va riure el Roc.

—Ni idea.

—Doncs que a dintre sempre hi ha un fantasma.

El Roc va esclatar en una rialla desproporcionada.

—Vinga, Roc...

—Ni vinga ni hòsties, el teu cunyat pot ser un plasta de cara enfora, però si té un Golf GTI vol dir que potser té una doble vida. Pel que m'has explicat d'ell, li correspon un cotxe familiar i si no el té és per alguna cosa —va sentenciar—. Pren-t'ho com vulguis, Max, però no encaixa un bullit com el que tu dius amb un Golf GTI. ¿Han trobat el cotxe?

—No.

—Ho veus —va picar de mans, com si allò li donés tota la raó.

Es va acabar el que quedava de whisky i va deixar que Sergio Makaroff s'engegués amb una cançó que parlava de la promesa eternament posposada de «començar una nova vida». Allò tan repetit de «a partir d'ara aniré al gimnàs, no beuré, em portaré bé»... En fi, les mentides de cada dia.

Quan una estona més tard, ja de tornada cap a casa, vam passar amb el Roc per sota els porxos de la plaça, vaig notar alguna cosa diferent en l'aire. Res d'especial: un neguit, una ombra, com quan sents que s'acosta un canvi de temps... Aquella estranya sensació que indica que hi ha alguna cosa que no controles, que intueixes però que encara no saps de què va. ¿Què estava passant?

5

NO M'AGRADA LA BÒFIA. ENCARA QUE ELS MAQUILLIN canviant el color de l'uniforme i dibuixant-los un somriure a la cara. Em dónen mal rotllo, per molt que insisteixin que han canviat des de la democràcia i que no tenen res a veure amb els fatxes del temps de Franco. Ho sento, però no m'ho empasso. Tampoc m'agraden les comissaries, tot i que últimament les intenten renovar amb dissenys allunyats de l'ambient tètric que les caracteritzava. Canvio de vorera quan haig de passar per davant d'una. Per res, per si de cas. La bòfia, uf!, mal rotllo. No ho puc evitar. Deu ser una qüestió genètica. O potser és que quan a un li ha tocat córrer davant dels grisos, ningú el convencerà que la policia és un cos honorable al servei del ciutadà. Si, com és el meu cas, a més d'odiar les comissaries em tocava anar-hi d'acompanyant de la bleda de la Clàudia, el panorama ja era per fer com l'espavilat del seu marit i fotre el camp sense donar explicacions. Bon vent i barca nova.

La maleïda consciència em va empènyer, però, a complir el que havia promès el dia abans. La consciència i l'Alba, que a les nou de la matinada ja em trucava a casa per recordar-me que no m'oblidés de passar a buscar «la pobra Clàudia». Una manera excel·lent de començar el dia. Em vaig preparar un cafè amb llet, vaig encendre un porro i vaig sortir al balcó. La plaça estava més o menys com sempre. Una pila d'estrangers —joves, peluts, d'aspecte cansat— feien cua a la porta de l'Hostal Kabul, derrotats sobre motxilles enormes, confiant trobar un lloc barat on dormir. ¿Què ho fa que la gent viatgi tant? Ganes de veure món, suposo, de trencar amb la monotonia del país on has nascut, de conèixer cultures diferents... Passaven les generacions i sempre hi havia nous motxillers disposats a agafar el relleu. A l'altra banda de la plaça, sota els porxos, un grup de negres molt prims parlaven reposadament. El seu era un viatge ben diferent, una fugida que comportava enfrontar-se amb tota mena de perills per tal de deixar enrere la misèria.

Quan vaig arribar al pis de la Diagonal, la Clàudia ja m'estava esperant amb l'abric posat. Frisava. Em va renyar per arribar deu minuts tard i em va dir que m'afanyés, que havíem de marxar «de seguida, de seguida, que en aquests llocs no es pot fer tard».

—¿Hi penses anar així? —em va censurar amb la mirada, repassant de dalt a baix els meus texans gastats, la camisa de flors descolorida i la vella jaqueta de pana negra. M'havia pres la molèstia, com a deferència, de recollir-me els cabells en una cua, però la meva «estimada» cunyada no semblava valorar-ho.

—Ho sento, però tinc l'esmòquing a la tintoreria —vaig esbossar un somriure fals, de traïdor de pel·lícula.

Vaig preferir no dir res més, tot i que em moria de ganes de ficar-me amb el conjunt de la Clàudia: abric gris d'alumna de col·legi de monges, brusa blanca amb coll de puntes, rebequeta blau marí i faldilla fins al genoll de color fosc, prisada. Qualsevol diria que ja exercia de vídua.

L'entrada a comissaria va ser tal com me l'havia imaginat: patètica. Policies uniformats de mirada fatxenda, passadissos llargs i mal il·luminats, gent que feia cua per posar denúncies, funcionaris de posat esquerp, màquines d'escriure antediluvianes i pudor de resclosit... Tot plegat encomanava una sensació de pas enrere en el temps, de retorn a les tenebres del franquisme, en aquells anys en què estava claríssim que un policia era un policia, un policia, un policia...

Després d'un quart d'hora d'espera, ens van fer passar a un despatx, cosa que em va provocar una sensació de rebuig encara més gran, com si em tanquessin en una cel·la. Porta esmerilada, llums de flexo, linòleum al terra i arxivadors antics de portes corredisses plens de paperassa oficial, de còpies, fotocòpies, contracòpies i recontrafotocòpies, amb segells per triplicat, frases ampul·loses, fórmules caducades i retòrica barata. Per acabar-ho d'arreglar, ens van assignar un policia de posat fatxenda, l'inspector González. Passava dels cinquanta, la panxa li vessava per damunt del cinturó, tenia els cabells curts i greixosos, i quan parlava la papada se li movia com un esquellot. Mastegava xiclet amb exageració, feia pudor de colònia barata i ens mirava, especialment a mi, amb el cap tort, sense cap intenció de dissimular el seu menyspreu.

—Així que tenim una desaparició... —va dir com si digués: «Mira que bé, avui hi ha pollastre per dinar...».

—Ai, sí, el meu pobre Tomàs... —va començar a somiquejar la Clàudia.

L'inspector González no la va deixar continuar. Havia tret un bloc d'un calaix i es veia que no estava disposat a escoltar bajanades.

—Necessito tota la informació sobre el subjecte implicat —va escopir, evidentment orgullós d'haver dit «subjecte implicat»—. Hàbits quotidians, situació econòmica i laboral, amistats, parents, vicis... En fi, qualsevol dada que pugui ser d'utilitat per a la bona marxa de la investigació.

La Clàudia va esbossar un somriure nerviós i es va engegar a parlar, mentre jo m'entretenia jugant amb la pedra de haix que tenia a la butxaca. Me la passejava pels dits i disfrutava imaginant la cara del policia si ho arribava a saber. Si li donava per tocar-me els collons, tenia per on començar.

—El Tomàs era un home molt puntual... —va començar a dir la Clàudia. Per una vegada que tenia algú disposat a escoltar-la, era evident que no pensava deixar escapar l'ocasió.

—¿Era o és? —la va aturar l'inspector, perspicaç.

—Bé, sí, és...

La Clàudia, descentrada, va fer una pausa per resituar-se i l'inspector va fer un gest de contrarietat. Li podia llegir el pensament: segur que opinava que mai no n'aprendríem, que era una llauna tractar amb aficionats com la Clàudia i amb indesitjables com jo.

Veient que el silenci de la Clàudia s'allargava, l'inspector va optar per prendre la iniciativa i va disparar una bateria de preguntes, com si omplís mecànicament les caselles d'un formulari. Nom del desaparegut, data de naixement, professió... Quan la Clàudia va dir que el Tomàs era advocat, l'inspector va posar cara d'interès.

—¿A què es dedica? —va preguntar.

—Té despatx propi i porta els assumptes d'unes quantes empreses molt importants —va dir ella, inflant el pit—. Pensi que...

—¿Té algun soci? —la va tallar l'inspector sense miraments.

—No, treballa sol. Bé, té una secretària, la Mercè, una noia de tota confiança.

L'inspector es va apuntar l'adreça del despatx.

—¿Quants dies fa que ha desaparegut?

—Abans-d'ahir no va venir a dormir —es va embalar la Clàudia, conscient que era el seu moment estel·lar, els seus quinze minuts de fama—. M'havia trucat al vespre per dir-me que no l'esperés a sopar, que tenia feina, però va assegurar que vindria abans de mitjanit. En veure que eren les dotze i no arribava vaig començar a patir i vaig trucar a la meva germana a l'Empordà...

Arribats a aquest punt, la Clàudia va esclatar en un plor incontrolat. L'inspector, però, sense ni molestar-se a mirar-la, va continuar.

—¿No li va dir de què es tractava? —li va preguntar—. ¿Quina era la feina que havia de fer abans-d'ahir a la nit?

—Ai, perdoni, inspector, però és que... —la Clàudia es va eixugar els ulls amb un mocador fastigós; després, més serena, va continuar—. No, no m'ho va comentar, només em va dir que havia de fer una feina.

—¿Ho feia sovint?

—¿El què?

—Això de treballar a deshores.

—Només molt de tant en tant. Ell procurava ser molt organitzat i...

—¿I sap on anava en aquests casos?

—Ai, no, pobra de mi. Jo no em ficava per res en la seva feina, inspector —la Clàudia va posar ulls de lluç—. El Tomàs tenia tota la meva confiança. Era tan meticulós, tan atent, tan bon espòs...

Si ja tenia el Tomàs per un torracollons, la descripció que n'estava fent la Clàudia era per tenir-lo encara en més mal concepte. L'únic que el salvava era la fuga final, si és que es confirmava que era una fuga. Fart d'assistir a aquell espectacle penós, em vaig fumar un porro mentalment. No és el mateix, però funciona en situacions desesperades. Et relaxa i té l'avantatge que et surt més bé de preu.

—¿Quants anys porten de casats? —va preguntar l'inspector.

—Deu.

—¿Fills?

—Dos: el David, de vuit anys, i la Mònica, de sis.

—¿Problemes al matrimoni? —va preguntar l'inspector sense cap entonació especial, com si li demanés el número de sabata.

—En absolut —va assegurar la Clàudia—. Tot anava sobre rodes, sense cap mena de problema.

—¿Deutes?

—Cap ni un —va dir en veu ben alta.

La Clàudia va somriure i em va dirigir una mirada, orgullosa de la seva pau econòmica, un contrast insultant amb la meva precarietat crònica.

—¿Jugava?

—¿Com?

—Bingo, casino, pòquer...

—Ui, no, no —la Clàudia es va dur la mà al pit, cada cop més ridícula—. Al principi de casats feia quinieles, però ho va deixar.

—¿Vicis, dones, alcohol?

L'inspector ho va recitar d'esma i la Clàudia va tornar a negar amb el cap baix, com si li fes vergonya el sol fet de parlar-ne.

—¿Ha trobat a faltar roba d'ell?

—No.

—¿Va notar canvis en el seu comportament en els últims dies?

Semblava que tornaria a dir que no, però de sobte s'ho va repensar.

—Ara que ho diu, inspector, potser sí —va explicar amb un posat de marededéu—. Fa uns dies vaig notar que el Tomàs estava nerviós i li vaig preguntar què li passava. Em va dir que no era res, coses de feina, i que no volia avorrir-me. Va afegir que quan tanqués el negoci que tenia entre mans em faria un bon regal.

L'inspector va obrir els ulls, sobtadament interessat.

—¿No li va dir quina mena de regal? —va preguntar.

—Em va dir que seria una sorpresa.

El regal és que ha fotut el camp, vaig pensar. Allò sí que era una bona sorpresa.

L'inspector va demanar a continuació si havíem portat fotos de l'implicat i la Clàudia en va treure dues d'una butxaca. Es veia el Tomàs en banyador: panxut, somrient, amb la calba bronzejada.

—¿Sospita d'alguna raó, per petita que sigui, que pugui explicar la desaparició? —va continuar l'inspector—. ¿Una discussió, una baralla...?

—Déu me'n guard —un altre cop la mà al pit—. Ja li he dit que vivíem en perfecta harmonia...

Perfecta harmonia! Uf!

—¿Qui era el millor amic del seu marit?

—El Saura, un advocat que té el despatx al costat del seu. Anaven sempre a esmorzar junts i alguna vegada fins i tot sortíem els matrimonis.

L'inspector s'ho va apuntar i em va dirigir una mirada de dalt a baix, com si es preguntés què hi feia jo allà. La Clàudia li va explicar que jo era el seu cunyat. Em va preguntar el nom i el va anotar: Max Riera. També l'adreça i el telèfon, com si m'estigués fitxant. Va torçar el cap quan li vaig dir que escrivia novel·les i dibuixava còmics. No li devia semblar gaire seriós.

—¿Té alguna sospita pel que fa a aquest cas? —em va preguntar.

Vaig sacsejar el cap mentre recordava el prospecte de Zanzíbar que havia trobat a la tauleta de nit del Tomàs, però vaig preferir no dir-ne res. Aquell era un assumpte entre ell i jo.

Girant-se de nou cap a la Clàudia, l'inspector González va fer encara algunes preguntes rutinàries. Parents pròxims, locals que freqüentava, com anava vestit... Amb aparent indiferència, ho va anar apuntant tot. Només quan va saber que el Tomàs tenia un Golf GTI que encara no havia aparegut va semblar que se li despertava l'interès. En va apuntar la matrícula, metòdic. Després es va rascar el cap, va revisar les notes i, sense fer cap comentari especial, li va dir a la Clàudia que passaria l'ordre de recerca del «subjecte implicat» de seguida i que ja l'avisarien tan bon punt en tinguessin notícies.

—¿Serà aviat, inspector? —va suplicar ella, impacient, amb la bossa agafada amb les dues mans damunt dels genolls—. Pensi que passo una ànsia...

L'inspector González va torçar el gest.

—Cada any hi ha més d'un miler de desapareguts a Espanya, senyora —li va explicar sense preocupar-se de mostrar-se amable; la feina era la feina, i punt—. A alguns els trobem de seguida i a altres, mai. A més, si és ell el que ha volgut desaparèixer...

—¿El Tomàs? I ara... Ell mai no ho faria.

Estàvem d'acord: era massa desgraciat per adonar-se de la trista vida que portava.

L'inspector va donar la conversa per acabada, es va aixecar i ens va acompanyar fins a la porta.

La Clàudia em va proposar d'anar a fer un cafè a la sortida —«si em punxen, no em treuen sang», em va dir per resumir en quin estat es trobava—, però em vaig inventar una excusa per no haver-la d'aguantar ni un segon més. No estava disposat a escoltar com m'explicava una vegada més com valia el seu meravellós Tomàs i com el trobava a faltar. Per mi, es podia confitar aquella peça de museu dels horrors. De tota manera, abans de separar-nos, li vaig plantejar un parell de preguntes. Per situar-me, més que res. La primera, pensant en el que m'havia comentat el Roc, buscava saber per què el Tomàs tenia precisament un Golf GTI.

—Va ser una oferta de la Volkswagen —va contestar la Clàudia, orgullosa—. Ell sempre havia volgut un cotxe més familiar, però quan va trobar l'oferta d'un Golf pràcticament nou va dir que ens sortia molt més a compte i no ho va dubtar ni un segon.

Primer *round* salvat. L'equació propietari de Golf igual a fantasma semblava que no valia en aquest cas. La segona pregunta, inspirada en el prospecte que havia trobat, va ser si el Tomàs li havia parlat mai de Zanzíbar.

—¿Zanzíbar? Em sona d'alguna cosa... —va dir, procurant fer memòria; però quan ja em pensava que potser em donaria la clau de tot plegat, la va vessar afegint—. És un bar, ¿oi?

Li vaig dir adéu sense aclarir-li de què li estava parlant. Si no sabia què era Zanzíbar, que ho consultés a l'enciclopèdia.

6

EL DIA S'HAVIA LLEVAT AMB UN SOL ESPLENDORÓS I SENSE problemes a la vista. Almenys no més dels habituals. Vaig recordar una vella cançó de Rare Earth —«*I just want to celebrate another day of living...*»— i em vaig dir que valia la pena celebrar que la vida continuava, que jo era un dia més vell però que no per això em trobava pitjor i que la plaça estava preciosa. «Avui és el primer dia de la resta de la teva vida», deia un vell lema hippy i, vist així, era evident que el millor que podia fer era afrontar el món amb optimisme. És clar que un altre eslògan famós de l'època deia «no et fiïs mai de ningú de més de trenta anys», però d'allò aprenies a desconfiar-ne amb el temps, si més no a partir del dia que en feies trenta-un. Relativament feliç, doncs, vaig encendre un porro, em vaig vestir i vaig baixar a fer un mos al bar del Cipri. Sabia per altres vegades que em provava trepitjar aquell territori amic, que m'ajudava a carregar bateries.

El Cipri era rere el taulell, com sempre, amb els cabells blancs, el davantal brut i el seu etern posat de bon jan, eixugant uns vasos que ja devien estar gastats de tant passar-hi el drap. Les ampolles que tenia als prestatges del darrere, arrenglerades i plenes de pols, i les tapes de la barra, amb aquella inconfusible salsa marronosa marca de la casa, eren el testimoni precís que el temps feia anys que s'havia aturat en aquell bar que havia aconseguit sobreviure al marge de les presses, les noses, l'especulació i les modes de la gran ciutat.

—¿Com va, Cipri? —el vaig saludar mentre seia en un tamboret metàl·lic coronat amb un coixí de skai rebentat.

El Cipri va esbossar un somriure cansat, va arronsar les espatlles i va contestar:

—Pots comptar...

—¿Algun problema?

—Els de sempre... —va alçar una cella—. ¿Et sembla poc? Aquest matí hi ha hagut un parell d'estrebades a turistes i la policia està patrullant per evitar que n'hi hagi més.

Vaig donar una ullada a la plaça a través de la finestra. Hi havia un cotxe de la bòfia aturat prop de la font i una parella de policies es passejava escombrant els arcs amb la mirada.

—És inútil... —va remugar el Cipri—. Ara està tot tranquil, però quan se'n vagi la policia tornaran els nanos de sempre a robar tot el que puguin... L'altre dia, a una alemanya la van fer caure al robar-li la bossa i encara és a l'hospital. Diuen que s'ha trencat no sé quants ossos... ¿No sé a què ve tanta comèdia per part de la policia? Tothom sap qui són els pispes, però mai els enxampen... I, si ho fan, l'endemà són al carrer.

—Vigila, Cipri, que t'estàs tornant pessimista.

—¿Pessimista, jo? El que sóc és realista —es va repenjar contra el taulell per mirar de mostrar-se més convincent—. La veritat és que la policia està més interessada a tocar els collons als okupes, que al cap i a la fi no fan mal a ningú, que a tancar els lladregots —va fer petar la llengua contra el paladar—. Des d'ahir que no em trec del cap els dos nanos okupes morts en l'incendi. Ja veuràs com no enxamparan els culpables, no.

El Cipri va sacsejar el cap a banda i banda i em va servir una cervesa i una tapa de xoricets amb pa amb tomàquet. Després, es va oblidar per un moment dels robatoris i dels okupes i es va engegar a parlar de futbol, el seu tema de sempre, però era evident que tampoc el Barça el tenia content. El Cipri estava perdent trempera. Potser era que s'estava fent vell.

—El barri està canviant molt de pressa, Max —va remugar—. Massa. S'enderroquen cases de tota la vida per fer-ne de noves i cada cop hi ha més mala gent.

—De mala gent n'hi ha hagut sempre —li vaig recordar.

—¿Què m'has de dir a mi? —va sospirar—. En aquest bar n'he vist de tots colors, però almenys abans hi havia una llei del carrer que tothom respectava. Ara, en canvi... No sé on anirem a parar.

El Cipri va continuar fregant vasos amb parsimònia. Vaig seure en un racó de la barra mentre menjava els xoricets i em bevia la cervesa, la vista clavada en els bancs de la plaça. Uns quants jubilats prenien el sol i una vella donava menjar als coloms. Tot normal. Quan vaig veure una noia que zigzaguejava en bicicleta entre les palmeres em vaig posar a cantussejar «*Me han robao la mountain bike...*». El Roc tenia raó: aquella cançó estava força bé, i s'enganxava. Vaig estar esperant a veure si la noia es cansava de pedalar i aparcava la bici, però no. Llàstima, m'hauria fet il·lusió que algun ionqui l'hi fotés, com a la cançó, com a la vida mateixa...

—¿No és l'Alba, aquella? —va dir de sobte el Cipri, indicant cap a l'altra punta de la plaça.

En efecte, era ella. Caminava amb la Clàudia repenjada en el seu braç i tot semblava indicar que anaven cap a casa. ¿Què hi feien allà? Només veure la meva cunyada vaig tenir la impressió que els bons auguris del dia s'estroncaven i que un imaginari home del temps anunciava un xàfec inesperat. Vaig pagar la cervesa i la tapa amb urgència i li vaig dir adéu al Cipri.

Quan vaig arribar al meu pis, l'Alba havia obert la porta de bat a bat i estava ajudant la Clàudia a entrar-hi. Aquesta, pàl·lida i sense maquillar, posava cara de Mare de Déu de l'Empenta.

—Ajuda'm, Max —em va dir l'Alba, mentre m'encolomava una bossa de viatge immensa, pesada com un mort.

—Però...

L'Alba va ignorar la meva protesta i va ajudar la seva germana a estirar-se al sofà. Després, la va falcar amb un parell de coixins, va engegar la tele i la va sintonitzar en una telenovel·la infumable on un home repentinat i amb bigotet de dolent intentava seduir una pobra noia amb cara de tendra i innocent, cabell llis estil cortina, clenxa al mig i cinta al cap.

—Vaig a buscar-te els bombons, Clàudia —li va dir—. Tranquil·la, que ara mateix torno.

La vaig aturar que ja era a la porta.

—¿Es pot saber on vas, Alba? —li vaig preguntar.

—A comprar bombons.

—Però, ¿que t'has tornat boja? ¿Què pretens portant la teva germana aquí?

—No siguis inhumà, Max —va posar cara de compassió—. ¿No veus que està feta pols?

—Però ¿per què la portes precisament al meu pis? —vaig protestar—. ¿Per què no es queda al seu *palauet* de la Diagonal?

—Necessita canviar d'aires, Max —va adoptar aquell to didàctic que odio tant—. ¿Que no ho entens? El psicòleg diu que per a ella és horrorós despertar-se cada dia en el mateix pis que va compartir amb el Tomàs. Tot el que hi ha allà li recorda el seu marit. És una tortura per a ella.

Vaig pensar en les figuretes de Lladró i en els quadres de cavalls alats. Amb Tomàs o sense, aquell pis era un malson, segur.

—¿I per què no te l'emportes a casa teva, a l'Empordà? —vaig suggerir—. Allà canviarà radicalment de paisatge, tindrà prats verds, postes de sol, enciams, cols, tomàquets, pollastres...

—Què més voldria jo, Max... —va sospirar—, però la Clàudia no pot estar tan lluny dels seus fills.

—No em diguis que també vindran aquells dos monstres —vaig dir, espantat. La Mònica i el David eren els típics nens repel·lents que tenien la particularitat d'encantar a totes les àvies i de posar-me a mi dels nervis.

—Tranquil, que el món no et caurà al damunt, Max —l'Alba em va dirigir una mirada assassina—. De moment els nens se'ls queda la mare del Tomàs, que ha decidit fer el cor fort.

—¿I quants dies es pensa quedar aquí la marmota de ta germana?

—Max...

—Molt bé, molt bé, ja callo —em vaig calmar—. ¿Però creus de debò que puc treballar tenint aquest fantasma per la casa i sentint tot el dia culebrons penosos i programes de xafarderia de fons?

—Tu rai, Max... —va dir l'Alba amb una cantarella carregada d'ironia—. Però, no ens enganyem, tampoc treballaves gaire abans.

—Deixa't de conyes —vaig pujar un parell de graus el to de la protesta, procurant mostrar-me convincent—. T'ho dic de debò: necessito concentració, silenci, calma.

L'Alba va remugar unes quantes paraules incomprensibles, va regirar la bossa i en va treure un clauer amb un ridícul miniosset de peluix amb cara de babau que només podia ser de la Clàudia.

—Té —em va passar les claus—. Instal·la't al pis de la meva germana. Allà podràs treballar tranquil.

—¿Amb aquell ambient tan cursi?

—Max...

M'ho vaig rumiar uns segons. Vist el panorama, potser no era tan mala idea. El meu pis, amb la Clàudia somiquejant tot el dia davant del televisor, es convertiria en un infern. A la Diagonal, en canvi, hauria de viure enmig d'una decoració hostil, però almenys no hauria d'aguantar la bleda de la Clàudia.

—Molt bé, d'acord —vaig agafar les claus d'una revolada—. Me n'hi vaig ara mateix.

Vaig entaforar un parell de mudes en una bossa i vaig ficar en una carpeta els dibuixos, llibretes, llapis i llibres que tenia escampats damunt la taula del menjador.

—¿Te'n vas, Max? —va dir la Clàudia, apartant per un moment els ulls d'aquell televisor que semblava abduir-li la mirada.

—Sí, a casa teva, reina —vaig punxar-la.

—¿Quèè? —va obrir uns ulls com taronges.

—És just, ¿no?, estimada cunyada —vaig aprofitar que l'Alba no hi era per cantar-li la veritat—. Tu ocupes el meu pis i jo ocuparé el teu.

La Clàudia va provar d'impedir-ho a la desesperada, però l'Alba, que tornava en aquest moment amb unes quantes capses de bombons i una dotzena de Coca-Coles light, li va explicar les poderoses raons de l'intercanvi. Per acabar de convèncer-la, va afegir que jo regaria les plantes cada dia. Dubto que la Clàudia se'n fes càrrec, però va acabar acceptant-ho a contracor.

—Sobretot no toquis res, ¿eh, Max? —va cridar quan jo ja era a la porta—. ¡I no fumis droga!

No fumis droga... Antiga, més que antiga. El primer que faria quan arribés al seu pis seria encendre un calçot de gran calibre a la seva salut. A la sala, a veure si quedava ben empudegada. I quan me l'acabés de fumar l'apagaria en una figureta de Lladró i deixaria la burilla durant uns quants dies a la falda d'una pastoreta ridícula, a veure si així aprenia alguna cosa de la vida.

Mentre caminava Rambla amunt vaig pensar que, si tingués diners, aquell seria un bon moment per volar a Zanzíbar, ben lluny de Barcelona. Aquí us quedeu, invasores de pisos, ianquis d'estar per casa; aquí us quedeu, ploramiques de cine de barri... Carregat de ràbia i de projectes, vaig entrar en un caixer automàtic i vaig consultar el meu compte corrent. Bé, anomenar-lo compte corrent ja és una ironia. Tenia números vermells, com gairebé sempre. Per posar-se a plorar. Qualsevol dia, en comptes de donar-me el paperet amb l'extracte de la meva misèria, el caixer automàtic m'escopiria directament a la cara i em diria que no calia que tornés mai més.

7

EL PIS DE LA CLÀUDIA ESTAVA SI FA NO FA COM SEMPRE: polit i endreçat. Massa polit i massa endreçat. O, millor encara: fastigosament polit i endreçat. Com si mai hi hagués viscut ningú. A vegades tenia la sensació que aquell pis era pura realitat virtual. Vaig anar directament a la nevera i vaig destapar l'ampolla de xampany número tres, la que el Tomàs guardava per Nadal. Al cap i a la fi, si no s'afanyava a reaparèixer i a donar una explicació convincent, no crec que la Clàudia estigués per gaires celebracions... Em vaig endur una copa i l'ampolla a la sala i em vaig instal·lar a l'enorme sofà *made in Hollywood*. Una atenta mirada als voltants —mobles recarregats, ficus de fulles enllustrades, figuretes cursis i quadres horteres— em va convèncer que el millor que podia fer era concentrar-me en allò que en diuen la mirada interior. Vaig encendre un porro transgressor, doncs, i, per tal d'humanitzar aquell territori immaculat i hostil vaig deixar caure la cendra sobre el parquet amb un gest displicent.

M'hi estava començant a trobar a gust —tenia els ulls tancats i els peus damunt de la tauleta de vidre plena de revistes del cor— quan va sonar el telèfon.

—Tenim un problema, Max —em va dir l'Alba—. La mare del Tomàs no es pot quedar els nens avui. Ho farà a partir de demà, però avui no pot de cap manera.

—¿I això què vol dir?

—Doncs que els hauràs d'anar a buscar tu.

—¿Quèè? —vaig protestar; només em faltava fer de mainadera—. Però si estic treballant.

—Fes-ho per mi, Max —em va suplicar l'Alba—. La Clàudia s'ha adormit amb els calmants, jo tinc feina... Només quedes tu.

—No fotis, Alba. Just ara estic dibuixant i...

—Seran només unes horetes, Max. Vinga... Te'ls emportes a casa i continues dibuixant com si res.

—¿M'estàs dient que a sobre me'ls haig d'endur aquí?

—La Clàudia està fora de joc. ¿Què vols? ¿Deixar-los tirats al carrer?

—Doncs, no em sembla una mala idea —vaig dir—. Així aprendrien de què va la vida.

—Max.... —vaig notar com l'Alba es tensava a l'altra banda del fil—. És una emergència i tu ets l'únic que la pot solucionar. Ja veuràs com no et molesten. Es posaran a fer els deures i et deixaran dibuixar en pau. Vinga, afanya't, que surten a les cinc.

Vaig sentir que m'envaïa una suor freda quan l'Alba va penjar. Vaig mirar el rellotge de paret, una carrinclonada plena de detalls daurats i amb un grapat d'angelets bufadors a banda i banda. Eren tres quarts de cinc. No em podia entretenir.

L'escola dels nens era un centre privat i religiós de la part alta de la ciutat, amb un gran jardí al davant, instal·lacions esportives de luxe i un edifici monumental presidit per una torre amb rellotge. La porta d'entrada era plena d'adolescents amb motos, nens mal educats i uniformats i mares que els esperaven al volant d'aparatosos quatre per quatre. Vaig localitzar els meus dos nebots asseguts en un banc prop de l'entrada. Anaven tan polits i enclenxinats que no semblaven nens.

—Anem —els vaig dir—. Avui us acompanyo jo.

—¿I la mare? —va preguntar el David, sense acabar-se'n de fiar.

—Ha anat al metge.

—¿I el pare, continua de viatge?

—Sí —vaig contestar, mentre començava a pensar que el principal objectiu de la seva sobtada desaparició no era altre que tocar-me els collons.

—¿On ha anat?

—Lluny.

—¿Com de lluny?

—Molt lluny.

—¿Més lluny que Lloret?

—Sí.

—¿Més lluny que París?

—Sííí...

—¿Com de lluny?

—Prou! —vaig cridar—. El pare ha anat lluny i prou!

Vaig aturar l'interrogatori amb un gest autoritari. No pensava permetre que aquell parell de mocosos em fessin la vida impossible.

Quan vam arribar al pis, vaig decidir tancar-me lluny del perill. Vaig avisar als nens que tenia feina, els vaig plantar davant la tele i em vaig posar a dibuixar al despatx del Tomàs. No era el lloc ideal, per descomptat, més aviat semblava un espai creat expressament per tallar qualsevol indici de creativitat, però no podia triar.

Vaig estar una bona estona intentant dibuixar alguna cosa aprofitable, però no tenia el dia. Després d'un estudi a fons de les circumstàncies ambientals, vaig veure clar que la meva falta de concentració es devia a dues coses: a un diploma de Llicenciat en Dret a nom de Tomàs Miralles penjat al centre de la paret i a una foto de promoció de la Facultat de Dret. Allò era massa per a mi. Vaig estar estudiant els alumnes un per un, mirant de trobar algun tret humà en el seu posat distant, però vaig acabar desistint i penjant-hi la jaqueta al damunt per evitar de veure'ls. A continuació, vaig encendre un porro per animarme i vaig començar a dibuixar la silueta d'una noia negra passejant per un carrer de Stone Town, a Zanzíbar.

Semblava que per fi havia trobat el fil de la inspiració quan es van sentir dos trucs a la porta i van treure el cap els dos nens.

—Aquí no es pot fumar —em va dir d'entrada el David amb veu de censor—. El pare no ho suporta. Diu que el tabac fa pudor i porta malalties.

—Tranquil, que això no és tabac.

—¿I què és?

Vaig expulsar una bafarada de fum i els vaig dir que es deixessin de preguntes i que tornessin cap a la tele.

—S'han acabat els dibuixos —va dir la Mònica.

—¿I què fan ara?

—Una sèrie de policies.

—Doncs, mireu-la.

—El pare no ens deixa —va dir el David—. Diu que és massa violenta.

—És igual. Avui és un dia especial i podeu mirar-la —vaig somriure—. El tiet Max us dóna permís.

—¿Quin dia és avui? —va preguntar el David amb desconfiança.

—El Dia de les Sèries Violentes, instituït per l'ONU per tal d'evitar que els que les fan es morin de gana per culpa de pares massa primmirats —vaig improvisar—. Apa, aneu que tinc feina.

—¿I els deures? ¿Quan farem els deures?

—Després.

—Després serà tard.

—Doncs, feu-los ara.

—És que tu ens has d'ajudar.

—¿Jo? ¿Per qui m'heu pres?

—El pare sempre ho fa, i com que ell no hi és...

—Ara no puc, tinc feina —vaig dir, taxatiu.

—¿Feina? —el nen va posar la mateixa cara de fàstic del seu pare—. ¿Des de quan dibuixar és una feina?

—Doncs, ves per on, petit monstre —vaig dir a punt de perdre els estreps—, dibuixar és bastant més creatiu que passar-se hores en un despatx d'advocat comptant diners o resolent casos estúpids.

Els vaig fer fora sense miraments, «castigats» a mirar la sèrie violenta, i vaig intentar continuar dibuixant. No hi va haver manera. Havia perdut la concentració i no aconseguia retrobar-la. Aquell ambient horripilant en tenia la culpa. M'enyorava de la plaça Reial, de les palmeres, del bar del Cipri... Vaig començar a remenar els calaixos per distreure'm. Tot estava tan racionalment endreçat que feia fàstic. Llapis, maquineta, folis, compàs, goma... Segur que el Tomàs era dels que no deixaven la goma a ningú de la classe. «Si de cas, porta el full, que ja t'ho esborraré jo...», devia dir el molt odiós. Vaig canviar algunes coses de lloc, només per trencar l'ordre establert, i quan ja em pensava que no trobaria res d'interessant, vaig localitzar en un calaix unes quantes carpetes apilades. La majoria eren plenes de paperassa oficial que a primera vista em va semblar sense cap interès. I juraria que també a segona vista, i a tercera... En l'última de les carpetes, però, hi havia quatre fotos que em van cridar l'atenció. Eren totes de gent jove, d'aspecte alternatiu, i semblaven fetes des de lluny, des d'una posició alta. ¿Què tenia allò a veure amb la feina del Tomàs?

Mentre estava repassant les fotos, va sonar el timbre de la porta i vaig anar a obrir. Estava convençut que seria algun veí que venia a donar-me la tabarra sobre el Tomàs, però em vaig equivocar de mig a mig: era l'inspector González. Suava com un porc i li tremolava la papada, però tot i així no es va treure la gavardina. Es devia pensar que feia més policia.

—¿No hi és la senyora Miralles? —em va preguntar d'entrada, insinuant que amb mi no en tenia ni per començar.

—És fora —vaig informar-lo—. Només hi sóc jo i els meus nebots.

—Els fills de l'implicat, ¿no? —va dir, fent-se l'entès.

Vaig assentir i el vaig fer passar a la sala. Els nens eren allà, amb els ulls ben oberts, mirant un intercanvi de trets espectaculars, d'aquests que fan saltar la pintura dels cotxes i provoquen abundant trencadissa de vidres, uns quants morts i rius de sang.

—Una bona sèrie, sí senyor —va aplaudir el policia.

—Doncs el meu pare diu que és massa violenta —va saltar el David.

L'inspector em va mirar amb un posat escèptic i va indicar els nens amb un cop de cap. Em vaig adonar del que volia dir —la roba estesa feia nosa— i els vaig enviar a l'habitació.

—Vinga, aneu a fer els deures.

—¿Però que no és el Dia de les Sèries Violentes? —va rondinar el David.

—Au, passa avall, marrec!

Van obeir sense rondinar. Això sí que ho tenien; altra cosa no, però obedients ho eren.

—¿Hi ha alguna novetat? —vaig preguntar, ja sense nens a la vista.

—Sí i no —l'inspector va torçar el gest.

Em va dirigir una mirada que suposo que volia ser d'intel·ligència, però que a mi em va semblar de babau absolut i, donant una ullada a la sala, em va explicar en un to professional:

—He vingut per examinar l'escenari on es movia el subjecte implicat. Pel que veig, el paio no vivia gens malament. ¿Li importa si dono un cop d'ull?

—Faci, faci...

L'inspector va tafanejar una estona per la casa, va admirar les figuretes de Lladró i va remenar l'habitació i el despatx del Tomàs sense trobar-hi res que li cridés l'atenció. Quan va tornar a la sala, va seure al sofà i va encendre un puro de pam. Em va agradar que ho fes: allò contribuiria a empudegar encara més l'ambient.

—Aniré al gra —es va arrepapar al sofà amb cara de gripau—. ¿Sap si el subjecte implicat té enemics?

—Jo no n'hi conec cap —vaig sacsejar el cap.

—¿Algú que li pogués fer xantatge?

—No, que jo sàpiga.

—¿Deutes?

—Ell sempre deia que li agradava pagar «religiosament».

L'inspector González es va fregar la barbeta amb fruïció i va provocar que la papada se li bellugués com un esquellot. Semblava que anava a fer algun comentari, però es va acabar mossegant la llengua. Vaig tenir la impressió que m'amagava alguna cosa.

—Truqui'm si hi ha cap novetat —em va dir mentre s'aixecava per marxar—, per petita que sigui.

Li vaig jurar que així ho faria i vaig tornar al despatx del Tomàs, del tot desconcertat.

No va passar gaire estona sense que els nens traguessin el cap i em preguntessin qui era aquell home tan suat.

—Un policia —els vaig dir la veritat.

—Apa, no —va dir la Mònica—, que porten uniforme i pistola.

—Aquest no.

—¿Per què?

—Perquè no.

—«Perquè no» no és cap resposta —va dir el David—. El pare sempre ho diu.

—Doncs a partir d'avui «perquè no» passa a ser una resposta vàlida.

—¿Per què?

—Perquè sí.

—«Perquè sí» no és cap...

—Prou —vaig picar amb la mà plana a la taula—. Si heu de continuar així us envio a dormir.

—Però, si encara no hem sopat —es va queixar la Mònica.

Tenia raó. Vam anar tots tres a la cuina, vaig treure el que quedava de la truita de patates i la vaig acompanyar amb un parell de llesques de pa amb tomàquet.

—Ecs! —la Mònica va posar cara de fàstic—. Els dijous la mare ens fa macarrons i bastonets de peix.

—Doncs avui és un dia especial.

—Ja ho has dit, el Dia de les Sèries Violentes.

—I també és el Dia Internacional de la Truita de Patates. Avui tothom ha de menjar truita de patates. Si no ho fas, et poden tancar a la presó.

Van acabar menjant-se la truita i, després de rondinar una estona, van anar al llit. No, no s'havien de banyar, perquè casualment aquell era el Dia Mundial de No Banyar-se. Oh, sí, ho feien per estalviar aigua. I no, el tiet Max no era com el pare, el tiet Max no explicava contes, entre altres coses perquè aquell era un dia especial, el Dia Sideral Sense Contes. La Unesco l'havia establert perquè personatges com la Blancaneus i la Ventafocs poguessin tenir almenys un dia de festa. No era un tema per prendre's de broma: els set nans havien fins i tot amenaçat d'anar a la vaga si no es respectava aquell dia. La Mònica i el David van posar cara de no estar-hi gens d'acord, però s'hi van acabar conformant.

Una estona després era jo el que queia rendit al sofà, sense esma d'arrossegar-me al llit. Acabava de descobrir que tractar amb criatures era bastant més dur que dibuixar. I, probablement, fins i tot que treballar. Mentre m'adormia vaig estar pensant en les fotos de la carpeta del Tomàs i en la visita de l'inspector. ¿Què significava tot allò? Abans no se m'acudís cap explicació raonable se'm van tancar els ulls i em vaig trobar somiant en unes quantes pastoretes de porcellana de faldilles volades i galtes rosades que feien l'amor desenfrenadament amb un pallasso enamorat i lasciu que duia la marca Lladró gravada al cul.

8

M'AGRADA, QUAN FA SOL, CAMINAR VORA EL MAR PEL passeig de la Barceloneta, potser perquè em produeix una sensació contradictòria, mig urbana i mig marinera. D'alguna manera em fa sentir com si estigués enganyant la ciutat, com si aconseguís travessar una porta invisible i treure el cap a un altre món. A una banda hi ha un barri popular, amb carrers estrets, cases baixes, olor de mar i roba estesa, amb restaurants on es menja bon peix, cambrers que tempten la gent que passa amb promeses de menjars fabulosos («el millor arròs de la ciutat!», «les millors gambes del món!»), gats famèlics, gent que es busca la vida i cotxes que circulen deixant enrere un rastre de fum i d'indiferència. A l'altra banda hi ha el Port Vell, un mar tancat, de pagament, ple de iots ancorats i embolicats a l'espera de l'estiu, amb les veles plegades i les portes barrades, com una promesa de somnis a termini fix. Per aquests molls ja no s'hi veuen ni contenidors, ni grues ni descarregadors; tan sols nois que fan equilibris amb l'*skate* o que passegen gossos enmig d'un ambient dissenyat per al lleure, vells que prenen el sol, grups d'escolars esvalotats i turistes que suen a raig mentre mesuren sobre el mapa el que encara els falta per arribar a la terra promesa de la platja. Al fons, entre un bosc de màstils, s'entreveu Barcelona, una ciutat situada en un escenari de llibre, limitada ben clarament pel mar Mediterrani, dos rius —el Besòs i el Llobregat— i dos turons —Montjuïc i el Tibidabo—. Al mig, l'efervescència dels diferents barris dóna identitat a una aglomeració que s'insinua des del Port Vell, mostrant la millor postal de la ciutat: les elegants façanes del passeig de Colom, les palmeres de disseny, l'estàtua de la Mercè al capdamunt de l'església, la cicatriu de la Via Laietana, l'agulla de la catedral, els campanars de Santa Maria del Mar i l'estàtua de Colom que balla per damunt de teulades i terrats. Només hi falta alguna cosa de Gaudí i una samarreta del Barça per fer feliç qualsevol turista.

Vaig girar a l'esquerra al final del passeig. Volia veure la platja, la sorra blanca, les onades, el blau del mar, les palmeres... No és precisament Zanzíbar, però tampoc està tan malament. Volia veure el punt exacte on la platja es troba amb la ciutat, el punt on, no fa gaires anys, abans dels Jocs del 92, hi havia hagut el laberint de barraques que conformaven els xiringuitos populars, amb el Bernardo tocant la guitarra de taula en taula, la Mary cantant els plats del menú i un fotògraf ambulant disparant el flaix contra les parelles disposades a menjar-se una paella. És una llàstima que aquell caliu popular es sacrifiqués als déus de la modernitat, però... el temps passa, la ciutat canvia, les generacions es superposen. En el lloc dels xiringuitos, per obra i gràcia dels Jocs, hi ha ara una llarga platja de sorra daurada, amb els gratacels del Port Olímpic al fons i amb l'escorta discreta d'uns edificis ja vells i escrostonats que no saben com posar-se per exercir de nova façana marítima.

El restaurant La Magrana està situat a dues passes de la platja, en un carreró de la Barceloneta que encara conserva aires pescadors i menestrals. És un lloc secret que, per alguna estranya carambola urbanística, ha sobreviscut al marge de la modernitat i conserva intacte l'encant dels vells temps. És petit i agradable, amb una porta repintada mil vegades de color marró, bigues de fusta, taules parades amb estovalles de quadres de colors vermell i blanc, ampolles en renglera i una barra de marbre que sembla que només serveixi perquè el seu propietari, el senyor Josep, s'hi repengi per mirar un televisor permanentment engegat. Només entrar-hi ja vaig veure el Roc. Seia a la taula del fons, amb una cervesa i unes olives al davant. Gesticulava i cridava. És a dir, feia el notes, com gairebé sempre. Al seu costat hi seien l'Agustí i el Lluís, dos companys del seu diari. L'Agustí —alt i ben plantat, cabell molt curt i mirada clara— era un mestre de la fotografia periodística que no es separava mai de la seva estimada Leica. El Lluís, per la seva banda, tenia tot l'aspecte d'un mariner en excedència que feia de periodista mentre no es pogués fer a la mar, la seva autèntica dèria.

—Al final, l'únic segur és que ens donaran a tots pel cul —estava filosofant el Roc, molt en el seu estil, quan vaig seure a la taula.

Parlaven dels diaris, de com s'havia anat perdent l'ambient de les redaccions d'abans i de com els vells periodistes se sentien cada vegada més com una espècie en extinció. Me'n vaig desentendre i vaig demanar una amanida i un conill amb ceba. Per beure: vi amb gasosa. Quan va arribar el primer plat, el Roc ja havia deixat de banda la reivindicació del periodisme clàssic i havia passat a parlar d'un dels seus temes preferits: les dones. De les d'ara, de les d'abans, de les de la vida real, de les del cine, de les accessibles, de les inaccessibles...

—Mai dirieu amb què m'ha sortit l'Anna mentre esmorzàvem —el Roc ens va observar atentament un per un, com si es volgués assegurar que no ens en riuríem i va continuar—. Se li ha ficat al cap adoptar una nena.

—¿Una nena? —vaig exclamar. Només de pensar en els nens del Tomàs que m'havia tocat aguantar el dia abans se'm posava la pell de gallina.

—Sí, una xineta —va dir el Roc, abatut.

—¿I per què precisament una xineta? —vaig preguntar.

—Sortós tu, Max, que no llegeixes els diaris i que vius perpètuament exiliat al cel dels hippies... —va sospirar el Roc mirant el sostre—. El que ara es porta és adoptar xinetes. Els tràmits són senzills i n'hi ha moltes, ja que a la Xina els pares es queden els nens i sovint rebutgen les nenes.

—¿I tu no...? —va intervenir l'Agustí, que, superada la sorpresa inicial, amb prou feines es podia aguantar el riure.

—Jo, res de res —va dir el Roc, sec—. Quan m'ho ha dit, l'únic que ha aconseguit és que m'ennuegués amb el croissant. És que és l'hòstia! L'Anna i jo ens hem passat anys i panys dient que la nostra decisió de no tenir fills era lliure, compartida i conscient. Érem uns no-pares la mar de responsables. Ha! —va fer una rialla sarcàstica—. Doncs resulta que ara, passats els quaranta, l'Anna em surt que vol adoptar una criatura. No et fot...

El panorama era certament inquietant, però la cara que feia el Roc, com si li acabés de caure el món a sobre, invitava descaradament a la rialla. De cop, sense poder-nos aguantar més, tots vam esclatar en un riure obert.

—Rieu, rieu, que algun dia us tocarà a vosaltres —ens va dirigir una mirada assassina—. Això és com una epidèmia i jo sóc tan sols la primera víctima...

—Pren-t'ho per la banda bona, Roc —li vaig suggerir, donant-li un copet d'ànim a l'esquena—. Potser la nena et surt maoista i et recorda els vells temps de lluita.

—O potser et passa com al Woody Allen —va dir l'Agustí—. La deixes créixer uns quants anys i t'hi cases quan ja estigui feta. Pensa que és un bon planter per al relleu generacional.

El Roc va contestar amb un gruny que ens va convèncer que era millor no continuar punxant-lo. Quan l'Agustí, amb la intenció de trencar el gel, va treure la Leica per fer-nos una foto, em va venir al cap que tenia a la carpeta les fotos trobades al despatx del Tomàs.

—Té, nen, un regal —li vaig passar les fotos a l'Agustí.

—Et conec massa bé, Max —va riure ell mentre les agafava—. Els vells hippies com tu només regaleu barretes de sàndal o ampolletes de pàtxuli. Digues, ¿què vols?

—Vull que te les miris i em diguis què n'opines.

Mentre anava examinant les fotos, l'Agustí va comentar que era evident que estaven fetes amb teleobjectiu des d'una posició elevada.

—Tenen molt de gra —va afegir—, el que vol dir que han estat molt ampliades. Segur que les han fet d'amagat.

Tots hi van donar un cop d'ull i cadascú hi va dir la seva. Per al Lluís, estava clar que el que es veia al fons era un carrer de Gràcia; ho reconeixia per les llambordes i per les façanes de les cases, tot i que no sabia precisar quin; l'Agustí va comentar que els joves de les fotos tenien aspecte alternatiu i el Roc es va fixar que alguns d'ells lluien símbols okupes cosits al jersei o enganxats als pantalons.

—¿Per què t'interessen tant? —em va preguntar el Lluís.

Els vaig explicar a tots el que el Roc ja sabia: la desaparició del Tomàs i l'absència de cap mena de notícia.

—Les fotos les tenia el meu cunyat a casa seva —vaig afegir—. No ho sé, penso que, potser seguint aquest fil, puc trobar alguna pista...

El Roc va aprofitar l'ocasió per portar l'aigua al seu molí.

—Així m'agrada, Max, que em facis cas i et posis a investigar pel teu compte —em va dir en un to paternalista mentre em passava un braç per l'espatlla—. Segur que no te'n penediràs —després, girant-se cap als altres, va afegir amb admiració—. Hem de reconèixer que aquest Tomàs sí que els té quadrats. Ha fet el que voldríem fer tots i no ens atrevim a fer. Un bon dia ha decidit no tornar a casa, ha agafat un avió amb una rateta i ja m'has vist prou.

—Jo faria el mateix, però canviant l'avió pel barco —va sospirar el Lluís.

—El que no entenc és per què el Tomàs no n'ha dit res a la dona —vaig dir jo, tornant al tema que m'amoïnava—. Em sembla molt bé que vulgui fotre el camp, però m'estranya que ho amagués a la Clàudia. Els dos són uns torrafaves insuportables, d'acord, però dos torrafaves molt units.

—Pots comptar, Max —hi va tornar el Roc—. Encara que no t'ho creguis, aquest manso se n'ha anat amb una altra i, és clar, costa una mica telefonar i dir: «Mira, Clàudia, et truco per dir-te que me'n vaig amb una de més jove i més guapa que tu. ¿Oi que ho entens, carinyo? No és res personal, no, són només coses que passen».

Just en aquell moment la tele va començar a informar de la casa okupa cremada de Gràcia. Li vam demanar al Josep que apugés el volum i vam callar per escoltar el que deien. Tot era molt tràgic, molt trist. Mentre es veia un bulldozer que maniobrava per enretirar la runa, va aparèixer en un requadre la foto dels dos nois morts durant l'incendi. Un d'ells es deia Marc i tenia vint-i-tres anys. Segons va dir una veu en off, feia més d'un any que s'estava d'okupa a la casa; l'altre es deia Ígor, en tenia dinou i havia arribat feia tan sols una setmana.

—Ja és una putada —va murmurar l'Agustí—. Morir tan jove...

—El que més em fot és que no enxamparan els que ho han fet —va lamentar el Roc, amb els punys closos—. Dos nois morts i els culpables segur que campen pel món com si no hagués passat res.

—¿Se sap qui pot haver estat? —va preguntar el Lluís.

—Es rumoreja que hi ha un skin detingut, però no està confirmat oficialment —va explicar el Roc—. Qualsevol diria que no els interessa trobar els culpables. Els skins fan la feina bruta i als que manen ja els va bé...

Vam estar una bona estona callats, com si sobressin les paraules davant la desgràcia de la mort. Finalment, el Roc va trencar el silenci per tornar a les fotos i suggerir-me una possible via d'investigació.

—Jo de tu aniria a Gràcia i ensenyaria les fotos als okupes del barri —em va aconsellar—. Potser algú reconeix els que hi surten i et pot ajudar —va rumiar una estona i va afegir—. El millor és que vagis a Kan Gamba, al carrer Verdi, i demanis pel Jordi Vila. És un històric dels okupes, tot i que només té trenta anys. És un bon tio. Li pots dir que vas de part meva.

—I si hi ha alguna okupa xineta que estigui de bon veure pensa a avisar el Roc —va comentar l'Agustí, rient.

El Roc el va engegar a la merda, els altres van esclatar a riure i, mentre esperàvem els cafès, em vaig apuntar mentalment que aniria a Gràcia l'endemà al matí. Ja que era a la Barceloneta, aquella tarda em venia de gust fer el llangardaix i prendre el sol a la platja. Sense presses. «*California dreaming...*»

9

NOMÉS SORTIR DE L'ESTACIÓ DE METRO DE FONTANA EM vaig adonar que la nit havia estat moguda a Gràcia. Era com l'escenari després de la batalla: caixers automàtics cremats, cabines de telèfons arrasades, contenidors d'escombraries convertits en munts de plàstic fos, aparadors destrossats i un escampall de vidres trencats. En una cantonada s'havia format un grup que comentava el que havia passat. Vaig parar l'orella. Una dona ja gran, amb un mocador blanc al cap i amb el rostre vermell d'indignació, explicava que el brogit de la nit li havia portat a la memòria el temps llunyà de la guerra.

—Se sentien uns espetecs que eren com bombes —repetia sense saber-se'n avenir—. Ha estat horrorós, horrorós...

Pel que vaig sentir, tot havia començat quan un centenar d'okupes s'havia manifestat pel carrer Gran en protesta per l'incendi. Demanaven que algú pagués per la mort dels seus dos companys. La marxa s'havia desenvolupat sense incidents, amb pancartes que proclamaven que ocupar és un dret i amb crits a favor de la llibertat i en contra de l'especulació. Cap al tard, però, quan els manifestants ja es dispersaven, uns quants nois amb la cara tapada amb passamuntanyes havien començat a trencar aparadors i a llençar pedres i còctels molotov contra la policia. Aquesta no va trigar a contraatacar, primer amb pots de fum i després amb bales de goma i càrregues desproporcionades. Fins a les dues de la matinada s'havia desfermat una autèntica batalla campal pels carrers de Gràcia. Trets, corredisses, confusió, crits, detencions, baralles...

—Entre els uns i els altres han trencat tot el que han pogut i més —es va queixar un home que duia un davantal de carnisser i la preocupació ben marcada al rostre.

Un jove molt prim, vestit de negre, va recordar que la manifestació havia estat pacífica i que ningú coneixia els provocadors que havien actuat al final.

—No m'estranyaria que els que ho han trencat tot fossin policies camuflats —va concloure—. Ja ha passat altres vegades. Volen carregar tota la culpa de la violència als okupes i posar-nos la gent del barri en contra.

Va seguir una discussió amb opinions dividides i, veient que no paraven de donar voltes al mateix, vaig optar per continuar carrer Gran avall. La destrucció, pel que es veia, havia estat important. Unes dones escombraven les restes escampades davant del McDonald's i miraven d'esborrar el rastre de la batalla; en una oficina de la Caixa uns operaris retiraven el que quedava d'un vidre immens mentre uns altres es preparaven per posar-ne un de nou; a la cantonada amb la Travessera la grua s'emportava un cotxe cremat i un guàrdia s'esforçava per controlar el trànsit en lloc d'un semàfor destrossat.

Vaig tombar per Travessera i de seguida em vaig trobar al cor de Gràcia: carrerons estrets amb voreres mínimes, cases baixes, cotxes que maniobraven amb dificultat i una placeta que s'obria de tant en tant per donar pas a un esclat de llum i a unes quantes terrasses de bar. La plaça del Sol, la del Rellotge, la del Diamant... eren com oasis de pau enmig d'aquell barri atapeït.

Caminava sense ni tan sols fer l'esforç de pensar per on anava. Avançava fent ziga-zagues pels carrers de Gràcia, fugint del soroll dels cotxes, fins que em vaig adonar que l'atzar m'havia portat a la plaça del Sol entrant pel carrer Planeta. De cop, em sentia com si estigués flotant a l'espai sideral. Feia una temperatura agradable i ho vaig celebrar seient una estona a la plaça del Sol. Tenia ganes de recuperar el paisatge de la infància, de fer les paus amb el barri, però la plaça era ara molt més dura del que la recordava. Un aparcament soterrani se n'havia endut bona part de l'encant i el perfil dels edificis, lluny de ser uniforme, s'havia vist alterat en els últims anys per culpa dels típics nyaps urbanístics de Barcelona. El resultat era una línia del cel del tot irregular, formada per un conjunt de cases de diferents colors, diferents estils i diferents alçades, ni velles ni noves, ni altes ni baixes, amb façanes que alternaven els esgrafiats elegants amb les baranes de ferro colat i la mesquinesa del maó. Vaig tenir la sensació que tot plegat era un campi qui pugui que traïa l'esperit del barri que jo havia conegut de petit. No els faltava raó als okupes quan decidien combatre l'especulació ocupant cases buides i mirant d'inventar una nova forma de vida. S'havia de rehumanitzar la ciutat, tornar les pilotes a les places i descobrir la platja sota les llambordes, com deien els del maig del 68.

Quan vaig estar prou amarat de nostàlgia del barri, em vaig arribar fins al carrer Verdi. No em va costar gens trobar Kan Gamba. Era una casa de dos pisos de les moltes que es feien a Gràcia a començaments del segle XX, amb finestres amb reixes a la planta baixa, una gran balconada al primer pis i un terrat amb roba estesa on onejava una bandera negra amb una A vermella al centre. Tant el balcó com el terrat estaven protegits per unes barricades d'estar per casa, construïdes amb vells somiers, tanques robades i senyals de trànsit. Es feia estrany pensar en el contrast radical que hi havia entre la vida burgesa que durant molts anys havia albergat aquella casa i la vida alternativa que ara acollia. Els ninots de formes i colors psicodèlics pintats a la façana, amb una gran gamba d'antenes afilades com a símbol, i les pancartes que penjaven de les finestres indicaven ben a la clara que aquella era una casa ocupada. O, més ben dit, «okupada», amb k d'«okupa», ja que pel que es veia aquella rebel·lió afectava també l'ortografia. Per aquesta regla de tres, Can Gamba s'havia convertit en Kan Gamba.

Vaig trucar a la porta de fusta i, rere les reixes d'una finestra, una noia em va preguntar què volia. Em va cridar l'atenció la força de la seva mirada; tenia uns ulls negres com el carbó, uns llavis molsosos i cabells molt curts tenyits d'un vermell intens. Quan li vaig demanar pel Jordi Vila, va desaparèixer sense dir res cap a l'interior de la casa. Un parell de minuts més tard tornava per dir-me que el Jordi no hi era.

—¿Quan el puc trobar? —li vaig preguntar.

—Més tard —va fer una ganyota d'indiferència.

—Potser tu em pots ajudar —vaig provar sort—. Veuràs, és que...

—No seràs de la bòfia —em va tallar, deixant ben clar que, en el cas que ho fos, més em valia tocar el dos.

—No —vaig riure—. ¿En faig cara?

—La veritat és que no —va admetre la noia després de repassar-me de dalt a baix, com si m'estigués donant una capa de pintura barata—, però últimament els molt porcs es disfressen del que sigui per infiltrar-se entre nosaltres. Hem tingut policies d'aspecte punky, heavy i fins i tot hippy, com ara tu...

—No, jo no sóc policia —vaig exhibir un somriure digne de Sant Francesc—. Per si et serveix d'alguna cosa et diré que sempre he odiat la pasma.

—¿I què vols? —em va preguntar ella sense abaixar la guàrdia.

—Busco algú.

Una altra ganyota de desconfiança.

—No seràs d'aquests mercenaris que busquen menors per tornar-los a caseta... —em va punxar—. Si és així, ja et pots obrir.

—No busco cap menor —li vaig aclarir i, per tal de guanyar-me la seva confiança, vaig optar per exhibir les meves credencials contraculturals—. Veuràs, sóc dibuixant de còmics...

—¿Com et dius? —em va interrompre.

—Max... —vaig començar a dir.

—Max Riera! —va acabar ella.

Es va posar a riure com una boja, com si li hagués agafat un atac que, la veritat, no sabia com prendre'm.

—Un moment que t'obro —em va dir quan va parar de riure.

Quan per fi es va obrir aquella porta d'aparença infranquejable, va aparèixer ella amb un somriure d'orella a orella.

—Benvingut, Max Riera —va fer un gest teatral, inclinant-se amb una reverència—. ¿No em coneixes?

M'hi vaig fixar atentament. Era maca, jove i divertida, però no aconseguia trobar-li cap tret familiar.

—Sóc la Laia —va dir—, la Laia Soler, la filla de la Rosa Mir.

Vaig revisar amb urgència els arxius de la memòria i al final hi vaig caure. La Rosa Mir era una veïna de la meva edat a qui havia perdut la pista feia anys; la Laia, per tant, devia ser aquella nena que vivia a la mateixa escala de la mare, una nena que recordava amb trenetes i amb una nina als braços.

—La Laia! —vaig exclamar—. Però si...

Vaig fer un gest amb la mà indicant que la recordava molt petita.

—Han passat els anys —va somriure.

—Ja me n'adono, ja... —vaig dir, admirant-la de dalt a baix.

Desaparegut tot rastre de desconfiança, la Laia em va fer passar a una habitació de la planta baixa on una barra tronada de mecanotub feia les funcions de bar. Unes quantes estores, matalassos i butaques recuperats de contenidors procuraven revestir el lloc d'una certa dignitat de club social; la il·luminació consistia en unes quantes bombetes tapades amb mocadors indis o amb cistells de vímet. Sonava una cançó de l'Albert Pla que parlava d'una parella que es posava a follar en un bar i que demanava al cambrer que els casés. Rotllo alternatiu... L'aire feia olor d'una estranya barreja de pintura i pàtxuli, i a les parets hi havia uns quants quadres sense emmarcar de colors massa vius i pancartes amb frases del catecisme okupa: «Okupa i resisteix», «Contra espekulació, okupació», «Mort a la propietat privada», «Banka, kulpable», «Un desallotjament, una okupació» i altres proclames per l'estil. En un racó hi havia unes quantes bicicletes apilades i un gos petaner que dormia sense fer cap cas de dos nois amb grenyes que pintaven unes cadires just al seu costat.

—Perdona si t'he semblat desagradable d'entrada —es va excusar la Laia mentre posava una tetera al foc—, però és que aquests últims dies la cosa està molt tensa. Ens han fet moltes putades i...

Vaig seure en una butaca amb les molles fluixes i vaig escombrar l'habitació amb la mirada. Aquell desordre em feia pensar en la comuna de Formentera.

—No esteu gens malament aquí —vaig comentar.

—No és mal lloc —va somriure—. La casa està ocupada des del 97. L'han intentat desallotjar dues vegades, però s'han hagut de fotre. De tota manera, no abaixem la guàrdia. Tenim la casa ben protegida i els farem front si algun dia tornen.

Vaig recordar les barricades del balcó i la terrassa. Kan Gamba, de fet, era com una mena de castell de la modernitat on es feien forts els partidaris de la vida alternativa. ¿Fins quan podrien aguantar?

La Laia va portar dues tasses de te, les va deixar en una tauleta baixa que ballava i va seure en un matalàs ple de taques en la posició del lotus.

—¿Quants anys tens, Laia? —li vaig preguntar mentre ella encenia una barreta de sàndal. No em treia del cap la nena de les trenetes que veia des de la finestra de casa la mare.

—Vint-i-dos, i ja en fa tres que sóc okupa —va dir com si exhibís galons de veterana—. Als dinou anys vaig conèixer un tio que m'enrotllava i, com que era impossible trobar al barri un pis a bon preu, ens vam fer okupes. Aquell tio ja no hi és, però jo ja he viscut a quatre cases diferents des de llavors. La penúltima és la que van cremar fa uns dies; després de l'incendi, la gent de Kan Gamba m'ha acollit aquí —la Laia va fer una pausa i va afegir amb un somriure—. Demà qui sap on seré...

—Mai és la casa definitiva —vaig filosofar.

—Això mateix: res és per sempre —va tornar a somriure—. Ni la casa, ni la parella, ni la feina que puguis fer... La gent viu massa arrelada a les coses materials, van acumulant molt al llarg de la vida, però nosaltres vivim el present, que és el que de debò importa... L'únic que fem és ocupar cases buides que els propietaris mantenen per especular —em va explicar com si em volgués convèncer d'alguna cosa—. La gent com Déu mana —va posar-hi unes cometes imaginàries amb els dits— insisteixen a presentar-nos com uns violents i uns asocials, quan el que fem és posar el dit a l'ull de la societat, mostrar els seus defectes. A Holanda i a Suïssa els okupes estan considerats d'una manera més positiva, però aquí se'ns tracta com a delinqüents.

Vaig beure un glop de te i, mentre la Laia s'entretenia encenent una espelma, vaig pensar que, en el fons, hippies i okupes estàvem destinats a entendre'ns. Era tan sols una qüestió del temps que passava. Als anys setanta no costava gens anar-se'n de casa i trobar un pis de lloguer barat; ara, en canvi, s'havien de buscar altres fórmules.

—¿Saps que quan jo tenia quinze anys m'agradaves? —va dir de sobte la Laia. La vaig mirar sense saber què dir; m'agafava amb els pixats al ventre—. Et veia quan venies a visitar la teva mare i m'agradava veure que eres tan hippy. Els cabells llargs, els pantalons afgans, el cabàs eivissenc...

—La teva mare també era mig hippy —vaig recordar la Rosa, amb una cinta al front, espardenyes i un vestit estampat ple d'estrelles i llunes.

—No tant com tu —va riure la Laia—. La mare tenia la casa plena de flors, em posava el *Qualsevol nit pot sortir el sol* del Sisa quan anava a dormir, però en el fons era molt autoritària... A mi m'agradaves tu. Fins i tot em vaig comprar un dels teus llibres de còmics...

Vaig riure, desconcertat. La meva fama era tan limitada que no em passava gaire sovint de trobar-me amb una admiradora. Per sortir d'aquella situació incòmoda li vaig preguntar què se n'havia fet de la seva mare.

—Uii! —va sospirar la Laia—. Per fer-ho curt et diré que es va casar amb el meu pare, que es van separar quan jo tenia set anys, que es va tornar a casar i s'ha tornat a separar. Ara viu sola i es dedica a fer classes per a adults en una escola de barri. Potser és feliç, però la veritat és que a mi em fa una mica de pena. Em sembla com si s'hagués rendit...

Se'm feia estrany veure com la vida de la Rosa Mir es resumia en unes poques paraules, encara que, ben mirat, la vida de tothom es pot reduir a un resum de quatre o cinc línies. La recordava d'adolescent, quan sèiem al replà de l'escala i em parlava dels seus plans i de les seves il·lusions, i la imaginava ara, tancada en una existència aparentment gris i monòtona. Em sentia fràgil en aquell terreny, potser perquè en la vida de la Rosa veia en certa manera un reflex de la meva; probablement per això vaig canviar de tema i vaig preguntar-li a la Laia si creia que l'incendi havia estat intencionat.

—Segur —va dir sense dubtar-ho ni un segon—. Ja feia uns mesos que notàvem coses rares. Primer van venir uns advocats que ens van voler treure a les bones, però es van fotre, perquè coneixem la llei i vam saber plantar-los cara. Ni van passar de la porta. Fa cosa d'un mes, però, van aparèixer els skins. Eren terribles. Ens insultaven quan sortíem al carrer, ens amenaçaven de mort, ens ensenyaven navalles de pam, ens llançaven pedres, ens tallaven la llum, ens robaven les bombones de butà... —va fer una pausa abans d'afegir, contundent—: i al final van acabar calant foc a la casa.

—¿En teniu proves?

—No —va sacsejar el cap—, però ni que en tinguéssim... ¿Et creus que la policia ens faria cas? Per a ells som l'enemic... Més d'un cop hem vist els skins que ens atacaven parlant tan tranquils amb la pasma. En el fons són col·legues. Ells actuen i la policia mira cap a una altra banda. Els deixen fer la feina bruta... I els polítics i els bancs també en són còmplices. Volen que tot continuï com sempre, que no se'ls enfonsi el negoci...

—L'incendi va ser una gran putada —vaig apuntar—, sobretot per als dos nois morts.

—El Marc i l'Ígor eren uns tios molt macos... —va dir la Laia amb els ulls entelats; després, com si no hagués passat res, va empassar saliva i em va preguntar—. Però, digues, ¿per què has vingut?

Vaig treure les fotos de la carpeta i les hi vaig començar a ensenyar, passant-les d'una en una. Abans no pogués dir res, la Laia es va dur la mà a la boca, va posar uns ulls com plats i amb una veu somorta va anar posant noms a tots els que hi sortien. El Pep, l'Ígor, la Mai, la Mertxe, la...

—¿D'on les has tret? —em va preguntar amb una expressió d'alarma.

—Eren a casa d'un advocat que ha desaparegut fa uns dies —li vaig explicar—. ¿Et diu res el nom de Tomàs Miralles?

La Laia va sacsejar el cap. Aquell nom no li sonava en absolut. Havien vingut uns advocats a la casa, sí, però tenien altres noms. Estava segura que no hi havia cap Tomàs Miralles entre ells. Li vaig ensenyar una foto del Tomàs, però va insistir que no l'havia vist mai.

—Tots els que surten a les fotos són companys de la casa cremada —em va dir—. ¿Per què volia les fotos aquest malparit?

—Això és el que jo voldria saber...

La Laia va estar pensant una estona i de sobte va recordar una cosa que li va semblar important.

—A la casa hi havia una noia, la Bea, a qui tots teníem per una mica rara —em va explicar—. S'inventava històries, s'imaginava coses... En fi, que era una mica fantasma. Era de família rica i tenia molts problemes de coco. Per això va venir a la casa, com si busqués refugi... Unes setmanes abans de l'incendi ens va dir que havia vist algú fent fotos des de dalt d'un terrat. No li vam fer cas. Ens vam pensar que eren paranoies seves. Ella va insistir, però...

—Però, ¿què?

—No ho sé... —la Laia em va mirar amb ulls molt vius—. Ara penso que potser tenia raó, però no li vam fer cas.

—¿On la puc trobar?

—Des del dia de l'incendi que li he perdut la pista —va sacsejar el cap.

—¿I no tens ni idea d'on pot estar?

—Puc mirar de trobar-la, però necessito temps —va dir—. Dóna'm un parell de dies.

Ens vam passar els telèfons respectius i vam quedar que ja ens trucaríem.

Mentre tornava cap al metro, em van venir a la memòria escenes idil·liques de la Gràcia que havia conegut de petit. Els cavalls que desfilaven per Sant Medir i el «bombardeig» festiu de caramels, els carrers guarnits per la Festa Major, l'envelat de la plaça del Sol, l'olor de xocolata de la pastisseria Ideal, la doble sessió del cine Roxy, les representacions d'Els Pastorets al Cercle Catòlic... Hi havia una Gràcia de la memòria, una Gràcia del passat que es superposava a la Gràcia de la Laia i els seus amics okupes. També hi havia una Gràcia dels llibres que es mantenia intocada a les pàgines de *La Plaça del Diamant*, de Mercè Rodoreda, o a les novel·les de Juan Marsé. I una Gràcia dels gitanos de la rumba catalana que havia cantat el Gato

Pérez. El temps passava, però, i els llibres i els records s'anaven tenyint del característic color sípia de les fotografies antigues mentre s'imposava una nova realitat.

10

LA RESTA DEL DIA VA PASSAR SENSE PENA NI GLÒRIA. M'avorria tant en el meu exili de la Diagonal, em sentia tan incapaç de crear que, després de mandrejar unes quantes hores, fins i tot em vaig dedicar a regar les plantes. N'hi havia moltes a la terrassa —el catàleg complet de la flora urbana retratada des de tots els punts de vista possibles en els fascicles que inunden els quioscos—, però cap que valgués la pena. Vull dir, cap planta de maria. La veritat és que feia pena de veure tot aquell espai desaprofitat. Si fa no fa, em provocava la mateixa repulsió que m'assalta quan, per un d'aquests atzars de la vida, em toca esperar en el vestíbul d'un banc o d'una gran empresa. Sempre he pensat que aquests immensos espais buits que tenen per objectiu impressionar els visitants estan desaprofitats. Hi posen marbre de diferents colors, unes quantes escultures, alguna font carrinclona, plantes exòtiques i vés a saber què, però és evident que seria molt més productiu tenir-hi una plantació de marihuana. És més bonic, és més original i segur que és més rendible. Aquestes tres raons haurien de ser suficients per convèncer qualsevol financer, però, què hi farem, els que remenen els diners prefereixen tenir-ho guarnit com si fos un prostíbul de luxe o un hotel de Las Vegas. Allà ells i la seva falta d'imaginació.

Cansat pel sobreesforç de regar les plantes, vaig fer una incursió a la nevera per menjar-me un altre dels plats preparats per la Clàudia —una amanida de llenties més que passable— i em vaig dedicar a jeure al sofà. Sense moure'm d'allà em vaig entretenir una estona jugant amb els comandaments a distància. N'hi havia de tota mena: per a la televisió, per al vídeo, per al canal satèl·lit, per al tocadiscos, per al DVD, per a l'aire condicionat... Confesso que durant uns minuts em va divertir tenir el control del món sense bellugar-me del sofà i que fins i tot vaig jugar a engegar-ho tot alhora i a mirar de provocar el gran desconcert, però me'n vaig acabar cansant. Era massa avorrit comprovar que les màquines són màquines i que, per estrany que pugui semblar, no hi havia cap comandament que em permetés destruir a distància les figuretes de Lladró. Bé, sí, n'hi havia un, o millor dit, tots, però per aconseguir l'efecte desitjat s'havia de prescindir del manual d'instruccions i posar-hi una mica d'imaginació. El truc consistia a llançar el comandament amb força contra la figureta, com si fos un roc, per tal de fer-la miques mitjançant el mètode tradicional de l'impacte. No era tan precís com prémer un botó, però s'acostava més a les emocions d'una fira de festa major. Vaig fer punteria contra el futbolista alegre, que feia equilibris amb una pilota als peus, i vaig aconseguir deixar-lo sense pilota i sense cames després d'uns quants llançaments. Mala sort per a ell. Què hi farem. Me'l vaig imaginar sortint per una televisió de Lladró i declarant a un periodista de Lladró equipat amb un micròfon de Lladró: «El futbol és així...». Al final em vaig adormir al mateix sofà mentre feia zàping amb la vana esperança de trobar algun canal mínimament acceptable.

Era molt fosc quan vaig sentir que s'obria la porta del pis i entrava algú sense fer soroll. Em vaig arraulir al sofà tement-me una desgràcia: ¿Eren els segrestadors del Tomàs? O, pitjor encara, ¿era el Tomàs en persona que tornava? Vaig sentir que l'intrús avançava cap on jo era amb passos de gat. De sobte, quan ja em disposava a cridar com un animal salvatge, va encendre un llum i li vaig veure la cara: era l'Alba.

—Hòstia, Alba! —vaig aixecar-me d'un bot—. ¿Es pot saber què fas entrant així a mitjanit? Ni que fossis un lladre...

—¿Mitjanit? —va riure—. Vinga, Max, que són les vuit del matí.

Em vaig rascar el cap. Havia tingut un malson ple de figuretes de Lladró amb la cara del Tomàs i de la Clàudia que cobraven vida i em perseguien per tota la casa per assassinar-me. Ell anava vestit de pallasso perdudament enamorat, amb una jaqueta blanca amb botons negres de borla; ella, de molinera cantadora, amb un cistellet de flors a la mà, un sac de farina i una faldilla volada.

—¿Què fas dormint a la sala? —em va preguntar l'Alba.

—Em vaig quedar adormit al sofà —vaig donar una ullada al voltant per comprovar on era—. Cada dia em passa el mateix. Aquest pis és tan estrany que...

—Ets un cas, Max —va riure l'Alba mentre anava cap a la cuina.

A continuació vaig sentir el so inconfusible de la cafetera i, poc després, l'Alba feia una aparició triomfant amb una safata amb cafè i croissants acabats de comprar. Era, sens dubte, una manera excel·lent de començar el dia. Com en aquests anuncis de la tele on et prepares per esmorzar una tassa de cereals marca no t'hi fixis i a la primera cullerada entra un sol esplendorós per la finestra, piulen els ocells i l'arc de Sant Martí omple el cel amb uns colors llampants.

—¿A què ve això? —li vaig preguntar, sorprès de no trobar-me amb l'habitual paquet de magdalenes resseques—. ¿Celebrem alguna cosa?

—Només que avui és un dia especial... —va dir rient.

Vaig recordar els nens de la Clàudia i la llarga col·lecció de dies especials que m'havia hagut d'inventar per tenir-los sota control. Pel que es veia, però, el concepte de Dia Especial de l'Alba era del tot diferent, com ho deixava suposar el fet que somrigués d'una manera estranya, com ho fan les noies dels anuncis de Tampax, com si la felicitat fos una experiència absolutament a l'abast. Sense deixar de somriure, em va explicar que acabava d'arribar de l'Empordà i que de sobte, just entrant a Barcelona, havia sentit la imperiosa necessitat de veure'm. L'esperaven al teatre a les nou, però passava per allà, tenia temps i...

—He pensat que feia dies que no esmorzàvem junts, Max, i que tenia ganes d'estar amb tu.

Em va mirar d'una manera sospitosa que vaig atribuir, de nou, a l'estat especial creat pel seu Dia Tampax.

—¿La Clàudia està bé? —li vaig preguntar, no sé ben bé per què.

—Té moltes amigues que li fan companyia i està millorant... La veritat és que cada dia la veig més animada.

—Això vol dir que aviat podré tornar al meu pis —vaig deduir, encantat de la vida.

—Doncs, no encara, Max —l'Alba va frenar en sec la meva eufòria—. El metge ha dit que de moment és millor que la Clàudia no es mogui... Li va molt bé estar a la plaça Reial.

—I a mi, no et fot.

L'Alba se'm va acostar somrient i, per sorpresa, em va acariciar la cara, em va despentinar i em va dir que estava molt guapo. Després em va fer aparcar el cafè amb llet, se'm va penjar del coll i em va fer un petó als llavis. Directament.

Vam fer l'amor al sofà, sota la mirada incrèdula del pallasso enamorat, la molinera i el futbolista lesionat de Lladró, que van estar a punt d'autodestruir-se, escandalitzats amb el que veien, i amb els *fantasmes* del Tomàs i la Clàudia rondant nerviosos per la sala. ¿Havien fet ells mai l'amor en aquell sofà? Ho dubtava. De fet, si no fos per l'evidència dels dos nens —clavats al Tomàs, per desgràcia per a ells i per al món—, arribaria a dubtar que mai haguessin fet l'amor. Només pensar en la roba interior que havia descobert a l'armari em feia venir una destrempera total.

—Imagina't que ara s'obre la porta i apareix el Tomàs —li vaig dir a l'Alba quan es va encetar el clàssic fòrum post-polvo.

—Se'n tornaria a anar de seguida —va riure—. I aquesta vegada molt més lluny.

Sense moure'ns del sofà, en pilotes, com si fóssim uns hippies-okupes, o com el John Lennon i la Yono Ono fent un *bed in*, vam fumar un porro conciliador fins que l'Alba es va aixecar per anar a la dutxa. Quan va tornar, estava completament vestida i duia a la mà la carpeta amb les fotos dels okupes que jo havia deixat sobre un moble del passadís.

—¿Què és això, Max? —em va preguntar, intrigada.

—A mi també m'agradaria saber-ho —vaig dir—. Les vaig trobar en un calaix del despatx del Tomàs. Són fotos d'uns quants nois okupes que eren a la casa cremada a Gràcia.

L'Alba va arrugar el front i em va mirar sense amagar la seva preocupació.

—¿I què té a veure el Tomàs amb els okupes? —va preguntar.

—Res, que jo sàpiga...

—Tot això és molt estrany —va reflexionar.

En aquell moment va sonar el telèfon i s'hi va posar l'Alba. Va explicar al seu interlocutor el rotllo habitual: que no hi havia novetats sobre el Tomàs i que la Clàudia estava feta una croqueta. A continuació va deixar anar uns quants «sís» i uns quants «nos» i va penjar amb cara d'amoïnada.

—Era el Pujol, un vell amic de la família que treballa al banc on té el compte el Tomàs —em va explicar en un to neutre, com si es negués a valorar el que acabava d'escoltar—. M'ha volgut avisar que la policia va visitar l'agència fa un parell de dies i que els va interessar molt descobrir que el Tomàs havia tret un milió del banc just el matí del dia que va desaparèixer.

—Un milió! —vaig deixar anar un xiulet d'admiració. ¿Què pensava fer el Tomàs amb tants diners?

L'Alba va seure al sofà amb la mirada perduda i, després d'uns moments de silenci, va concloure com jo que tot el que estava passant era tan estrany que no sabia com interpretar-ho. Les fotos dels okupes, el milió... Res semblava encaixar amb la imatge que teníem del Tomàs. Tot ens desbordava. Mentre l'Alba mirava de processar la informació, vaig pensar que ara ja sabia per què m'havia vingut a visitar l'inspector González. El fet que el Tomàs hagués retirat un milió del banc obria tot un nou ventall de possibilitats. Però, ¿per què no me n'havia explicat res? ¿A què jugava aquell sapastre?

—Encara resultarà que el Tomàs va marxar pel seu compte —vaig aventurar.

—¿Tu creus?

L'Alba em va mirar sense saber què pensar.

—Jo amb un milió faria meravelles —vaig continuar—, però és veritat que tal com estan les coses avui dia, a la majoria de la gent un milió no li dóna per gaire, però... ¿qui sap? Potser el Tomàs apareix d'aquí a uns dies, penedit després d'haver fet una escapadeta qui sap on...

L'Alba va encendre un cigarret amb dits tremolosos. Va fer unes quantes pipades amb la mirada clavada a la finestra i es va mossegar el llavi.

—Ni una paraula a la Clàudia d'aquest tema —em va advertir.

—¿Vols dir que no li agradaria saber que el seu marit li ha buidat el compte? —vaig preguntar amb un somriure.

—Max, no comencis —em va tallar amb un gest sec.

—Ja estic veient que a aquest pas trigaré a recuperar el meu pis —vaig rondinar, pessimista.

—¿I si t'arribessis al despatx del Tomàs? —em va proposar l'Alba, com si acabés de tenir una il·luminació divina.

—¿Per què hi hauria d'anar?

—No ho sé, potser parlant amb la secretària en trauràs l'aigua clara —va aventurar, tot i que era evident que estava tan perduda com jo—. També pots parlar amb el Saura, el veí de despatx del Tomàs. Eren molt amics...

—¿Creus de debò que serviria d'alguna cosa? —vaig preguntar, escèptic.

L'Alba va fer una nova pipada al cigarret.

—No ho sé, no ho sé... —va dir, cada cop més nerviosa—. Tinc l'escenografia al cap, queden pocs dies per a l'estrena, vaig de cul, però alguna cosa hem de fer. No em vull ni imaginar com reaccionaria la Clàudia si arriba a saber tot això...

L'Alba em va dir que fes el que volgués, però em va passar les claus del despatx per si al final decidia arribar-m'hi. Després, va consultar el rellotge, es va exclamar que era tardíssim, que l'esperaven al teatre per fer unes proves dels decorats i que se n'havia d'anar pitant. Em va fer un petó fugaç i va desaparèixer.

A vegades penso que, en contra dels meus principis, faria bé de comprar-me un rellotge. Podria fer com l'Alba o com el Roc: donar-hi una ullada en un moment donat, exclamar-me que és tard i marxar corrents. Però no tinc rellotge, no tinc agenda i gairebé mai tinc res urgent a fer. És el drama dels hippies urbans. Potser és per això que sempre em toca menjar-me tots els marrons. Vaig estar dubtant una bona estona, però quan va arribar la tarda vaig decidir que estava massa intrigat per deixar-ho córrer. Em vaig posar la jaqueta i vaig sortir al carrer.

11

El despatx del Tomàs estava situat en un cinquè pis d'un edifici modernista del carrer Girona, a la banda bona de l'Eixample. Per fora feia força goig; per dintre era tota una altra cosa. El desastre començava per la mateixa porta: el propietari havia fet substituir l'original, que devia ser una peça admirable de fusta tallada, per una d'alumini lletja i vulgar, amb un vidre esmerilat que feia venir esgarrifances només de mirar-lo. Al costat, per no desentonar, hi havien posat un porter automàtic amb una renglera de botons que semblaven comprats en un Tot a Cent. A l'interior, el nyap es consumava. Uns pisos que no gaires anys enrere havien estat generosos en espai havien estat subdividits sense miraments i sense criteri per tal de convertir-los en un total de vuit despatxos per planta. En un hi havia una placa on deia: «Tomàs Miralles. Advocat».

Vaig trucar a la porta, confiant que hi seria la secretària, però no em va contestar ningú. Després de tres intents infructuosos, vaig treure el clauer que m'havia donat l'Alba i vaig obrir la porta a poc a poc. Tot el que estava passant em convidava a ser prudent. Hi havia massa incògnites penjades. Vaig encendre el llum i em vaig trobar un despatx que consistia en una única habitació, amb les parets nues, un terra enrajolat sense cap mena d'encant i una finestra que donava a un pati interior fosc i ple de brutícia. Al centre del despatx hi havia una taula metàl·lica, de batalla, a anys llum de qualsevol noció de disseny, amb unes quantes carpetes i amb un pot de bolígrafs i retoladors al damunt. Al costat, en una tauleta a part, hi havia un ordinador que fins i tot a mi em va semblar juràssic; a l'altra banda, un armari desballestat feia les funcions d'arxiu.

Vaig començar per tafanejar les carpetes. Res, tan sols fulls en blanc. Els calaixos també estaven sorprenentment buits. L'únic que hi havia eren carpetes de diferents colors per estrenar i algun material d'escriptori. Clips, gomes i grapes. Anava a obrir l'armari quan vaig sentir un soroll rere la porta. Algú estava intentant entrar. Vaig apagar el llum i em vaig quedar paralitzat, l'esquena contra la paret. L'home que va entrar devia tenir prop de quaranta anys i vestia una americana de quadres vella i gastada i uns pantalons arrugats. Tenia la cara rodona, un serrell que li queia sobre el front i un bigoti ridícul. Suava.

—¿Qui ets? —em va preguntar amb cara d'esverat quan em va descobrir.

Em vaig identificar com el cunyat del Tomàs.

—Uf! Em feia por que haguessin tornat... —va deixar anar un esbufec mentre m'allargava la mà per encaixar-la—. Sóc l'Antoni Saura. Treballo al despatx del costat.

—¿Qui havia d'haver tornat? —vaig voler saber.

—¿No t'ho ha dit la policia? —el Saura es va eixugar la suor del front amb un mocador rebregat—. En vaig estar parlant ahir mateix amb l'inspector...

—...González.

—Això, l'inspector González —va fer una pausa per recolzar-se contra la taula i encendre un cigarret—. Fa un parell de dies, quan vaig arribar al meu despatx, vaig veure que la porta del del Tomàs estava oberta. Primer em vaig pensar que hi devia ser la Mercè, la secretària, però vaig recordar que m'havia dit que aniria a Correus a primera hora...

—¿La secretària del Tomàs continua treballant aquí? —vaig preguntar, estranyat.

—Bé, la Mercè no treballa només per al Tomàs. La compartim entre els vuit despatxos d'aquesta planta —em va explicar—. La Mercè fa de telefonista, filtra les trucades, rep els visitants i poca cosa més.

—¿I on és ara?

—Se n'ha anat fa una estona. Però bé, la qüestió és que ahir em vaig trobar el despatx del Tomàs obert i em va fer la impressió que algú hi havia estat remenant. Vaig fer un repàs d'urgència i vaig descobrir que s'havien endut molta paperassa i que fins i tot li havien buidat l'ordinador.

—¿Se t'acudeix qui ho pot haver fet? —vaig preguntar sense saber-me'n avenir. Pel que es veia, la desaparició del Tomàs s'embolicava encara un punt més.

—Ni idea —el Saura va posar cara d'absoluta ignorància—. Per això vaig avisar la policia. A la Clàudia vaig preferir no dir-li res. Vist el seu estat... Els de la policia s'ho van estar mirant durant força estona i fins i tot van recollir algunes mostres de petjades. Els va estranyar veure que la porta no havia estat forçada...

—Això vol dir que tenien la clau —vaig comentar.

—O que eren molt manetes —va dir ell—. Devien venir de nit i en aquest edifici a partir de les vuit del vespre ja no hi queda ningú. Tot són oficines. S'hi poden entretenir tant com vulguin i la veritat és que aquests panys no són gaire complicats d'obrir.

—¿I quin interès pot tenir el que es van endur?

—Això és el que ara no podem saber de cap manera... —el Saura va posar cara d'impotència—. Sigui qui sigui que s'ho hagi endut, el que està clar és que volia esborrar qualsevol rastre de la seva relació amb el Tomàs.

Se'm va acudir per un moment que el misteriós visitant nocturn podia ser el mateix Tomàs. Al cap i a la fi, ell conservava la clau del despatx i, pel que sabíem fins ara, ningú podia assegurar que hagués marxat del país. Darrere la seva desaparició només hi havia un llarg rastre d'incògnites. Potser s'estava amagant pel que fos i havia anat al seu despatx a buscar alguns documents que necessitava. Però hi havia una cosa que fallava: ¿Per què no havia trucat a la Clàudia?

—Tu i el Tomàs sou molt amics, ¿oi? —li vaig dir al Saura.

—Cul i merda —va dir sense dubtar-ho—. Em pot demanar el que vulgui que mai li fallaré. Per ell faria qualsevol cosa.

—¿Què creus que pot haver passat?

—Ja ho vaig dir a l'inspector: ni puta idea —es va passar la mà pel coll i va fer una pipada nerviosa al cigarret—. No entenc res del que està passant, la veritat. El dia abans de la seva desaparició vam estar fent un cafè al bar de baix. El Tomàs em va parlar dels fills, de la dona, del cap de setmana, de les vacances...

—Diu la Clàudia que el va notar nerviós aquests últims dies.

—És cert que semblava que hi havia alguna cosa que l'amoïnava, però quan li vaig preguntar què passava em va dir que res, només que estava treballant massa.

—¿Saps què és el que tenia entre mans?

—A part de la feina de sempre, em va explicar que tenia un bon client —el Saura va fer el gest de comptar molts diners amb els dits—, però no me'n va donar cap detall. Pel que em va dir, però, em va fer la impressió que es tractava d'una feina delicada.

—¿En quin sentit?

—Ja et dic que no m'ho va explicar del tot, però em va semblar entendre que era una d'aquestes feines que paguen molt bé a canvi d'una discreció absoluta...

—¿M'estàs dient que no era una feina massa neta?

El Saura es va limitar a inflar les galtes i a arronsar les espatlles, però no va contestar.

—¿I per què va acceptar de fer-la? —vaig insistir.

—Tots agafem feines d'aquestes de tant en tant —va somriure, com si fos evident—. Quin remei... En aquests temps de crisi fas el que pots. No n'hi ha molts que puguin triar. Ja has vist que aquests despatxos no tenen gaires luxes.

M'hi havia fixat, en efecte. El despatx del Tomàs era molt més discret del que permetia suposar el luxe del pis de la Diagonal. Hi havia alguna cosa que no encaixava en tot allò.

—Però el Tomàs té un nivell de vida bastant alt, ¿no? —vaig observar, recordant la seva gran inversió en figuretes de Lladró.

El Saura es va bufar el serrell, es va fregar la barbeta amb un gest nerviós i va dir:

—Sí, el Tomàs viu molt bé...

—¿Vols dir que potser massa bé?

—Això no em toca dir-ho a mi —va somriure, nerviós, tocant-se la punta del bigoti amb els dits.

—¿Segur que no saps de què anava aquesta última feina? —vaig insistir. Alguna cosa en la seva actitud em feia pensar que sabia més del que deia.

—Seguríssim —el Saura va prémer els llavis amb força—. Normalment el Tomàs me'n parlava, ni que fos de passada, però aquesta vegada no va ni obrir la boca sobre el tema.

—¿Tampoc saps qui era el client?

El Saura va sacsejar el cap a banda i banda.

—És estrany, ¿no? —vaig dir, la mirada perduda més enllà de la finestra, mirant de trobar una explicació al que estava passant.

—Tot plegat és molt estrany... —el Saura va fer una altra pipada al cigarret—. Per cert, que d'això de la feina no en vaig dir res a la policia. No vull perjudicar el pobre Tomàs.

Li vaig donar les gràcies i vaig sortir al carrer amb el cap inflat com un timbal. Havia de veure l'Alba i el Roc al més aviat possible. Necessitava parlar de tot allò amb algú. Vaig trucar a l'Alba al teatre, però em van dir que feia mitja hora que havia sortit cap a l'Empordà. El Roc tampoc era al diari. Vaig estar donant voltes al que calia fer i al final vaig optar per anar-lo a esperar a casa seva, a la plaça Reial. No tenia gens de ganes de quedar-me sol al pis de la Diagonal, amb tot de preguntes sense resposta voltant-me pel cap i amb les figuretes de Lladró i els quadres de cavalls alats com a únics consellers.

12

VA SER L'ANNA QUI EM VA OBRIR LA PORTA. ESTAVA GUAPA, com sempre, amb algunes canes que delataven que ja passava dels quaranta i amb una expressió un pèl trista, com si li faltés alguna cosa per ser feliç del tot. Vaig pensar que potser la tristesa naixia de la poca disposició del Roc a adoptar la nena que ella desitjava, però vaig preferir no treure el tema.

—El Roc encara no ha arribat —em va anunciar amb un somriure—, però passa, Max.

Vaig donar una ullada a la sala. Tot continuava més o menys com sempre, amb l'aparell de televisió en un racó, el gran sofà on acostumava a escarxofar-se el Roc, un parell de butaques firmades per dissenyadors il·lustres, uns quants llums de formes estrambòtiques, uns prestatges de caoba plens de llibres i discos i un moble bar aparatós que era la joia de la corona del Roc. A través del balcó es podia veure el penell de les palmeres de la plaça Reial.

—Hem hagut de posar doble vidre —em va explicar l'Anna, assenyalant les finestres amb un cop de cap—. Pel soroll. Aquesta nit passada, sense anar més lluny, ha estat terrible... ¿No trobes que la plaça és cada dia més sorollosa?

—Doncs, la veritat, no t'ho sé dir —vaig comentar—. Ara estic d'okupa en un pis de la Diagonal.

—¿D'okupa? —l'Anna va arrugar el front.

La vaig posar al corrent de la desaparició del Tomàs, de la depressió de la Clàudia, de la invasió del meu pis... En fi, de tot el conjunt de carambolles que havia desembocat en el meu exili forçat a la Diagonal.

—El Roc me'n va dir alguna cosa —va dir ella—, però no sabia que haguessis hagut de deixar el teu pis.

—Serà només per uns dies —vaig precisar—. Almenys, això espero.

—¿I no se'n sap res d'aquest pobre Tomàs?

—Res de res —vaig sacsejar el cap—. S'ha esfumat sense deixar cap rastre.

—En aquesta ciutat cada dia passen coses més rares —l'Anna va encreuar els braços, com si de sobte sentís una esgarrifança—. Els robatoris a la plaça són cosa de cada dia, a la Rambla assalten els turistes sense que la policia faci res per impedir-ho, et venen heroïna a qualsevol hora i el soroll se't fica cada vegada més endins. La plaça ja no és el que era, Max... —em va clavar una mirada trista, buscant el meu suport—. T'ho dic de debò: tinc ganes de canviar d'aires.

Era la segona persona en pocs dies que deia fàstics de la plaça. I el més trist és que es tractava de dos personatges històrics: el Cipri i l'Anna. Portaven anys i panys vivint a la plaça, però ja començaven a estar-ne farts. Jo no compartia les seves aprensions, però m'ho prenia com un símptoma preocupant.

—La plaça sempre ha estat la plaça, Anna —vaig sortir en defensa del meu món—. Mai ha estat un lloc tranquil, sovint hi passen coses poc agradables, però és un lloc meravellós, únic.

L'Anna em va mirar sense deixar-se convèncer.

—El Roc encara no ho sap, però he estat mirant unes cases adossades per Sant Cugat —em va anunciar—. Almenys allà tens un jardí, un silenci, una tranquil·litat... I estàs només a mitja hora de Barcelona.

¿Ho havia sentit bé? ¿Havia dit una adossada? Cada cop que sento aquesta paraula se'm desencadena una reacció en contra difícil d'aturar. Per a mi les adossades il·lustren la falsa felicitat, la concepció d'un món tramposament perfecte a anys llum del món autèntic de la plaça Reial. La caseta i l'hortet que anunciava Macià per a tots els catalans s'han convertit amb el pas dels anys en l'adossada de vuitanta metres quadrats distribuïts en tres nivells i en el jardinet de dos pams quadrats on no queda ni espai per a una bona planta de maria.

—És una plaça preciosa, Max —va sospirar l'Anna—, però, ¿saps què em passa? Que estic moltes hores sola a casa. M'entretinc dissenyant roba, llegint, escoltant música, mirant la tele..., però tot i així les hores se'm fan molt llargues. I el Roc que mai saps quan arribarà...

Em temia que tot era a punt per treure el tema de la nena adoptada, però em va sorprendre preguntant per l'Alba. Estava bé, li vaig dir, de bòlit per culpa de l'escenografia, mig instal·lada a l'Empordà, però bé....

—Per cert —vaig aprofitar—. Em deixes trucar-li. Porto tot el dia provant-ho i no hi ha manera.

Vaig telefonar a la casa de l'Empordà i aquesta vegada vaig estar de sort. L'Alba es va quedar parada en sentir el que m'havia dit el Saura sobre la feina bruta del Tomàs, em va demanar que no en digués ni una paraula a la Clàudia i vam quedar que ens trobaríem l'endemà al pis de la plaça Reial. Aniria de bòlit tot el dia, em va explicar, però a mitja tarda havia de portar unes coses a la Clàudia i aquell seria el millor moment per veure'ns i parlar de tot plegat.

Vaig penjar el telèfon amoïnat. No em treia del cap les novetats sobre el Tomàs i no tenia ni idea del que havia de fer. L'Anna m'observava intrigada. Semblava que anava a dir alguna cosa quan es va sentir la porta que s'obria. Era el Roc. Li va fer un petó de marit a l'Anna i em va saludar amb una efusivitat exagerada, com si li agradés rebre visites per sorpresa.

—Volia parlar amb tu, Roc —li vaig dir—. Hi ha novetats sobre el Tomàs.

—¿Ja ha aparegut per fi la dona? —em va fer l'ullet, murri.

—No, Roc, no.

—¿Un home, doncs?

—Noooo...

—Ja apareixerà, ja... —va fer un posat d'entès—. Llavors recordaràs les meves prediccions. El meu nas no acostuma a fallar, Max.

Amb l'Anna com a testimoni mut, li vaig explicar al Roc el que hi havia de nou: que les fotos que tenia el Tomàs eren d'uns okupes de la casa cremada, que el meu cunyat havia tret un milió del banc el dia abans de desaparèixer, que havien buidat el seu despatx i que el seu amic de tota la vida m'havia comentat que estava ficat en uns negocis que no eren precisament massa nets.

El Roc es va fregar la barbeta, mirant de treure'n l'aigua clara, i l'Anna va aprofitar el temps mort per marxar, al·legant que li feia mal el cap.

—Últimament està molt rara —em va comentar el Roc en veu baixa indicant la porta per on havia sortit la seva dona—. No sé què li passa, de debò... Em preocupa...

—M'ha comentat que vol marxar de la plaça.

El Roc va sacsejar el cap.

—Se'n vol anar a viure a Sant Cugat, vol adoptar una nena de la Xina... —va fer un gest de desesperació—. És com si de sobte estigués disposada a renunciar a tot el que tenim i volgués canviar radicalment de vida. De veritat que no l'entenc... —es va aixecar i va treure una ampolla de whisky del seu moble insígnia—. Però... contra els problemes —va receptar, eufòric—, Lagavullin! És un dels millors maltes d'Escòcia, Max. El fumen a les muntanyes i té un regust únic. Ja ho veuràs.

En va servir un parell de vasos, generosos.

—Posa-m'hi dos glaçons —li vaig demanar de vici.

—No siguis bèstia, Max, que l'espatlles —va dir fent escarafalls.

—Però si tu sempre el prens amb gel.

—No pas aquest malta.

—Doncs posa-me'n un altre —vaig dir—. Ni que fos vi de missa...

—És molt millor, Max, molt millor...

Em va posar dos glaçons a contracor i, mentre ho feia, va comentar que li havien parlat d'una botiga on venien aigua embotellada d'Escòcia, concretament del riu Spey, per poder fer glaçons que no espatllessin el malta.

—Si hi poses aigua d'aquí és quan es fa malbé, ¿saps? —va dir fent-se l'entès.

Vaig esbufegar. El Roc s'estava encomanant de tota la tonteria del gremi dels suposats experts de Barcelona, un grup cada vegada més nombrós de gent disposada a viure teatralment per tal d'obtenir el diploma de la modernor oficial.

—¿Vols dir que no en fas un gra massa, Roc? —li vaig dir, cansat de tanta comèdia—. Guarda tot això per als teus amics intel·lectuals, que ja saps que a mi no m'impressiona. Amb la de vi de garrafa que ens vam arribar a fotre de joves, ja no ve d'aquí...

—Molt bé, allà tu... Si vols seguir sent un inculte, un troglodita... —el Roc es va escarxofar al sofà i em va observar amb menyspreu; al cap d'uns segons, però, va passar pàgina i es va centrar en la conversa—. A veure. Repassem el que tenim. El Tomàs desapareix de cop, però ara sabem que el dia abans va treure un milió de pessetes, que guardava unes fotos d'okupes a casa i que estava ficat en un negoci com a mínim dubtós. Segons la policia, i això ho he sabut del cert a través d'un confident, no ha abandonat el país. Almenys amb el seu nom. A cap aeroport hi ha constància del seu pas.

—Pot haver fugit amb cotxe —vaig comentar—. Recorda que el Golf no ha aparegut.

—D'acord —va concedir—. Potser ha fugit cap a França, però la intriga continua sent la mateixa. ¿On collons ha anat i per què no ha dit res a ningú? Ni a la família, ni als amics, ni...

El Roc va beure un glop de whisky, el va paladejar amb els ulls tancats i es va mantenir una estona en un silenci sacramental, com si fos al paradís dels bevedors de malta. Un cop acabada la comèdia, va continuar:

—¿Què és el que pot haver passat? —va pensar en veu alta—. Imaginem-ho per un moment. La meva primera opció continua sent la que hi ha una dona pel mig. El Tomàs es penja d'una tia, s'embolica la manta al cap, treu un quilo del banc i se'n va amb ella a l'altra punta del món. A cardar i a viure com un rei...

—No em lliga —vaig comentar—. Ja saps que el Tomàs no és així... A part que un milió tampoc no dóna per tant.

—Segona possibilitat —va continuar el Roc sense escoltarme, embalat i il·luminat pel whisky cinc estrelles que s'estava prenent—, el Tomàs s'emmerda en un cas fosc a través del seu despatx d'advocat...

—¿Saps el que més m'ha impressionat del seu despatx? —el vaig interrompre.

—¿La secretària? —va proposar amb ulls libidinosos.

—No, home, no, Roc. Tu sempre amb el mateix... —el vaig engegar—. A la secretària ni l'he vist. M'ha impressionat veure que està muntat d'una manera molt discreta. És un despatx petit, amb mobles tronats... No encaixa amb el ritme de vida que porten el Tomàs i la Clàudia. Al pis de la Diagonal tot és luxós i car, de mal gust però car, mentre que en el despatx tot és com de segona categoria.

—Potser el despatx és només una tapadora —va suggerir el Roc, entusiasmat amb la idea—. ¿Saps quina mena de clients tenia?

Li vaig explicar el que sabia, que la majoria eren empreses de solvència, però que segons m'havia insinuat el seu amic

Saura, de tant en tant feia alguna feina diguem que no del tot legal, com la que tenia entre mans quan va desaparèixer.

—¿I no saps per a qui estava treballant? —va insistir el Roc.

—Ni idea. Pel que es veu, ho duia tot molt en secret i, per postres, els lladres li han buidat tots els calaixos.

El Roc va fer un altre glop de whisky, va estar-se uns minuts en silenci i va acabar emetent el veredicte:

—Deixa-ho a les meves mans, Max. Mouré els meus contactes de periodista per saber qui era aquest misteriós client i en què consistia la feina.

—¿I per on començaràs?

—Confia en mi —va dir amb cara de Bogart.

L'Anna, que entrava en aquell moment a la sala, va sentir el final de la conversa.

—No me li omplis més el cap, Max, sisplau —va gairebé suplicar—, que ja s'acostuma a enfilar prou pels núvols.

—Però, Anna... —es va defensar ell—. Només estic mirant d'ajudar un amic...

—Ah, hi ha una altra cosa que no t'he dit —li vaig comentar al Roc mentre l'Anna seia al sofà—. Quan els lladres van visitar el despatx del Tomàs, també li van buidar l'ordinador.

—No fotis! —el Roc es va quedar pensatiu per uns instants, fins que va fer petar els dits—. ¿I què passa amb l'ordinador del pis de la Diagonal? Hi havia dies que el Tomàs treballava a casa, ¿oi? ¿Saps si també s'han endut els arxius d'allà?

—Doncs, no; no ho he mirat.

El Roc es va aixecar d'una revolada i es va posar l'americana, com si algú li hagués posat un coet al cul.

—Vinga, som-hi, Max —va dir—. No podem esperar ni un minut. Ja hem badat massa.

—Però...

—Ni però ni hòsties —va tallar de soca-rel la meva protesta—. Cap a casa el Tomàs!

13

PLOVIA. BARCELONA, DE NIT, TÉ UNA CONSISTÈNCIA DIFERENT, sobretot quan plou. L'asfalt s'ennegreix, els fanals s'envolten d'un halo de misteri i els cotxes aixequen en passar un deixant fugaç d'aigua i de llum. Com en una novel·la negra. La Rambla s'omple de paraigües, però fora d'aquest passeig veus poca gent que camini per la ciutat. Només hi ha cotxes que passen de pressa cap a algun bar o discoteca de moda. La nit a Barcelona bull en zones molt concretes; la resta de la ciutat es limita a dormir i a preparar-se per a l'endemà.

Vam pujar amb el taxi pel passeig de Gràcia, observant en silenci les façanes il·luminades, fantasmals en algun cas, i els semàfors que anaven canviant de color. Verd, carbassa, vermell... La Pedrera, il·luminada i sinuosa, regnava de manera incontestable enmig de la nit, com si fos l'anunci d'un estrany món oníric que havia aconseguit obrir-se pas en un univers racional fet de línies rectes i formes geomètriques. La màgia de Gaudí era com una bomba d'imaginació que esclatava al bell mig de l'univers racional de l'Eixample. No sé per què, de sobte em vaig descobrir pensant en la Laia Soler, en els seus llavis sensuals, en el seu somriure de nimfa i en la seva mirada carregada de foc.

El pis del Tomàs també estava en silenci, com un decorat a l'espera dels focus i dels actors, i d'algú que pronunciés la paraula màgica: «Acció!». Vam anar directament al despatx i el Roc va engegar l'ordinador i va prémer unes quantes tecles amb la mirada fixa a la pantalla, com si estigués pendent d'una gran notícia.

—Merda! —va exclamar al cap d'uns minuts—. Aquí també han buidat els arxius! Els molt cabrons no hi han deixat res!

La pantalla era una immensa pàgina en blanc, el pur testimoni del no-res.

Vaig obrir els calaixos de la taula. Tampoc allà hi quedava gran cosa. Les carpetes de documents que hi havia juntament amb les fotos havien desaparegut. Era evident que algú havia vingut a fer neteja.

—Però, ¿quan ho han pogut fer? —vaig preguntar, sense acabar-m'ho de creure—. Si fa tan sols tres dies que hi vaig trobar les fotos.

—Jo què sé... —el Roc es va posar les mans al cap—. Ahir, avui... ¿No has vist res sospitós des que ets al pis?

—La veritat és que no —vaig contestar, mirant de fer memòria—, però és que tampoc no m'hi he estat gaire. Vaig i vinc, ja ho saps. Sigui qui sigui que ho hagi fet, ha tingut moltes hores per poder treballar sense entrebancs.

Vaig sentir una esgarrifança mentre pensava que potser havia entrat algú mentre jo dormia. L'únic que em terroritzava fins llavors eren les figuretes de Lladró, però era evident que la cosa es complicava.

—¿Creus que val la pena preguntar als veïns? —em va demanar el Roc.

—Seria perdre el temps —vaig sacsejar el cap—. Aquí no és com a la plaça Reial. Ningú no es coneix, tots juguen a ignorar el veí, a passar d'ell i a tancar-se al seu pis. A mi encara és l'hora que em saludin...

—¿I al porter?

—Aquest és un sòmines que tan sols ve aquí a fer la migdiada.

El Roc es va quedar pensant una estona. Després, es va aixecar de cop i va anar directament cap a la porta. La va obrir, la va revisar de dalt a baix i va concloure que no havia estat forçada.

—És estrany —vaig pensar en veu alta—. Pel que es veu, els lladres tenen les claus del despatx i del pis. Això vol dir que, molt probablement, les han agafat del Tomàs, de grat o per força.

—Si és que el lladre no és el mateix Tomàs —va apuntar el Roc.

—Però, ¿per què no dóna la cara? ¿Te l'imagines entrant al seu pis, donant un cop d'ull a l'habitació dels nens i no dient res? No, no m'encaixa, ho sento. Al Tomàs li queia la bava pels seus fills. Aquí hi ha algú disposat a emmerdar-ho tot.

Hi vam estar donant voltes, però la veritat és que no teníem ni idea de cap on tirar. L'anomenat Cas Miralles s'entortolligava cada dia més i més. La vida del meu cunyat, que sempre m'havia semblat absolutament anodina, digna del més avorrit dels buròcrates, es vestia de sobte d'una inesperada complexitat. Un personatge gris, metòdic i familiar s'anava cobrint de mica en mica de diferents capes de ceba que l'anaven transformat en algú altre molt més recargolat.

—S'ha de reconèixer —va comentar el Roc mentre seia al sofà i passejava la mirada per la sala— que aquest piset no està gens malament. Veig que has prosperat, Max —va riure amb murrieria—. Llàstima que tinguis tan mal gust... De tota manera, algun dia me l'has de deixar per fotre un clau, eh?

—Mentre no t'hi quedis a viure...

El Roc es va aixecar per sorpresa i, com si s'hagués tornat boig, es va posar a obrir i a tancar les portes de l'armari de la sala.

—¿Es pot saber què busques? —li vaig preguntar, convençut que anava al darrere d'alguna pista important.

—Whisky —em va respondre—. Necessito pensar i m'és impossible fer-ho sense un bon whisky.

El Roc va continuar investigant a fons, ara per la cuina, fins que en va sortir amb l'última ampolla de xampany que quedava.

—¿Això és tot el que hi ha? —em va preguntar sense acabar-s'ho de creure.

—També hi ha dues ampolles de licor de violetes i una de Licor 43 —li vaig dir—. Estan amagades al fons del rebost. Segur que les devia comprar el Tomàs en alguna oferta de supermercat.

—¿Però es pot saber d'on ha sortit aquest plasta? —va cridar el Roc, desesperat—. ¿Com s'entén una casa sense whisky?!

Per consolar-lo, vaig anar a buscar l'última capsa de bombons en forma de cor que quedava i l'hi vaig plantar al davant. Per compensar tanta carrincloneria, vaig encendre un porro i vaig escampar-ne el fum de manera ben ostensible.

—Semblem velletes prenent el te —va rondinar el Roc—, però som-hi —va fer un glop de xampany, va mossegar un bombó, es va refregar les mans i va continuar—. A veure, pel que sabem fins ara, aquest inspector González dels collons és un inútil total i no s'hi pot confiar gens...

—Un inútil o un corrupte... —vaig apuntar.

—O totes dues coses —va concedir el Roc—. La qüestió és que amb ell la investigació no avança gens. No explica res, no es mou prou... La solució, per tant, és que ens n'ocupem nosaltres, sobretot tu, Max, que no tens res a fer en tot el dia ¿Hi estàs d'acord?

Vaig pensar en el meu pis envaït de la plaça Reial i vaig assentir.

—Hi ha dues línies clares on hem de ficar el nas —va explicar el Roc, convertit en estrateg de pa sucat amb oli—. En primer lloc, la del misteriós negoci que el Tomàs tenia entre mans la nit que va desaparèixer. En segon lloc, la dels okupes que apareixen a les fotos. Jo m'ocuparé del client del Tomàs, Max, i tu dels okupes.

Em va semblar bé. Preferia mil vegades entendre'm amb okupes que amb advocats. Vam quedar que cadascú faria investigacions pel seu compte i que ens trobaríem més endavant per intercanviar dades.

El Roc rarament acostuma a fallar, i tampoc ho va fer en aquella ocasió. Quan va veure que s'havia creat l'ambient propici, i quan es va sentir prou motivat per l'explosiva barreja de Licor 43, xampany i licor de violetes, es va engegar a parlar d'un dels seus temes preferits: la novel·la negra. Va parlar de desaparicions semblants a la del Tomàs que havia llegit en diferents llibres, va imaginar intrigues, va dibuixar personatges, va inventar desenllaços i fins i tot va gosar comparar-nos amb alguns detectius famosos.

—És millor que ho deixis córrer —el vaig aturar rient—. Desenganya't, Roc. Ni tu ni jo fem pinta de detectius.

—Alto! —em va aturar, disposat a contraatacar amb tota la seva erudició—. ¿En què et bases per dir això?

—Doncs, que no fem precisament cara de Bogart —vaig assenyalar un mirall perquè ho comprovés.

—T'equivoques de mig a mig —va dir, molt convençut—. D'acord que ni tu ni jo ens assemblem al Bogart. Bé, jo potser sí... —el meu riure desbocat el va fer callar—, però en tot cas, a la història de la novel·la negra hi ha hagut detectius de tota mena. No tots han de ser com Philip Marlowe. Pensa en el que va escriure John Buchan ja fa temps: «Cada home, en el fons del seu cor, creu que ha nascut per ser detectiu». Així, doncs, ¿per què no ho hauríem de ser nosaltres?

—¿De debò creus que una parella formada per l'últim hippy de Barcelona i un progre reciclat com tu pot oferir alguna credibilitat? —vaig dir, cada vegada més divertit amb la hipòtesi.

—¿I per què no? —es va créixer el Roc—. Pensa que estem parlant de detectius aficionats i aquests, si prenem com a model Sherlock Holmes, solen ser homes excèntrics, rics i dotats d'un intel·lecte admirable.

—Això de ric no ho diràs per mi —vaig apuntar sense deixar de riure.

—Bé, diguem que aquesta és l'única qualitat que ens falla, però entre tu i jo tenim les altres dues en dosis bastant desenvolupades, estimat Max. No em facis detallar com es reparteix la cosa, però tranquil, que anem bé...

Per celebrar-ho, el Roc va alçar la seva copa, va brindar per «Max Riera, detectiu alternatiu» i va jurar que resoldríem en qüestió de dies la misteriosa desaparició del Tomàs. Conseqüències de l'alcohol, suposo. Haig d'admetre que el fet de convertir-me en un detectiu alternatiu no em va sonar malament en aquell moment. Llàstima que el que estàvem bevent era l'embafador licor de violetes del Tomàs. Tota la impressió que podríem haver causat de professionals preparats que lluitàvem sense descans contra el crim se n'anava en orris per culpa d'aquella cursilada infecta. Més que de detectius professionals, fèiem cara de velletes d'asil. Només ens faltava un xal de llana a l'esquena. O una rebequeta. I posar-nos a fer mitja i a parlar de les respectives malalties i de les operacions que teníem en perspectiva.

El moment culminant de la nit va arribar quan, empesos per l'alcohol i pels porros, ens vam posar a cantar velles cançons religioses de l'escola, producte de la nostra lamentable educació sentimental. Quan estàvem entonant —desafinant, és clar— el «*Perdona a tu pueblo, Señor...*», el Roc, portat per un entusiasme que l'honorava, va allargar els braços amb ànim de dirigir un cor imaginari i, sense voler, va fer caure una de les figuretes de Lladró del prestatge. Un Sherlock Holmes amanerat, amb gorreta i pipa, va fer una agosarada tombarella a l'aire, va fer servir la vora del sofà com a trampolí i va acabar esmicolant-se contra el terra enmig d'un gran terrabastall.

—Tranquil, Roc —vaig riure, divertit de veure la cara de culpable que feia—, que el déu del bon gust t'ho sabrà perdonar.

—Mentre no ens posem en contra el déu dels detectius...

14

MÉS QUE UN LLOC PLE DE FOC I DE TORTURES, SEMPRE m'he imaginat l'infern com un món on t'has de resignar a viure amb una ressaca eterna. No una ressaca qualsevol, sinó una ressaca de cavall, d'aquestes que quan cau una agulla a terra et ressona a l'oïda com si fos una biga de ferro. El cap com un timbal, la llengua de suro i l'estómac regirat. Si a sobre t'assalten el vòmit i la diarrea, ja n'hi ha per demanar el compte i plegar d'aquesta vida. Hi vaig pensar una vegada més quan em vaig despertar amb una urgència que m'impel·lia a fer viatges constants del llit al vàter. Era automàtic: només de pensar en la barreja que ens havíem estat bevent amb el Roc em venien unes basques insuportables que em feien maleir el Tomàs i el seu coi d'ofertes de supermercat.

A la tarda em vaig veure amb cor de menjar alguna cosa. Em vaig arrossegar fins a la cuina i em vaig preparar un arròs bullit que em vaig menjar a cullerades petites, com si fos un vell desdentegat i desvalgut. Després, encoratjat, vaig sortir de casa per anar a la plaça Reial. La vida, a pesar de tot, continuava.

Em vaig parar a fer una aigua mineral al bar del Cipri amb la intenció de reunir forces per pujar al meu pis. O al meu expis. O al que fos. El Cipri me la va servir remugant. Era evident que estava de mal humor.

—Aquest mateix matí m'han fet una oferta per traspassar el bar —em va explicar—. Els he dit que no, i ells vinga a apujar el preu. Cada cop m'oferien més diners, molt segurs d'ells mateixos, convençuts que acabaria acceptant.

—¿Qui eren?

—Jo què sé qui eren. D'una immobiliària, d'un banc... Uns mal educats, vet aquí el que eren! Al final me n'he afartat i els he engegat a la merda. Si dius que no, és que no, ¿oi? —el Cipri va buscar la meva aprovació i l'hi vaig donar—. A mi no em sembla tan difícil d'entendre.

—Ets l'últim resistent, Cipri —el vaig felicitar—. Segur que te'n donaven una milionada.

—¿I què faria jo sense el bar? —va fer un posat de total indefensió—. Morir-me d'avorriment, ja t'ho diré.

—Però que no deies que el barri va a pitjor, que ja no és el que era, que no anem bé...

—¿I què, si ho deia? —va parar d'eixugar vasos per un moment i em va dirigir una mirada afilada—. El barri va a pitjor, i tu saps que és veritat, però és el meu barri. ¿Ho sents? El meu barri —es va picar el pit amb la mà, ben fort—, i no el canviaria per cap altre. Em conec molt bé Barcelona, de dalt a baix, però com la plaça Reial no hi ha res, Max, tu ho saps. Pot canviar la gent, en poden venir de millors o de pitjors, però com aquesta plaça no hi ha res de semblant en tot Barcelona.

Vaig estar a punt de saltar la barra per abraçar-lo i fer-li un petó de pel·lícula. Després de sentir tantes crítiques del barri, de veure'n tantes desercions, per fi em trobava algú que tenia les coses clares. Jo també pensava com el Cipri, que no hi havia res com la plaça Reial, que era un lloc molt especial on la gent hi anava a seure, a xerrar i a divertir-se, una plaça acollidora com cap altra... La plaça Reial era única, i me n'adonava molt especialment ara que n'estava exiliat. Em vaig acabar l'aigua mineral, li vaig dir al Cipri, per fer-lo content, que estava segur que aquell any el Barça guanyaria la Lliga i me'n vaig anar cap a casa.

Només obrir la porta ja em vaig adonar que el meu pis de sempre havia canviat a pitjor. Aquella pudor d'ambientador de cine, aquella netedat infecta, aquella xerrameca de fons... eren tota una provocació per a la meva ressaca. A la sala, però, m'esperava l'horror amb majúscules. La Clàudia estava escarxofada al sofà, com una reinona, amb unes quantes capses de bombons al voltant, una generosa col·lecció de llaunes de Coca-Cola light, el televisor engegat i tres amigues amb aspecte de bleda fent-li la gara-gara. L'Alba encara no hi era, tot i que m'havia jurat que ja hi seria quan jo arribés. De sobte, em vaig sentir com si hagués entrat tot sol a la gola del llop, desarmat i amb ressaca.

—D'això, Max... —va dir la Clàudia en un to displicent, sentint-se la senyora de la casa—. Et presento les meves amigues. La Marta, la Noemí i la Cuqui —i, girant-se cap a elles, com si demanés perdó—. Ell és el meu cunyat.

Mentre em repassaven de dalt a baix com si s'aguantessin la mirada amb pinces, les tres em van fer una ganyota llefiscosa que vaig preferir interpretar com un somriure. Anaven guarnides com arbres de Nadal, amb molta quincalla al coll, als dits, als cabells i a les orelles, i les devia vestir el seu pitjor enemic. Més quiques, impossible. El mínim que es podia dir és que estaven a l'altura de la seva desconsolada amiga.

—¿Hi ha alguna novetat, Max? —em va preguntar la Clàudia, amb els ulls entelats.

—Tot segueix igual —vaig mentir piadosament—. No se'n sap res, del Tomàs.

—Ai! —va sospirar com si estigués en un teatre de barri—. A vegades penso que potser hauria de trucar al *Quién sabe dónde...*

—¿I què és això? —vaig preguntar, intrigat.

De seguida vaig entendre que no ho havia d'haver preguntat, ja que les lloques de la reunió, parlant totes alhora i gesticulant com ventiladors, em van explicar que es tractava d'un programa televisiu de gran èxit que es dedicava a buscar persones desaparegudes, que el presentador era tan interessant i que bla, bla, bla...

—Ai, sí, vés-hi, Clàudia —li va demanar una d'elles agafant-li la mà amb emoció—. Estic segura que quedaries la mar de bé a la tele.

—Però, què dius... —va dir ella, fent-se la coqueta, rient afalagada—. Amb aquesta pinta que faig. Si no sabria ni com posar-m'hi... —va fer una pausa i, veient que les altres no insistien, va afegir—. Però bé, si ho haig de fer per trobar el Tomàs, hi aniré. Tot sigui per ell.

Les amigues van aplaudir la seva decisió i ella es va escarxofar encara més al sofà, com una bèstia amorfa del regne submarí. De sobte, totes van callar. Era a punt de començar no sé quin cony de programa i no es podien distreure.

Enmig del silenci va sorgir, poderosa, la veu horrible d'un presentador guarnit amb una corbata odiosa que volia fer-se el graciós a qualsevol preu. Va deixar anar una rastellera d'acudits pretesament graciosos, però era evident que no se'n sortia, tot i que la Clàudia i les seves amigues reien com hienes.

Vaig seure en un racó, prop de la finestra, i em vaig dedicar a contemplar la plaça. Em feia mal el cap i em sentia com si m'haguessin buidat per dintre, però la visió de la plaça era un bon bàlsam per al meu estat. Només quan va venir un tall d'anuncis les lloques em van tornar a fer una mica de cas.

—Així que tu ets el que viu aquí... —em va dir una d'elles, donant un cop d'ull a la sala amb una mirada més aviat de fàstic.

—Hi vivia... —vaig remugar, subratllant la meva condició d'exiliat.

—Fa una mica de basarda, ¿oi?, viure per aquests barris —va dir una altra amb una veu tremolosa, com si l'envaís una esgarrifança només de pensar-ho.

—Jo de nit no hi vindria de cap manera.

—Ui, Déu me'n guard! Et podrien robar...

—O donar-te un mal cop...

—O violar-te...

Em vaig mossegar la llengua i vaig sortir al balcó. M'enyorava del meu pis, m'enyorava de la plaça, m'enyorava de la gent del barri, però allò no volia dir que estigués disposat a escoltar aquell cor de menopàusiques mentals dient disbarats sobre el meu regne estimat.

Vaig encendre un porret i me'l vaig fumar amb els colzes sobre la barana. Donava gust estar a allà, a tocar de les palmeres i amb el paisatge de sempre: els borratxos, els bongueros, els cambrers, els camells, els turistes, les cues del Quinze Nits, les motxilles del Kabul... Estava plantat allà, renovant el meu idil·li amb la plaça, quan de sobte em vaig adonar que trobava a faltar alguna cosa. El balcó era massa buit. ¿On era la meva planta de maria? M'havia crescut un pam en poc temps, fet que volia dir que el balcó li provava. N'estava ben orgullós, però algú se l'havia polit.

Vaig entrar a la sala carregat de santa indignació. Les bledes continuaven bavejant davant la tele.

—¿Es pot saber on és la meva planta de maria? —li vaig preguntar cridant a la Clàudia.

—Xst! —em van contestar totes alhora, indignades, sense apartar la vista del televisor.

Vaig repetir la pregunta, cridant encara més. Aquesta vegada la Clàudia es va girar i em va mirar com si fos un perdulari que s'hagués colat a casa seva.

—¿On collons és la planta? —vaig repetir, procurant no perdre els estreps.

—¿Una planta? —va fer ella, com si no sabés de què li parlava.

—Sí, la meva planta de marihuana!

—Ah... Allò que hi havia al balcó... Es va morir i la vaig llençar.

—¿Que es va morir? —per allò no hi passava; sabia que la planta estava en el seu millor moment, exultant de felicitat i de salut, encantada d'haver anat a parar a casa d'un hippy conscient i responsable—. No t'ho creus ni tu, Clàudia... Vinga, digue'm on és.

M'adonava que estava cridant més del compte, però no pensava cedir. Era una qüestió de principis. La Clàudia s'estava quieta, amb la mà al pit, i les amigues m'observaven com si fos un desaprensiu, un depravat, un malànima...

—Doncs, la vaig llençar, sí! —va admetre al final la Clàudia, fent-se la valenta davant les amigues—. No volia que em detinguessin per tenir droga a casa...

—¿Droga, dius?! —la vaig travessar amb una mirada encesa—. La pitjor droga és aquesta que t'estàs injectant directament al cervell —vaig indicar la tele—, i les Coca-Coles i els bombons... Per no dir res d'aquest grup de bledes que t'inflen el cap amb....

—Drogoaddicte, que ets un drogoaddicte sense ànima! —em va dir la Clàudia, mig plorosa.

Estava llegint ja un terror extraplanetari a les seves cares quan de cop es va obrir la porta i va entrar l'Alba. Allò les va salvar. Si no fos per ella estic segur que les hauria llançat pel balcó una rere l'altra. Apa, vinga! A fer neteja... Segur que als guiris de la plaça els hauria encantat l'espectacle i s'haurien fet un fart de fer fotos. *Typical spanish!* I no marxeu, que encara en queden més...

—¿Es pot saber què passa, Max? —em va preguntar l'Alba, sorpresa de trobar-se amb un numeret com aquell.

—Res... res... —vaig dir, més calmat. Era inútil intentar explicar-li l'autèntica dimensió del problema. Sabia que, fos el que fos, es posaria de banda de la seva estimada i deprimida germaneta.

Vaig marxar de la sala amb un cop de porta i em vaig refugiar a la que havia estat la meva habitació, ara també envaïda per la flaire del perfum fastigós de la Clàudia i pels seus models caducats. Em vaig estirar al llit i em vaig tapar el cap amb un coixí, però tot i així sentia de lluny com la Clàudia li explicava a l'Alba una versió totalment deformada del que havia passat, fent-se la víctima descaradament. «Ai, si sabéssiu el que jo estic passant. Aquest Max és que és un animal, un mala bèstia, un drogoaddicte... Si hagués estat aquí el meu Tomàs n'hi hauria dit quatre de ben fresques.» Vaig posar música per no haver-la de sentir i em vaig tornar a estirar al llit amb els ulls tancats. Quan va començar a sonar el *More* dels Pink Floyd em vaig sentir millor. *«On a trip to cyrrus minor...»* és excel·lent per la ressaca. Ja anava per la tercera o quarta cançó, ja estava aconseguint recuperar la pau llunyana de Formentera, quan va entrar l'Alba feta una fúria.

—Sisplau, Max, no m'ho facis més això —em va renyar, tal com esperava que fes—. Ja saps en quin estat es troba la pobra...

—Doncs no haver-me llançat la planta de maria...

—Ets com un nen, Max.

—I ella és una mala puta —vaig dir sense bellugar-me; que veiés que ho deia des d'una posició totalment relaxada i meditada.

L'Alba se'm va acostar, va seure a la vora del llit i em va passar la mà pels cabells.

—Aguanta una mica —va dir, melosa—. Veuràs com aviat s'acabaran els problemes i tot tornarà a ser com abans.

La vaig mirar als ulls. Em desarmava amb aquell somriure que sabia treure quan pitjor estaven les coses.

—¿Vols dir? —li vaig preguntar—. Ho començo a dubtar. Les notícies que ens arriben del Tomàs fan pensar que la seva desaparició es deu a alguna cosa més complicada del que ens pensàvem...

—Tot es complica, és cert —va acceptar—, però confio que s'acosta el final. Cada vegada sabem més coses del Tomàs.

—No precisament coses bones.

—Sí, ja, però almenys tard o d'hora sabrem on para el Tomàs i què li ha passat. El que no vull de cap manera és que diguis res del que saps a la Clàudia —l'Alba es va mossegar el llavi—. Quan he entrat i us he vist a tots dos enganxats com gat i gos m'he pensat que ja l'hi havies dit.

—Tranquil·la, que no és el meu estil.

—Jura'm que no l'hi diràs —em va agafar per les espatlles.

—T'ho juro —vaig dir. I li vaig fer un petó per segellar la pau.

L'Alba em va abraçar, va escoltar tot el que hi havia de nou i es va posar la mà a la boca quan li vaig parlar al detall del misteriós assumpte que tenia entre mans el nostre estimat cunyat quan va desaparèixer.

—¿Tu sabies que el Tomàs feia feines poc clares? —li vaig preguntar.

Ella va fer que no amb el cap.

—¿I la Clàudia? —vaig insistir.

—Tampoc, que jo sàpiga. Ella no volia saber res de la feina del seu marit. Ja saps com és...

—Sí, ja, una tonta feliç.

—Max...

—Hi ha alguna cosa que no lliga en tot això —vaig afegir sense fer-li cas—. El despatx del Tomàs és molt tronat. Decoració mínima, mobles sense cap estil... No té res a veure amb el pis de la Diagonal.

L'Alba va encendre un cigarret, va espolsar el fum contra el sostre i em va preguntar:

—¿Què et sembla l'inspector González?

—Un inútil. No n'esperis res.

—¿I què hem de fer, doncs?

—El Roc i jo hem decidit que ens posarem a investigar pel nostre compte.

—Hòstia, Max, no fotis! —l'Alba hi va reaccionar clarament en contra; era evident que la nostra tasca com a detectius no li mereixia el que se'n diu ni el més mínim marge de confiança.

—Vull tornar al meu pis —vaig argumentar—, i si ho deixo en mans de l'inspector González el més probable és que no el recuperi mai.

L'Alba va fer unes quantes pipades. Era evident que estava molt nerviosa. Després, es va aixecar, va anar cap a la finestra i es va posar a mirar la plaça.

—Fes el que et sembli —em va dir a la fi, com a contracor—, però vés amb compte, Max. No vull que acabis fet un Sant Cristo.

—Aniré amb compte —li vaig assegurar—, però comprèn que no em puc quedar plegat de braços.

Ella va esbossar un somriure que va avortar de seguida i va donar el tema per resolt.

—Demà passat tinc l'estrena de l'obra al Tívoli —va comentar sense mirar-me—. M'agradaria que hi vinguessis.

—Tranquil·la, que hi seré —li vaig dir—. ¿Estàs contenta de com ha quedat?

—No ho sé, la veritat —va sacsejar el cap—. Vaig tan de cul i m'amoïna tant tot això de la Clàudia que ja no sé si ha quedat bé o no.

Va deixar anar una rialleta nerviosa i va afegir:

—No em fallis, ¿eh, Max?

Em vaig aixecar del llit i la vaig abraçar per l'esquena. Sonava encara el disc de Pink Floyd i a la plaça els coloms semblava que s'esforçaven a volar seguint els seus acords.

Per un moment, tot em tornava a semblar com sempre. L'Alba i jo érem a la nostra habitació, tenia ganes de fer l'amor, la ressaca anava en retrocés... Llàstima que de cop es va obrir la porta i van aparèixer la Mònica i el David, els dos fills de la Clàudia. Venien corrent i somrient, com si fins i tot els fes il·lusió veure'm.

—Ei, tiet, Max! —em va dir la Mònica, llançant-se'm als braços—. Avui sí que ens explicaràs un conte, ¿eh?

—Vinga, sí, un conte llarg —va afegir-s'hi el David.

—Grrr... —vaig rondinar.

Em vaig adonar que l'Alba es posava a riure i vaig sentir que la Clàudia els cridava des del menjador, com si tingués por que els encomanés algun mal lleig. Com a reacció, per fotre més que res, vaig decidir entretenir-los.

—Molt bé, nens —vaig dir-los molt seriós—. Us explicaré un conte molt d'ara mateix.

—¿Com es titula?

—És el «Conte del Pobre Pagès i de la Mala Puta» —vaig contestar sense immutar-me.

La Mònica es va tapar la boca amb la mà i el David va obrir uns ulls com taronges.

—«Puta» és una paraulota —es va exclamar la Mònica.

—El pare ens té prohibit dir-la —va rematar el David.

—Tranquils, que la dic jo i no vosaltres —vaig continuar en un to didàctic mentre l'Alba reia en una cantonada—. Hi havia una vegada un molt, molt, molt bon home que feia de pagès a ciutat i que, gràcies als seus esforços, va aconseguir fer créixer al balcó una formosa planta de maria....

La resposta em va venir en so estereofònic. D'una banda, la Mònica, que em preguntava «¿què és la maria?». De l'altra, l'Alba que, una vegada més, m'intentava parar els peus i deia: «Max, sisplau...».

15

VAIG DONAR UN COP D'ULL A L'INTERIOR DEL BAR ALFIL quan vaig sortir de casa. Hi havia la gent de sempre: jugadors d'escacs molt concentrats, un grup de mirons passavolants i uns quants experts amb llibres d'escacs sota el braç que apuntaven les jugades més interessants com si acabessin de descobrir la teoria de la relativitat. A la barra hi havia l'inspector Dalmau. Estava sol, amb una cervesa al davant i una pipa als llavis. La gavardina la tenia plegada al tamboret del costat. Mirava les pissarres del calendari de competició com si esperés que d'allà dintre li vindria alguna revelació sobtada, alguna gran veritat que faria canviar el rumb del món. Vaig decidir entrar a saludar-lo. Hi ha policies i policies, inspectors i inspectors, i està clar que, dintre d'aquest àmbit, el Dalmau és un cas a part. Per estrany que pugui semblar, és un inspector en qui es pot confiar. El Dalmau tenia una altra cosa al seu favor: podies parlar amb ell en un bar, ja que sempre es passava hores a l'Alfil, en comptes de fer-ho en la fredor d'una comissaria.

—Hola, inspector —el vaig saludar mentre seia al seu costat.

Em va mirar sense amagar la seva sorpresa.

—Hola, Max —va alçar les celles com si fos un actor americà—. ¿Què vols prendre?

Vaig demanar una cervesa. Mai deixo passar de llarg una invitació. A canvi, vaig haver d'escoltar una vegada més la molt especial filosofia de l'inspector Dalmau.

—Aquest és el millor lloc per fer les paus amb el món —em va explicar, molt convençut—. Una partida d'escacs és, en el fons, un resum de la vida. Fixa't en aquella taula. Han fet escac i mat en dos minuts. Vist i no vist. En aquella altra, en canvi, porten més d'una hora meditant les jugades, i encara no s'olora el final... I en tots dos casos es tracta del mateix: de matar el rei.

—El que fa que sigui el joc més republicà que existeix —vaig somriure.

—No siguis tendenciós... Mates un rei, però en queda un altre. Els escacs, en tot cas, són una lliçó excel·lent per quan un cas se t'entrebanca —va fer una pausa mentre jo bevia un glop de cervesa i em va dir quan vaig acabar—. Endavant, Max, ¿de què es tracta?

—¿De què es tracta, què? —vaig fer-me l'orni.

—Fa mil anys que no entres en aquest bar —va dir somrient—. Et veig a vegades que travesses la plaça i no et mires el Bar Alfil ni d'esquitllentes. És com si no existís per a tu. Avui, en canvi, no només hi has entrat, sinó que t'has assegut al meu costat i has volgut parlar amb mi. L'últim cop que em vas venir a veure em sembla recordar que hi havia una dona morta per entremig i una història sòrdida de drogues i especulació urbanística. ¿M'equivoco?

Vaig abaixar el cap. M'havia enxampat de ple.

—Doncs, digues —em va animar a buidar el pap—, ¿de què es tracta aquesta vegada?

Li vaig explicar tot el que sabia sobre la misteriosa desaparició del Tomàs, procurant no deixar-me cap detall. Donava gust poder-ho fer amb algú que sabia escoltar com l'inspector Dalmau. De tant en tant, es duia la pipa a la boca, feia una fumada curta i tornava a deixar-la en posició de descans. Quan vaig acabar, va empassar saliva i em va dir:

—Si no ho he entès malament, l'inspector González està al càrrec d'aquest cas.

—Sí, però no avança gens —em vaig queixar—. És un patata...

—Sigui o no un patata, no em correspon a mi de jutjar-ho —va dir l'inspector Dalmau, flegmàtic com sempre, mesurant les seves paraules—. El que és evident és que es tracta d'un company de feina i que no puc immiscir-me en els seus assumptes...

—Però...

Em va aturar amb un gest de la mà.

—Però el que sí que puc fer, en atenció a la nostra vella amistat —va somriure amb un racó dels llavis—, és interessar-me pel cas d'una manera discreta i vigilar si hi ha alguna cosa que li pugui haver passat per alt a l'inspector González. Com ho diria jo: faré com aquests vells que van amb la llibreteta estudiant les partides d'escacs —en va indicar un amb la mà—. Serà l'inspector González qui jugui la partida, però jo l'observaré de ben a prop, no fos cas que mogui una peça equivocada. ¿Et sembla bé?

—Em sembla perfecte —vaig respirar alleujat. Sabia que ens estàvem complicant la vida amb el Roc, que potser ens estàvem ficant on no ens manaven, però anava bé saber que teníem un comodí a mà, una carta secreta per si les coses es torçaven més del compte.

—¿On dius que té el despatx aquest Tomàs Miralles? —em va preguntar a continuació.

Li vaig donar l'adreça i se la va apuntar en una llibreta. També hi va escriure l'adreça de l'oficina bancària del Tomàs i la matrícula del cotxe desaparegut. Pel que fa a les fotos dels okupes, va escoltar el que jo havia descobert parlant amb la Laia Soler i em va demanar que el mantingués informat de les novetats que pogués aconseguir. Després, per sorpresa, em va preguntar si havia sentir a parlar del gran Capablanca.

—Vagament —vaig dir; em sonava el nom, però no sabia de què.

—Era un campió cubà d'escacs —va explicar amb un aire professoral—. Dels d'abans, dels que no jugaven ni amb màquines ni com màquines. Era extraordinari. Una vegada va desaparèixer un conegut seu a Cuba i ell ho va arreglar per pura deducció. Quan li van preguntar com ho havia fet, va dir: «Simplement, jugant a escacs». Volia dir que havia estat metòdic al màxim. Havia mirat de reconstruir cada jugada de la vida sense deixar-se res. Jo de vosaltres faria el mateix amb la desaparició de Tomàs Miralles.

—No és gens fàcil fer-ho quan tot es complica al teu voltant —vaig rondinar.

—Mai has de donar una partida per perduda —em va dir apuntant-me amb la pipa—. En qualsevol cas, el que és segur és que les partides no es guanyen quedant-te a casa sense fer res —i, després d'una pausa, em va preguntar—. Digues, ¿què penses fer?

—Ja he començat a moure'm per Gràcia i penso continuar per aquest barri —li vaig dir—. Els okupes de les fotos que tenia el Tomàs vivien tots a la casa cremada i no crec que això sigui casual.

L'inspector em va mirar en silenci, com si dubtés sobre el que havia de dir. Al final, em va preguntar si sabia que hi havia un skin detingut. Vaig recordar que m'ho havia comentat el Roc quan encara no era oficial.

—Segur que és culpable —vaig dir, arrauxat—. Els skins i els okupes no es poden veure ni en pintura.

—No et deixis portar per rampells —em va aconsellar el Dalmau—. Ja t'he dit que és millor anar pas a pas. El que sabem fins ara de l'skin detingut és que es diu Kevin, que és d'una banda del barri de Sant Cosme i que tenia els pantalons tacats de benzina quan el van arrestar poc després de l'incendi.

—Ho veus...

—Ell diu que va estar posant benzina a la moto i que n'hi va caure a sobre —va continuar l'inspector—. En tot cas, no pots anar més enllà del que està provat. L'skin nega haver cremat la casa i no hi ha testimonis. Per tant, no està tan clar que fos ell.

—Però els okupes diuen...

—El que diuen els okupes no va a missa, Max —em va tallar—. N'hi ha que van de bona fe, però també hi ha uns quants radicals antisistema que estan diposats al que sigui per sortir-se amb la seva. Ells segur que et diran que la culpa és del sistema, dels bancs i del capital... però no n'hi ha prou que ho diguin. Ho han de demostrar. Per cert, ¿coneixes bé Gràcia?

—Hi vaig néixer i hi vaig viure fins als divuit anys.

—Perfecte. És bàsic conèixer bé el territori on et mous. ¿Tens algun contacte per allà?

Vaig recordar la Laia Soler. L'havia de tornar a veure aquella mateixa nit perquè m'expliqués si havia pogut esbrinar on vivia la Bea, la noia que potser ens aclariria algunes coses sobre l'incendi de la casa okupa.

—Hi tinc un contacte molt especial —vaig dir somrient.

—Doncs, endavant —em va animar—, però vigila. L'ambient entre els okupes està molt carregat des de fa uns dies.

Em vaig acabar la cervesa, li vaig donar les gràcies i me'n vaig anar. Em sentia més confiat després de veure l'inspector Dalmau. Era com si hagués de fer un salt mortal i algú tingués el detall a última hora de posar-me una xarxa a sota. Per res, només per si de cas.

16

El bar on m'havia citat la Laia es trobava en un dels carrerons que sortien de la plaça del Sol. Tenia una entrada discreta, amb la façana pintada de negra i amb alguns tocs de disseny, com ara un angelet daurat que sobrevolava la porta i semblava beneir tots els que hi entraven. O pixar-s'hi a sobre, que amb els àngels mai se sap. De dintre era molt fosc, gairebé al límit de la foscor, amb una barra lluminosa que era com un far on acudien amb ànim de fer provisió tots els nàufrags de la nit.

A la pista de ball, esquitxada de flaixos de colors, hi ballaven uns quants joves, gairebé tots vestits de negre. Llançaven els braços i les cames en totes direccions, com si els fessin nosa i se'n volguessin desfer, i cridaven eufòrics cada vegada que sonava una cançó que els agradava especialment. Em vaig instal·lar en un racó de la barra en companyia d'un whisky amb gel i vaig deixar passar uns minuts per tal d'acostumar-me a la fosca. Quan ho vaig aconseguir, em vaig entretenir fixant-me en els moviments del cambrer: un noi negre amb una samarreta de xarxa blanca, enganxada a la pell, i cabells tenyits de groc. Es movia com si algú li hagués posat unes piles nuclears. Servia begudes al ritme de totes les músiques i omplia els vasos sense parar de bellugar-se, amb una ampolla a cada mà. Per acabar de fer el numeret, solia culminar el moviment final fent un arriscat joc d'equilibri amb una de les ampolles, com un pistoler que fa girar el seu revòlver. Se'n sortia prou bé. Almenys no va trencar cap ampolla.

Quan el disc-jockey va posar un disc de Manu Chao, el públic va embogir. Els que estaven ballant van deixar anar un crit unànime i els pocs que no ballaven van saltar a la pista com impulsats per una molla. Em vaig quedar tot sol a la barra, més sol que un mussol. La música sonava bé i tenia un bon ritme per ballar. Les lletres tampoc estaven malament. «*Welcome to Tijuana, tequila, sexo y marihuana...*» Una bona barreja, sens dubte. Quan vaig sentir que cantava *«Me llaman el desaparecido»* em va fer la impressió que estava parlant del Tomàs. «*Me llaman el desaparecido, cuando me llaman ya me he ido...*» ¿On devia ser el molt mamonàs? ¿Per què no tornava d'una vegada i explicava què collons havia passat?

Després, la nit es va torçar cap a una música sorollosa que no vaig saber identificar. Devia ser heavy, techno, grunge o alguna cosa semblant. El que tenia clar és que ja no controlava les noves tendències musicals.

—¿No tens cap disc dels Grateful Dead? —li vaig preguntar cridant al disc-jockey.

Em va mirar de dalt a baix i es va posar a riure.

—¿Estàs de conya, o què? —em va contestar, somrient—. ¿Què vols, que s'adormin tots i que se'n recordin de la meva mare?

—¿I dels Creedence Clearwater Revival?

—¿Però tu d'on surts? —va dir rient obertament—. ¿Et vols quedar amb mi o què?

Ho vaig deixar córrer. Era evident que allà s'estava donant el que se sol anomenar un conflicte generacional, i el que cantava era jo, un escapat dels anys setanta. Vaig encendre un porro, doncs, i vaig mirar de passar de la música. Quan ho vaig aconseguir, la veritat és que el joc de flaixos de la pista no estava gens malament. Grocs, vermells, verds, blaus... com un bon àcid dels temps de Formentera.

Una mitja hora després va aparèixer la Laia. S'havia pintat els ulls i duia uns pantalons negres molt ajustats, amb la cintura baixa, i una samarreta vermella, curta i sense mànigues, que deixava al descobert un pam de pell bronzejada i un melic adornat amb un *piercing* platejat en forma d'aro. Estava molt guapa, vestida per «matar» qualsevol que es posés davant seu. Em va saludar amb un somriure generós, em va treure el porro dels dits i li va fer una pipada profunda.

—Bona maria —em va felicitar—. ¿D'on la treus?

—De la Boqueria —li vaig dir amb un somriure—. Allà ho toquen molt bé, això de les herbes. Collita del 98.

La Laia es va posar a riure i em va proposar d'anar a un altre sector del bar, a una mena de reservat on la música no impedia la conversa i on l'ambient era molt més acollidor. Asseguts en un sofà entapissat de plàstic, de color verd llampant, em va explicar el que havia pogut esbrinar de la misteriosa Bea.

—No et serà gens fàcil parlar amb ella —em va avisar d'entrada—. Ha anat a viure a casa els seus pares, a Vallvidrera. Va quedar traumada arran de l'incendi i es veu que està sota tractament psiquiàtric. No la deixen sortir per res i no volen que vegi cap dels seus antics companys.

—¿Està vigilada?

—No la deixen sola ni un minut. Ahir vaig trucar per interessar-me per ella i s'hi va posar la seva mare. Quan li vaig dir que volia anar a veure la Bea em va dir amb mala llet que no calia que em molestés, ja que no em deixarien ni passar de la porta.

Era una putada. La noia que ens podia ajudar a solucionar el misteri de les fotos del Tomàs era totalment inaccessible. Vaig estar rumiant una solució i se'm va ocórrer que potser l'inspector Dalmau, emparat en el seu carnet de policia, podria saltar-se les barreres. Ho vaig comentar a la Laia.

—¿La pasma? —va fer una ganyota de fàstic—. No me'n fio ni un pèl. Ja ens han maltractat prou. Sempre que es posen pel mig acabem rebent nosaltres. No ens poden veure ni en pintura. Per mi que es pirin al Pryca...

—¿Com dius?

—Que es pirin al Pryca —va repetir rient—. T'has de posar al dia pel que fa a la llengua del carrer, Max. Vinga, va, fes un altre uaca.

—¿Un què?

—Un uaca, un peta, un *joint*, un canuto, un mai, un porro... —va tornar a riure—. T'hauré de fer un curset d'argot d'ara.

Vaig fer el porro que em demanava i ens el vam fumar tranquil·lament. Després vaig avaluar com quedava el panorama. Un cop descartada l'opció Dalmau, quedaven ben poques possibilitats d'acostar-nos a la Bea. Mentre mirava de trobar altres alternatives, vaig recordar el que m'havia dit l'inspector Dalmau sobre l'skin detingut.

—Ho he sentit a dir, però no hi ha res confirmat —va dir la Laia quan l'hi vaig comentar—. Són rumors que corren.

—Ho sé de bona font —vaig insistir—. És un noi del barri de Sant Cosme i tenia els pantalons xops de benzina quan el van enxampar poc després que comencés l'incendi.

—Encara que sigui veritat, m'hi jugo el que vulguis que el deixaran anar molt aviat —va reaccionar la Laia, despectiva—. No hi ha res a fer. ¿No veus que la pasma no té cap interès a descobrir els culpables? La casa es va cremar i ja els va bé. Ara tenen un solar buit i aviat començaran a construir-hi una casa de pisos que vendran a preu d'or. Una vegada més l'especulació n'ha sortit guanyadora... —la Laia va fer una pausa i, canviant de to, va afegir—: Però no parlem de coses tristes. Vinga, fes un altre peta. Potser ens ajudarà a pensar.

En vaig lligar un de ben carregat i li vaig cedir a ella l'honor d'encendre'l. Ho va fer aspirant molt fort, com si se'l volgués acabar d'una pipada. Quan me'l va passar, els ulls li brillaven d'una manera especial.

—¿Tu ets dels que van viure a Formentera? —em va preguntar rient.

—Un parell d'anys —vaig dir, com qui exhibeix velles cicatrius de guerra.

Els anys de Formentera quedaven lluny. La comuna de La Mola, les oliveres de branques llarguíssimes, les cases de pedra, els pins, la Fonda Pepe, les cales d'aigua transparent, el Blue Bar, la llum daurada de la posta, l'aire calent, els amics de sempre, les dones, els porros, els àcids, la música, les festes a la llum de la lluna... Tot quedava molt enrere, però encara recordava perfectament aquella barreja única de l'illa, aquell ambient mig africà i mig mediterrani... I també aquella cançó del Pau Riba: «*Si passeu mai per davant de casa / no deixeu mai d'entrar una estona: / Ens ajaurem al sol sota les branques / de la més gran de les figueres. / Ens asseurem al sol sota les parres, / o sota un pi o una olivera, / i deixarem que les abelles / se'ns enduguin els pensaments / al rusc per fer-ne mel.*» Els pensaments convertits en mel... Eren sens dubte uns altres temps.

—Devia ser massa, ¿no? —la Laia va posar ulls de somiadora—. Sempre que sento parlar d'aquells anys em fa ràbia no haver nascut abans.

—Formentera encara és allà —li vaig dir.

—Algun dia hi aniré, però segur que ja no és el mateix... —la Laia es va mossegar el llavi i va accentuar els ulls de somiadora—. Uns amics meus van anar l'any passat a La Mola i es van trobar que el molí on havien viscut Pau Riba, Bob Dylan i companyia pertany ara a una fundació oficial. L'han restaurat a fons, han netejat els voltants, però està tancat a pany i clau... Van tenir ganes d'esbotzar la porta i ocupar-lo, però hi havia un vigilant i van haver de desistir.

De sobte vaig ser conscient que Formentera representava per a la Laia el que per a mi Zanzíbar: un paradís mitificat on res no desentonava.

—Formentera va estar bé durant uns anys —la vaig advertir—, però es va espatllar quan va arribar el mal rotllo.

—¿Què vols dir? —em va preguntar, com si no es pogués creure que l'illa havia passat per mals moments.

—L'heroïna es va endur molts amics i tot se'n va anar a la merda —li vaig torpedinar el somni—. La mort va aparèixer de cop i es va emportar totes les utopies.

—Ara passa el mateix entre els okupes —va reflexionar la Laia després de fer una nova pipada—. Tot va bé, ens entenem perfectament, no hi ha cap mal rotllo, fins que algú es comença a punxar cavall i de cop i volta tot s'enfonsa —va dibuixar un somriure trist i va afegir en un to optimista—: ¿Saps? Quan estic trista, em poso la «Formentera Lady» dels King Crimson i penso que allà no existeixen els problemes...

Vaig recordar la «Formentera Lady». Havíem sentit tants cops aquella cançó. *«Formentera Lady, dance your dance for me. Formentera Lady, dark lover...»* Era com si d'alguna manera ja coneguéssim aquella misteriosa dama.

—Jo quan tinc problemes penso en Zanzíbar —vaig somriure—. Tothom té un paradís mental on refugiar-se.

Li vaig parlar a la Laia de la meva illa somiada i ella em va escoltar embadalida, com si li estigués parlant d'un paradís secret. Amb el dit vaig dibuixar al braç del sofà el perfil arquejat de les platges, les esteles dels *dhows*, els carrers laberíntics de Stone Town, les postes de sol des de la terrassa de l'Africa House... Quan vaig acabar, ella va deixar passar uns minuts en silenci, com si intentés imaginar-se el que acabava de descriure, i va concloure que li agradaria molt anar a Zanzíbar.

—I a mi —vaig riure.

—No em diguis que no hi has estat mai —va dir sense amagar la seva sorpresa.

—Algun dia hi aniré... —vaig dir, com si fos un pistoler de l'Oest que sap que no es pot morir sense complir el seu somni.

—Hi podem anar junts —va dir ella buscant-me la mirada.

Després, se'm va acostar i em va fer un petó a la boca. Primer suau, com d'àngel tímid; després, apassionat, explosiu, carregat fins al capdamunt de goma-2.

No m'ho esperava, la veritat. És més, en un primer moment em va deixar tan sorprès que em vaig quedar fent l'estàtua, sense saber com reaccionar.

—¿Què et passa? —em va preguntar ella, sense acabar-s'ho de creure.

—No ho sé... —vaig forçar un somriure de circumstàncies, fora de joc—. Pensava en l'Alba, la meva dona, i...

La Laia va esclatar en una rialla.

—Ui, ui, ui!... —va dir passant-se la mà pels cabells—. Em sembla que ets d'aquells que van de hippies per la vida, però que a l'hora de la veritat són més burgesos que l'hòstia...

Arribats a aquest punt, em vaig adonar que no em podia quedar aturat. Les essències del moviment hippy s'estaven posant en qüestió i no ho podia permetre de cap manera. La vaig atreure cap a mi i la vaig besar amb decisió. Tenia uns llavis frescos i tendres com un préssec de vinya, amb un regust que feia anys que no tastava. A través de la samarreta vaig notar la turgència dels seus pits, petits, tibats i rodons, amb uns mugrons rígids que expressaven la urgència del desig.

—¿Anem? —em va proposar ella, la mirada aigualida.

Vaig pagar el whisky i vam sortir abraçats del bar, amb els dos cossos fets un nus. Una estona després estàvem fent l'amor al pis de la Diagonal, a l'ombra d'una figureta de Lladró que representava una parella ballant el vals en el més pur estil vienès. Quan la Laia es va despullar, en un moment, com si no estigués fent res de l'altre món, em va semblar una escultura de proporcions ideals. Tota ella era magnífica. Em va agradar acariciar la seva pell suau i descobrir que tenia una flor tatuada en una de les natges, just al punt on s'ajuntava amb l'espatlla. Era dolça i encantadora i feia l'amor com un cavall desbocat. Va ser tot perfecte, com als temps gloriosos de Formentera. «*Formentera Lady, dark lover...*»

17

QUAN EM VAIG LLEVAR LA LAIA JA NO HI ERA. HI HAVIA tan sols els llençols rebregats i una nota damunt del coixí. «Un petó molt fort, Max. Truca'm. Laia.» Vaig estar pensant en ella mentre em dutxava; mentre em mirava al mirall; mentre esmorzava. Em sentia rejovenit, optimista, nou de trinca. Semblava mentida que una noia tan encantadora es pogués resumir en un nom tan curt. Laia... Fins i tot després de dutxar-me, sentia la seva olor enganxada a la meva pell, com si ja no m'hagués d'abandonar mai.

Vaig passar la resta del dia tractant de dibuixar-la. M'entretenia traçant els perfils de la seva cara, dels seus ulls, de les seves cames, de les seves natges... Vaig provar fins i tot de dibuixar-la en una platja de Zanzíbar. Hi encaixava perfectament. El seu cos tendre de deessa, el seu somriure obert, les palmeres, la sorra, el mar...

A la tarda vaig provar de trucar-li. Mala sort: tenia el mòbil desconnectat. Després vaig pensar que, a pesar de totes les Laies, havia d'intercanviar novetats amb el Roc. Li vaig telefonar al diari tres o quatre vegades, però em van dir que estava tan ocupat que no s'hi podia posar ni un segon. Vist el panorama, vaig decidir provar sort amb el Saura. Tenia la impressió que no m'havia dit tot el que sabia i volia quedar amb ell perquè m'expliqués més coses del Tomàs. El vaig trobar al seu despatx, però es notava que estava molt nerviós.

—No vull que ens veiem aquí —em va dir amb la veu tremolosa—. És millor que quedem en un altre lloc.

Em va proposar de trobar-nos en un bar no gaire lluny del despatx i li vaig demanar que, si podia, hi vingués amb la Mercè. Pensava que seria bo que ella també donés la seva versió dels fets. Després vaig provar de trucar un altre cop al Roc. Aquesta vegada vaig estar de sort. Li vaig comentar la cita que tenia amb el Saura i vaig afegir que preferiria que hi anéssim tots dos. El Roc va iniciar un seguit de queixes —tenia molta feina al diari, havia de tancar pàgines, estava desbordat...—, però va acabar dient que vindria si aconseguia esgarrapar uns minuts.

El bar on m'havia citat el Saura era un local anònim i gris, ple de clients passavolants i de cambrers uniformats d'aspecte avorrit. Vaig seure en una taula arraconada, vaig encendre un porro, vaig demanar una cervesa i vaig esperar que arribés el Saura. Ho va fer al cap d'uns minuts, visiblement nerviós. Suava a raig i no parava de girar el cap per mirar al seu darrere. L'acompanyava una dona jove amb aspecte de senyora ja gran que vaig deduir que era la Mercè. Duia unes ulleres de muntura recargolada i el cabell recollit en una discreta cua de cavall. Des del primer moment va mantenir la mirada baixa, com si li fes por molestar. Era una secretària i es comportava com una secretària.

—Estic veient moltes coses rares últimament —em va dir el Saura mentre seia a la taula—. Venint cap aquí m'ha semblat que em seguia algú. I no és la primera vegada.

Feia ulls de boig, de desesperat.

—¿Qui et segueix? —li vaig preguntar.

—Un tio alt i fort —va fer un gest com si volgués mostrar-me les mides d'un armari—. Potser són manies meves, però...

El Roc va arribar just en aquell moment. Panteixava, com si hagués corregut per ser a temps a la cita, però l'important era que, a pesar de tot, havia vingut. Va aclarir, atabalat, que no disposava de gaire temps, que havia de tancar pàgines, que al diari el matarien i no sé quantes coses més. Quan el vaig posar al corrent del que passava, el primer que va fer va ser preguntar al Saura per què l'haurien de seguir.

—¿I per què va desaparèixer el Tomàs? —va respondre el Saura amb una altra pregunta—. Des que ell no hi és que veig fantasmes pertot arreu. Tot plegat és massa estrany com per estar tranquil.

El Roc em va dirigir una mirada que vaig entendre de seguida: insinuava que el Saura estava com un llum i que més valia deixar-lo córrer. No li vaig fer cas. Vam demanar cerveses per a tots, excepte per a la Mercè, que va preferir una Coca-Cola, i vaig insistir a centrar el Saura en el que de debò ens interessava.

—L'altre dia em vas dir que, quan va desaparèixer, el Tomàs tenia entre mans un assumpte diguem que poc clar, ¿oi? —li vaig recordar.

—No t'ho hauria d'haver dit... —el Saura va fer una pipada molt curta al cigarret i va beure un glop de cervesa.

—¿Per què no?

—Estan passant coses molt rares i....

El Saura es va mirar la Mercè i ella va abaixar els ulls.

—Prefereixo no parlar-ne —va concloure el Saura—. De fet, ni hauria d'haver vingut —i, dirigint-se a la secretària, va afegir, expeditiu—. ¿Anem, Mercè?

Ella, submisa, va esbossar un somriure i es va aixecar de la cadira, disposada a seguir-lo ni que fos a la fi del món, però la vaig aturar amb una nova pregunta.

—Mercè... —li vaig buscar la mirada que ella insistia a defugir—. ¿Tens alguna idea de qui podia ser aquest misteriós client del Tomàs?

Va mirar primer a terra i després al Saura. Aquest va posar cara de pòquer, va apagar el cigarret al cendrer i li va dir a la secretària que fes el que volgués.

—En els últims dies, el Tomàs rebia moltes trucades de Masdeu i Associats —va dir amb un fil de veu mentre tornava a seure—. Jo juraria que la nit que es va quedar al despatx estava treballant per a ells.

El Roc va deixar anar un llarg xiulet, va obrir uns ulls com plats i em va explicar que Masdeu i Associats era un dels bufets d'advocats més prestigiosos de Barcelona. Tenien un edifici sencer al passeig de Gràcia, ple a vessar de paperassa oficial, casos complicats, assumptes milionaris i desenes de joves advocats amb empenta.

—No ho entenc —vaig dir—. ¿Per què vol un bufet ple d'advocats contractar un advocat de fora? Si en tenen tants...

Aquesta vegada va ser el Saura qui va parlar.

—Ho fan quan es tracta de feines irregulars —em va informar, sec—. Prefereixen no embrutar-se les mans i subcontractar-ho. No firmen res, no en queda constància enlloc. Si surt malament, se'n desentenen.

—Llavors, el Tomàs...

—El Tomàs —va afegir el Saura amb una mirada d'intel·ligència—, com jo, com tots, quan rep un encàrrec de Masdeu i Associats l'accepta de seguida perquè sap que s'hi mouen molts diners.

—Tot i sent il·legal... —va apuntar el Roc.

—Si és il·legal o no és absolutament secundari. Els diners que posen sobre la taula són un argument prou contundent —va dir el Saura, lapidari.

Vaig recordar el que havia explicat la Clàudia dies enrere. Segons ella, el Tomàs li havia anunciat poc abans de desaparèixer que quan tanqués un assumpte que tenia entre mans li faria un bon regal. Les paraules del Saura, confirmant que amb Masdeu i Associats s'hi movia diner llarg, ajudaven a entendre per què el Tomàs es prometia un futur tan feliç. Encara quedava per saber, però, de quina mena d'assumpte es tractava.

—¿I dius que a tu no et va parlar d'aquesta feina? —vaig insistir-li al Saura, que continuava fumant com una xemeneia.

—No me'n va dir res de res. Que Masdeu i Associats estaven al darrere ho he sabut avui mateix per la Mercè —ella va tornar a abaixar la mirada, avergonyida de qui sap què—. I és estrany, perquè amb el Tomàs ho solíem comentar tot. No sé, potser s'ensumava alguna cosa...

—¿Com ara què?

—Doncs que era un assumpte delicat, perillós... Ja heu vist com ha acabat.

El Roc, sense deixar de mirar el Saura, va estar jugant una estona amb l'encenedor. El picava contra la taula a cops pautats. El Saura i la Mercè callaven, però es dirigien mirades que eren d'evident complicitat. O estaven molt nerviosos o amagaven alguna cosa.

—¿Creieu que hi pot haver alguna relació entre el Tomàs i el desallotjament d'una casa d'okupes? —vaig preguntar-los a boca de canó.

El Saura es va acabar la cervesa d'un glop, es va endreçar el serrell i em va demanar per què ho preguntava. Quan li vaig parlar de les fotos d'okupes que havia trobat al pis de la Diagonal va deixar anar un llarg esbufec.

—No ho sé, no ho sé —va repetir, nerviós—. Ja et dic que no me'n va parlar.

—Però, ¿penses que Masdeu i Associats li podria encarregar al Tomàs una feina que tingués relació amb els okupes? —vaig insistir.

—Sí i no. O no i sí —va dir de mala gana—. Ja t'he dit que no en sé res. Estem parlant per parlar.

Era evident que el Saura es tancava per aquella banda. O bé era cert que no en sabia res, o no en volia parlar. Vist el panorama, el Roc va intervenir per canviar de registre.

—¿Recordes qui era el contacte del Tomàs a Masdeu i Associats? —li va preguntar a la Mercè.

Ella va tossir un parell de vegades abans de contestar.

—En els dos últims dies li vaig passar unes quantes trucades d'un tal senyor Manubens —va dir—. Juraria que era de Masdeu i Associats.

El Roc i jo vam mirar el Saura, esperant una ampliació.

—No l'he sentit anomenar mai —va posar cara de zero—. Però és que allò és com un exèrcit, són la tira...

Vaig beure un glop de cervesa mentre la Mercè es bevia la seva Coca-Cola com si fos un ocellet.

—Miraré de parlar amb aquest Manubens; segur que ens pot explicar moltes coses —va dir el Roc, procurant enfocar el cas cap a la part positiva; després, girant-se cap al Saura, li va preguntar—: Tu que coneixes tant el Tomàs, ¿tens alguna hipòtesi sobre el que ha pogut passar?

El Saura va fer que no amb el cap. Suava més que mai i es mossegava el llavi, nerviós.

—Si la tingués, tampoc us la diria —va dir a la fi, cansat—. Ja m'ha costat prou venir aquí.

—Però es tracta d'ajudar el Tomàs... —vaig insistir.

—Ja... Per això he vingut al final. Però no m'agrada gens el que està passant. Gens...

Es va passar la mà per la cara, va fer una mirada ràpida a banda i banda i es va aixecar per marxar. La Mercè va fer el mateix.

Quan em vaig quedar sol amb el Roc, li vaig preguntar què li havia semblat aquella estranya reunió.

—D'una cosa n'estic segur —va dir—. El Saura se la tira.

—¿A qui?

—A la mosqueta morta de la secretària —em va fer l'ullet—. El Saura se la tira, seguríssim. ¿Que no has vist com se'l mirava de reüll?

—Hòstia, Roc, no fotis! —vaig rondinar—, sempre pensant en el mateix.

—Però és que està claríssim... —va dir ell, els braços oberts com si volgués abraçar una evidència descomunal.

—Molt bé, d'acord, se la tira —vaig dir jo—. Jo a la Mercè la trobo una mitja merda, però se la tira, ¿i què?

—No creguis, aquestes mosquetes mortes, a vegades al llit són unes autèntiques feres —va deixar anar una mena de xiulet evocador—. En vaig conèixer una que...

—Roc —el vaig tallar, fart d'aguantar les seves sortides—. ¿Què t'ha semblat el que han dit del Tomàs?

—Almenys tenim per on començar. Trucaré a Masdeu i Associats i demanaré per aquest misteriós Manubens —va fer una pausa per consultar el rellotge i, amb un gest de contrarietat, va afegir—: Ara ho sento, però me n'haig d'anar. Al diari em mataran.

Abans no marxés, vaig tenir temps de recordar-li que l'endemà hi havia l'estrena de l'escenografia de l'Alba i que ens podríem trobar al teatre. Hi va estar d'acord. Després va consultar el rellotge de nou i, com si fos el conill d'*Alícia al país de les meravelles*, se'n va anar remugant que era tard, molt tard, molt tard, i que havia d'anar corrents al diari a tancar pàgines, a tancar pàgines, a tancar pàgines...

18

VAIG TRUCAR A LA LAIA QUAN EM VAIG SEPARAR DEL Tomàs i vam quedar de veure'ns aquella mateixa nit. Ella vindria a casa a quarts d'onze, em va dir, però va afegir que se n'hauria d'anar aviat, ja que a mitjanit hi havia convocada una assemblea a la casa okupa per preparar la defensa en cas d'un assalt que alguns creien que era imminent.

Passaven cinc minuts de les deu quan va sonar el timbre. Era ella. Havia vingut corrents i estava sense alè, però tot i així, se'm va penjar al coll i em va fer un petó llarg i càlid, d'aquests que et fan sentir com si t'haguessin instal·lat el sistema *sensurround* al cos.

—Tenia moltes ganes de veure't —em va xiuxiuejar a l'orella.

—I jo a tu —vaig dir, sorprès de fins a quin punt m'estava enganxant. En qüestió de pocs dies, la Laia s'estava convertint en una droga a la qual em veia incapaç de renunciar.

Ens vam despullar de pressa, amb la familiaritat que dóna haver fet l'amor ja anteriorment, ni que fos només un dia, i ens vam estirar al sofà de la sala. Els seus petons eren sensuals, apassionats, i el meu cos semblava despertar a mesura que m'acariciava amb les seves mans petites. M'excitava veure-la amb la passió a flor de pell, sentir la seva llengua resseguint el meu cos, les seves cames entortolligant-se amb les meves a la recerca de la unió perfecta. Li vaig besar els pits, la rosa tatuada, el *piercing* del melic, els ulls... Fer l'amor amb la Laia era gairebé com estar a Zanzíbar...

Quan ens vam acomiadar, li vaig regalar una estatueta de Lladró que representava una fornera feliç.

—¿Per què la vull? —va riure la Laia—. És lletgíssima...

—Per això te la dono —vaig insistir—. Quan tinguis un moment trist, la rebots contra el terra i veuràs com et sents millor. Et servirà per desfogar-te.

La Laia em va abraçar amb força, em va fer un petó d'adéu i se'm va quedar mirant un instant amb els ulls aigualits. Després, va alçar la figureta i la va rebotre contra el terra amb decisió.

—La veritat és que em sento una mica millor —va comentar rient—, però tot i així encara em sap greu separar-me de tu.

I se'n va anar.

Em va costar agafar el son després que marxés. Vaig sortir a la terrasa i em vaig fumar un porro sense pressa, mirant les estrelles que brillaven per damunt d'un perfil trencat de terrats que era a anys llum de la vista privilegiada de la plaça Reial. Vaig estar pensant fins a quin punt m'estava penjant de la Laia. Hi ha una edat en què et penses que controles tot el que fa referència a la passió i al desig, que ja res t'agafarà de sorpresa, però de tant en tant sorgeix una Laia que et fa saltar tots els esquemes.

Vaig entrar a la sala quan em vaig adonar que tenia el cos fred. Em vaig asseure al sofà i, probablement per oposició, em vaig posar a pensar en el Tomàs i la Clàudia. ¿On era el Tomàs? Em preguntava si tot el luxe del pis de la Diagonal era producte de feines inconfessables, si rere l'aspecte gris i avorrit del Tomàs hi havia tot un món fosc d'intrigues, jocs bruts i conxorxes.

Quan finalment em vaig aconseguir adormir, em va despertar el timbre. Trucaven amb insistència des del carrer. ¿Qui podia ser a aquelles hores? ¿Potser el mateix Tomàs, que per fi tornava? Vaig recordar les manies persecutòries del Saura i el que m'havia explicat la Laia sobre les amenaces a la gent de la casa okupa. No em podia refiar. Era evident que fos qui fos que estigués movent els fils d'aquella complicada trama no s'estava per gaires miraments. Vaig anar a obrir acollonit, però em vaig calmar pel camí dient-me que la mala gent no acostuma a trucar a la porta. Entren directament i no s'estan per hòsties.

—Obre, Max, que sóc jo! —vaig reconèixer la veu del Roc.

¿Què passava? ¿Més problemes? Vaig mirar el rellotge de paret. Quarts de tres de la matinada. ¿Què li podia haver passat al Roc? ¿Amb quina una em sortiria ara? Amoïnat, vaig anar-lo a rebre al replà, però quan l'ascensor es va aturar i va aparèixer el Roc amb el seu somriure de sàtir em vaig adonar que no m'havia de preocupar de res. Per si encara em quedava algun dubte, l'aspecte de la persona que anava amb ell em va acabar de convèncer de quina mena d'urgència el movia. Era una noia jove i riallera, rossa tenyida, amb un vestit molt ajustat, unes cames llarguíssimes i un parell de pits mida magrana gegant.

—El Max, la Berta —va fer les presentacions el Roc, mentre em feia un ullet de complicitat.

Ella em va dir hola amb veu d'espinguet, va fer una rialleta estúpida i va entrar trontollant al pis. No calia fer-li cap anàlisi per saber que havia begut més del compte. El Roc, que no es pot dir que estigués serè, es va quedar amb mi una estona per explicar-me el que estava passant.

—No és el que et penses... —em va dir d'entrada, procurant adoptar un aire respectable.

—Home, Roc... —vaig somriure.

—Bé, sí, és el que et penses —va acceptar amb un cop de cap—. Tinc ganes de fotre un clau i m'he trobat aquesta porqueta que s'hi presta. Però ho faig per motius professionals, que consti —va alçar un dit per reforçar el seu argument—. ¿Saps on treballa ella?

—Ni idea.

—Fa de secretària a Masdeu i Associats.

Es va posar l'índex als llavis, demanant-me discreció, i em va tornar a fer l'ullet, com si volgués deixar clar que estava amb aquella mamelluda només per estirar-li la llengua sobre l'estranya relació del bufet d'advocats amb el Tomàs. En les condicions en què estaven tots dos, però, era evident que l'únic que pensaven fer, més enllà dels objectius secundaris del Roc, era una bona rebolcada.

—Molt bé, fes el que vulguis —li vaig dir, acostumat a les seves ensarronades—, però no muntis massa merder, ¿eh, Roc? No sóc a casa meva i en aquest barri els veïns són uns llepafils.

—Tranquil, Max, que ja em coneixes —em va assegurar amb cara de professional responsable—. Un polvet ràpid i fora. Jo sóc el primer que vol discreció —va deixar anar una rialleta de conill—. No m'interessa que se'n publiqui res.

Van passar els dos al sant dormitori de la Clàudia i el Tomàs, i jo em vaig quedar tot sol a la sala. Vaig encendre la tele per fer alguna cosa. Em costava tornar-me a adormir. Uns quants senyors i unes quantes senyores es barallaven a crits al voltant d'una taula. El presentador va dir que allò era una tertúlia, però no em va convèncer. Vaig preferir canviar de canal. En una altra banda feien una pel·lícula de lladres i serenos. Persecucions, trets, explosions, cotxes que bolcaven...

Aquesta vegada no van tocar el timbre del carrer, sinó que vaig sentir uns cops molt forts a la porta. Algú picava amb la mà plana, amb insistència. Si era un veí que es queixava de no poder dormir devia tenir l'orella molt fina. La tele estava gairebé sense so i del polvet del Roc no se'n sentia ni un mal gemec. Pets com anaven, potser fins i tot s'havien adormit abans de fer-ho.

Quan, intrigat, vaig anar a obrir la porta, el primer que vaig veure va ser el rostre gras i suat de l'inspector González.

—Ordre d'escorcoll! —em va cridar amb una veu cent per cent oficial, com si no em conegués, plantant-me als morros un paperot ple de signatures i segells. L'acompanyaven dos agents amb cara de babaus que, sense ni molestar-se a saludar, van entrar directament cap a la sala, com si tinguessin por que se'ls escapés alguna prova.

—Aquestes no són hores de venir —vaig protestar, cansat de veure com la nit es complicava—. Si ja va escorcollar el pis fa pocs dies, inspector. ¿Que no se'n recorda?

—Ara és molt diferent —em va dir mentre em mostrava de nou l'ordre d'escorcoll—. Ara es tracta d'un acte oficial.

—¿I es pot saber què és el que ha canviat? —vaig preguntar.

—Tot ha canviat! —l'inspector González va obrir uns ulls com plats de sopa—. Fins ara el senyor Miralles era tan sols un desaparegut. A partir d'avui, però, se l'acusa d'estar implicat en una estafa a gran escala —ho va recitar com si estigués llegint una nota policial—. Hi ha la seriosa sospita que el subjecte implicat es dedicava a falsificar targetes de crèdit i és molt probable que hagi estafat per aquest procediment més de dos-cents milions de pessetes.

¿Targetes de crèdit falses? ¿Estafa? ¿Dos-cents milions...? Però, ¿de què m'estava parlant aquell boig? ¿Del Tomàs, del Tomàs Miralles? No, no podia ser. L'únic càrrec del qual es podia acusar al Tomàs era el de ser un home absolutament avorrit, dedicat a una vida familiar sense cap emoció i capaç d'aguantar durant anys la bleda de la Clàudia. No, l'acusació d'estafa no m'acabava de lligar amb el personatge i així ho vaig dir a l'inspector.

—La investigació que està en marxa ho aclarirà tot —va insistir el González—. Ja hem revisat a fons el seu despatx d'advocat...

—Però si al seu despatx no hi queda res —vaig protestar—. Els lladres s'ho van endur tot l'endemà de desaparèixer ell. Em consta que vostè ho sap.

L'inspector González va semblar desconcertat en veure que jo estava al corrent d'aquell robatori. Va dubtar un instant, com si mirés de preparar una nova estratègia, però va acabar apartant les meves al·legacions amb un gest rotund de la mà.

—Sigui el que sigui, no estic autoritzat a dir-li res més sobre el cas —es va tancar en banda—. Haig de mantenir el secret oficial.

—¿I saben ja almenys on para el Tomàs?

—No, però estic segur que ho sabrem aviat —va dir molt convençut—. Precisament per això hem vingut.

—¿I calia que ho fessin a les tres de la matinada?

—No podem badar —l'inspector em va dirigir una mirada afilada, insinuant que no es mamava el dit—. El temps passa i no volem córrer el risc que les proves es destrueixin...

—¿Però de quines proves m'està parlant? —el vaig engegar—. Tot això és una comèdia, inspector. Si ja fa dies que van buidar el seu ordinador...

L'inspector ni em va mirar. Es va entretenir contemplant les figuretes de Lladró una per una, com si fossin sospitoses d'alguna cosa. Quan va acabar la revisió, em va apuntar amb un dit i em va dir en un to tètric:

—El cercle s'està tancant al voltant del senyor Miralles i no tardarà a aparèixer. I, cregui'm, quan ho faci haurà de donar moltes explicacions.

Alguna cosa no lligava en tot allò. La bòfia no havia trobat el Tomàs, no sabia on parava, però es treia del barret aquelles increïbles acusacions. Em vaig deixar caure al sofà, abatut, i just en aquell moment va aparèixer un dels agents amb el Roc i la rossa tenyida. Tots dos anaven en pilotes: ella, que encara duia un bon piano al damunt, reia com una tonta; ell feia cara d'acollonit.

—¿I aquests dos? —em va preguntar l'inspector assenyalant-los amb un gest a mig camí entre la sorpresa i la censura.

—Són amics meus —vaig dir amb un somriure mentre recordava les promeses de discreció del Roc.

—¿No seran còmplices del senyor Miralles?

Vaig estar temptat de dir que sí, per veure com s'ho feia el Roc per sortir-se'n, però em vaig sentir magnànim. La troca ja estava prou embolicada i no era qüestió de donar-li més carnassa al boig del González.

—Res a veure —li vaig dir a l'inspector—. Estan aquí per atzar.

—De tota manera, prengui'ls declaració, Roca —va ordenar—, però deixi que es vesteixin abans.

L'agent Roca se'ls va endur un altre cop a l'habitació. Caminaven com ànecs, amb les cames enganxades i intentant tapar-se les vergonyes. Si no fos que tot plegat resultava patètic, hauria estat fins i tot bastant còmic. Mentrestant, l'altre agent anava posant en capses tot el material requisat del despatx del Tomàs.

—¿A què ve aquesta comèdia, inspector? —em vaig queixar novament—. Si ja sap que aquí no hi queda res d'interessant...

—Ordres superiors —es va limitar a dir, impertèrrit.

Després, se'n va anar a supervisar l'escorcoll mentre jo em quedava tot sol a la sala, sense saber què fer. Em venia de gust encendre un porro per calmar-me, però m'adonava que no era el millor moment per fer-ho. Veient com les gastava el boig del González, si em trobava un gram de maria al damunt seria capaç d'empaperar-me per tràfic de drogues a gran escala i de buscar-me les pessigolles a fons. Em vaig quedar quiet, doncs, sense gosar fer res, la mirada perduda en la col·lecció de les ridícules figuretes de Lladró.

Els policies es van estar ben bé un parell d'hores mirant-ho i remirant-ho tot a fons. Treien els llibres de la minsa biblioteca un per un, els obrien i els sacsejaven per assegurar-se que no hi havia res a dins. Van escorcollar sota el sofà i les butaques i, sempre sota la mirada oficial de l'inspector González, es van entretenir a comprovar que no hi havia res rere els plafons de fusta de la sala. Estic segur que no van trobar res de nou, però tot i així es van endur unes quantes capses «plenes de proves» a comissaria.

—Ja tindrà notícies nostres, senyor Riera —es va acomiadar l'inspector—. És probable que el citin d'aquí a uns dies a declarar.

—¿Declarar, què? —vaig preguntar, sorprès—. Suposo que no m'acusaran de ser còmplice de l'estafa —vaig somriure—. Si no tinc ni un puto duro...

—Mai se sap —va alçar les celles l'inspector.

Quan van marxar els polis, van aparèixer a la sala el Roc i la rossa. Gairebé m'havia oblidat d'ells. Anaven vestits de dalt a baix, fins a l'últim botó, i estaven apagats com dos ocellets moribunds. En les seves mirades no hi quedava ni el més mínim rastre de desig.

—¿Què? —li vaig preguntar al Roc sense poder evitar de riure—. ¿Has tingut la discreció que buscaves?

—Calla, Max, calla, que això és molt seriós —va dir sense somriure ni un mil·límetre—. Ens han pres declaració i constarà en els arxius oficials de la bòfia. Si ho sap l'Anna, estic perdut.

—Tranquil, que segur que fareu les paus important una xineta la mar de bufona —vaig riure.

—Que et donin, Max, que no és hora de conyes —em va engegar.

Se'n van anar tots dos amb la cua entre cames. Mai més ben dit, sobretot en el cas del Roc. Quan vaig tornar a la sala, vaig agafar una estatueta de Lladró, la que representava un guàrdia civil enamorat, i la vaig deixar caure despreocupadament a terra. Es va fer miques amb una facilitat admirable. Després ho vaig provar amb una altra, la de l'oficinista feliç que s'abraçava a una màquina d'escriure com si no pogués viure sense ella. Cling! També va quedar destrossada en un tres i no res. Si mai les trobava a faltar la Clàudia, diria que aquella desgràcia tan irrecuperable, tan desastrosa per a tot l'art mundial, havia arribat durant l'escorcoll de la bòfia. I és que la policia, ja se sap, és tan descuidada...

19

Em vaig llevar passat el migdia. Després de la nit del lloro amb què m'havia obsequiat l'inspector González, no estava per fer concessions a ningú. D'altra banda, com més voltes donava a la desaparició del Tomàs, més clar tenia que no pensava continuar investigant. Prou. La cosa s'havia emmerdat massa i no em volia embolicar en un assumpte on s'encreuaven acusacions d'estafa per valor de molts milions. Si el Tomàs havia decidit fotre el camp, ja s'ho faria. Si el Tomàs s'havia emportat o no els milions, ja ho investigaria la bòfia, que per això diuen que està al servei dels ciutadans. Vaig esmorzar, doncs, al meu ritme, em vaig fumar un porret a la terrassa i vaig enyorar una vegada més les palmeres de la plaça Reial. Després, em vaig posar a dibuixar. Palmeres, sorra blanca, aigua blavíssima... Era a Nungwi, nedant tranquil·lament amb la imaginació a la costa nord de Zanzíbar, quan va sonar el telèfon. Era la mare.

—¿Es pot saber a què jugues, fill? —em va renyar d'entrada—. He trucat a casa teva i una dona que no sé qui era m'ha dit que et trobaria aquí. Ni em truques, ni passes a veure'm, ni...

—És que, veuràs...

—No, no cal que m'ho expliquis —em va frenar—. Prefereixo no saber res de la teva vida dissipada, fill.

—És que he trobat feina, mare —vaig improvisar per sortir del pas; no tenia perdó per no anar-la a veure i ho havia de vestir d'alguna manera—. Faig de detectiu.

Es va fer un silenci a l'altra banda del fil.

—¿Vols dir que fas com el Colombo? —em va preguntar a la fi la mare.

—Més o menys.

—¿I vas amb gavardina, com ell?

—Depèn del temps que faci.

—¿I et pagaran?

Quan li vaig dir que em trauria un bon sou, es va quedar pensant una estona, com si valorés les meves possibilitats. La seva conclusió, però, va ser que no me'n sortiria.

—No és que no et vegi amb una gavardina llardosa, fill. Al contrari, aniria la mar de bé amb el teu aspecte de trinxeraire, però no és una feina per tu —va dir—. ¿Que no ho veus que seràs l'ase dels cops, que no n'encertaràs ni una?

Era fàcil llegir el que pensava: podent portar una vida tranquil·la, avorrida i ben pagada a la Caixa, ¿per què m'havia d'embolicar jugant a lladres i serenos?

Li vaig dir a la mare que la meva primera feina consistia a intentar trobar un home que havia desaparegut —vaig preferir no dir-li que era el Tomàs, no fos cas que emboliqués la troca familiar— i va dir que m'ajudaria resant una novena a Santa Rita. L'hi vaig agrair de tot cor. Allà on no poguessin arribar les meves investigacions, potser hi arribaria la influència divina.

La següent trucada era de l'Alba, per recordar-me que aquella nit era la gran estrena. Estava molt excitada. Vaig pensar que li havia de parlar de l'escorcoll de la policia al pis de la Diagonal i de les noves acusacions que penjaven sobre el Tomàs, però vaig preferir deixar-ho per a més endavant. Ja devia tenir massa problemes al cap com per afegir-n'hi un de tan gros com aquell. ¿I si la policia anava a interrogar la Clàudia? Es podia esperar tot del potes de l'inspector González, però vaig preferir callar i confiar en l'atzar. Vaig seguir dibuixant, doncs, fins que va tornar a sonar el telèfon. Aquesta vegada era el Roc.

—¿Hi ha alguna novetat de la bòfia? —em va preguntar en un to de veu que es podia qualificar d'acollonit.

—Cap ni una.

—D'això, Max... —va dir abaixant la veu, com si tingués por que algú el sentís—. ¿No podries mirar de parlar amb l'inspector González, a veure si ens esborra de l'informe?

—Ho intentaré —vaig dir sense poder-me aguantar el riure.

—Sí, riu, riu... —em va retreure—, que si estiguessis tu en la meva pell no ho trobaries tan divertit...

—Roc —vaig canviar de tema—. He decidit que no penso seguir ficant més el nas en tot això. Hi ha massa merder, tot és massa embolicat i ja he deixat de trempar amb aquest cas.

—I jo —va dir ell—. La tinc completament arronsada des d'ahir a la nit —es va permetre un somriure mínim—. És que no se m'aixeca ni un mil·límetre, de debò. A partir d'ara, per pixar i prou.

Vaig ofegar una rialla. En el fons era divertit veure el notes del Roc, sempre disposat a pregonar i a magnificar les seves proeses sexuals, en aquella situació de clara retirada.

—¿La secretària et va dir alguna cosa interessant sobre Can Masdeu? —vaig sondejar-lo, a pesar de tot.

—Només una cosa: el nom de Manubens que ens va donar la Mercè no serveix de res. Pel que em va dir la rateta d'ahir, es veu que el fan servir a Masdeu i Associats quan no volen donar la cara. És un nom de palla que no amaga ningú en concret... —va dir, i passant sense canvi de to al terreny de la confidència, va afegir—: La veritat és que va ser un fàstic, Max. Si al final no me la vaig poder ni tirar —es va queixar—. Ja era ben bé a punt, amb el semaler en posició de fer mal, quan va entrar la bòfia com si anés a detenir l'Al Capone. Em vaig cardar un ensurt de collons, t'ho juro, i em vaig destrempar de cop.

Vam riure una estona recordant els detalls i les anècdotes de l'escorcoll. Després de passar unes hores acollonit, el Roc almenys sabia veure la cara divertida d'aquella nit moguda.

—Llàstima això del Manubens —vaig dir quan es van acabar les rialles.

—¿Per què dius llàstima? —es va sorprendre el Roc—. ¿Que no m'acabes de dir que deixaves de ficar el nas en aquest cas?

—Sí, però...

—No em vinguis amb peròs, Max, que et conec —em va advertir—. O pleguem o no, però res de coses a mitges.

Vaig penjar i vaig tornar al dibuix, però no em podia concentrar. Passaven massa coses al meu voltant com per imaginar-me la meva illa paradisíaca. Vaig aparcar el dibuix, doncs, i em vaig entretenir una estona pensant com podria ser una novel·la sobre Zanzíbar. Hi hauria de sortir algun vell anglès, d'aquests que encara es pensen que viu en l'època colonial. Estaria tot el dia bevent ginebra importada de Londres sota les aspes d'un ventilador, en un hotel degradat com l'Spice Inn, per exemple, en plena Stone Town, i s'eixugaria constantment la suor amb un gran mocador, com ho feia el Saura. També jugaria a escacs com els malalts del bar Alfil i parlaria dels vells temps com si no n'hi hagués d'altres. Un altre personatge seria més o menys com la Laia, una noia jove i riallera, amb un cos perfecte, llavis molsosos, rialla cristal·lina i ulls negres. La intriga podria ser a base de tràfic de drogues, amb alguna estafa milionària pel mig i amb alguna persecució pels carrers estrets de Stone Town, la mítica Ciutat de Pedra. Algun personatge secundari hauria de morir i...

Va tornar a sonar el telèfon. Era la Laia, que em va explicar que li feia por que el desallotjament de Kan Gamba fos cosa de dies. Segons semblava, era a punt de sortir una ordre judicial que els deixaria amb els dies comptats. Els okupes de la casa havien reforçat les barricades i estaven preparant la defensa, però no sabien quant de temps podrien aguantar. Li vaig dir que em moria de ganes de veure-la, però que no podia ser aquella nit: l'Alba no em perdonaria que no anés a l'estrena. De fet, tampoc em perdonaria que tingués un rotllo amb ella, però aquesta era una altra història que era millor no remenar.

La següent trucada va ser de la Mercè, la secretària del Tomàs. Plorava.

—El Saura ha tingut un accident de cotxe aquesta nit —em va informar entre gemecs sincopats—. L'han trobat mort al fons d'un barranc, a les costes del Garraf, molt a prop de Sitges.

Vaig mirar de consolar-la, però era inútil. Entre llàgrimes, la Mercè va afegir que el Saura anava sol i que la policia no s'explicava el que havia passat. Ni plovia, ni a l'asfalt hi havia cap taca d'oli, ni res de res. El cotxe havia sortit de la carretera en un revolt amb molta visibilitat. La policia pensava que potser el Saura s'havia adormit.

Vaig recordar les pors del Saura l'última vegada que l'havia vist. Fumava i suava com un condemnat i havia comentat que li feia la impressió que algú el seguia. Les seves sospites semblaven confirmar-se, però, ¿per què havia mort? ¿A qui li interessava que desaparegués? ¿De què podia parlar?

—¿Saps si el Saura havia d'anar a Sitges per alguna raó en especial? —li vaig preguntar a la Mercè.

—No hi havia d'anar per res —va somiquejar—. El vaig veure ahir a la nit i cap a la una em va dir que anava a casa a dormir, que ja era tard i que estava molt cansat.

Vaig trucar al Roc per donar-li la mala notícia. Va deixar anar un llarg xiulet de sorpresa, va dir que era una gran putada i es va quedar una bona estona callat. Davant la contundència de la mort, no és fàcil trobar paraules.

20

EL VESTÍBUL DEL TEATRE TÍVOLI ERA PLE A VESSAR. SOTA una il·luminació *made in Hollywood* passat per aigua, desfilava per una llarga catifa vermella un públic heterogeni format per polítics a la recerca del vot i de la imatge, gent de la faràndula, gorreros habituals i parents, amics i coneguts dels actors de l'obra. Al seu voltant, un núvol de periodistes, fotògrafs, càmeres de televisió i micròfons de ràdio s'esforçaven per no perdre's ni un detall d'aquell gran moment, com si el més interessant de l'estrena fos aquella fira de vanitats i no l'obra que es representava. A la gent de teatre era fàcil reconèixer-la: barba de quatre o cinc dies, cues recollides amb cintes de cuir artesanals, jaquetes i vestits negres i camises de tots els colors excepte el groc. Els *groupies* dels actors tampoc passaven desapercebuts, ja que eren els únics que s'havien mudat, convençuts que això del teatre és encara una litúrgia que imposa. Unes quantes mares, orgulloses dels fills que debutaven, s'havien guarnit amb tota la quincalla heretada de l'àvia i lluïen un maquillatge i un somriure exagerats. Als polítics se'ls coneixia perquè posaven cara de polític conscient que es preocupa pel país i perquè disposaven d'un mecanisme automàtic que els feia somriure cada cop que veien una càmera.

El director de l'obra, un jove amb aspecte de primer de la classe, va travessar el vestíbul com una exhalació, queixant-se que encara ara, a pocs minuts de l'estrena, s'havien de polir algunes cosetes. Un ajudant el seguia intentant anar tan de bòlit com ell, però estava clar que no ho aconseguia; per alguna cosa era només ajudant. No, no estaven per ningú; no, no podien atendre ningú; no, no veien ningú. L'Alba va treure el cap només un moment per saludar. Em va dirigir un somriure ràpid, forçat, com si es volgués assegurar que no li havia fallat, i va desaparèixer de seguida rere unes cortines. Era evident que també anava de cul, més o menys com tothom. Ho vam comentar amb l'Anna i el Roc, que feien cara d'estar de tornada de tot. El Roc, que es movia en aquell ambient com un peix en una peixera, es va afartar de saludar companys de professió amb una certa displicència. Ho feia de lluny, amb un cop de cap mínim; suposo que per demostrar que ell estava en un altre nivell. Al cap i a la fi, aquesta vegada era amic de l'escenògrafa i no un vulgar gorrero com els altres.

Un cop els galls dindi es van haver exhibit, vam passar a la sala, vam seure a les butaques, es va aixecar el teló i va començar l'obra. Em va fer il·lusió veure l'escenografia de l'Alba. Aquells dissenys que havia vist néixer com a esbossos al pis de la plaça Reial, ara eren allà en viu i en directe. I en gran format. El fons verdós que volia remetre a un jardí, la taca vermella del segon acte, que m'havia explicat que era com una al·legoria de la sang. El to blau cel, optimista, del final. La veritat és que no vaig seguir gens l'obra. Potser perquè m'havia fumat un porro abans i era un pèl massa complicada. Experimental, diguem-ne. Però em va agradar veure com anaven desfilant els diferents decorats de l'Alba. Aquells colors, les formes a mig definir, els volums escampats per l'escenari... Ben mirat, potser no em vaig concentrar en l'obra perquè no parava de pensar en el Tomàs i en el Saura. Era massa fort el que els estava passant. Estafes, desaparicions, morts... Qualsevol argument de ficció empal·lidia davant la força de la realitat.

Al final, el públic va esclatar en un aplaudiment unànime. Jo també vaig aplaudir, per mimetisme més que res. I el Roc, i l'Anna... i tots els amics que havíem anat al teatre a fer costat a l'Alba.

Després de les inacabables salutacions dels actors i del director —s'inclinaven com si tinguessin frontisses a l'esquena—, va començar la festa al vestíbul. Un equip de cambrers uniformats de fosc es va obrir pas entre la multitud amb safates carregades de copes de xampany. Es movien com equilibristes en un circ, esquivant els atabalats que gesticulaven aparatosament perquè els veiés tothom i posant especial cura amb les mares ansioses per brindar per l'èxit del seu fill actor «que ho fa tan bé que a aquest pas me'l cridaran de Hollywood». La veritat és que costava fer-se amb una copa, però ho vaig aconseguir a força d'insistir-hi i aplicant una estudiada estratègia d'assalt. La jugada consistia a situar-me just a la sortida dels cambrers, quan la safata encara és plena de copes acabades d'omplir, però per desgràcia no vaig ser l'únic a tenir aquesta idea. Mentre no sortia cap cambrer s'encreuaven mirades dignes d'un duel de l'Oest. ¿Qui seria el més ràpid?, ¿qui s'enduria el premi? La veritat és que vaig sortir derrotat en les dues primeres oportunitats; a la tercera, però, m'hi vaig llançar amb decisió i vaig aconseguir una copa; mig buida, però copa al cap i a la fi. Per aconseguir-la vaig haver de lluitar a l'últim tram del circuit xampanyístic amb una mare empolainada gens disposada a renunciar a la dosi de xampany que li corresponia per celebrar l'èxit del fill, però no em va tremolar el pols.

Amb el pica-pica ja no vaig tenir tanta sort. La mare em va guanyar àmpliament en la lluita per les croquetes i també en la de les pastes seques. No som res... De tota manera, m'ho vaig prendre amb resignació i amb esperit olímpic. Ja se sap que l'important en aquests casos és participar i que no sempre es pot guanyar en aquesta vida.

—¿Has vist que hi ha l'alcalde? —em va comentar l'Anna. S'havia posat un vestit llarg, negre de dalt a baix, i un collaret d'or de línies modernes.

Vaig seguir la seva mirada i, al centre de la sala, vaig descobrir l'alcalde de la ciutat, envoltat d'un núvol d'admiradors i repartint somriures i felicitacions. Vaig pensar que és ben estrany això de ser alcalde. Et toca anar a les estrenes d'obres públiques, d'obres de teatre, d'òpera, de concerts, d'escoles, de centres culturals... Vist el panorama, no et deu quedar gaire temps per fer d'alcalde.

—El que està parlant amb ella és l'Arcadi Masdeu —va afegir el Roc—, el cap absolut de Masdeu i Associats.

M'hi vaig fixar atentament. Era un home alt i elegant, amb els cabells blancs pentinats cap enrere i una mirada d'àguila. ¿De què devia estar parlant amb l'alcalde? ¿De cases okupes que calia desallotjar? ¿De solars requalificables? ¿D'una Barcelona del futur patrocinada per les immobiliàries, els bancs i els grans bufets d'advocats? Vaig mirar de descobrir algun okupa entre els invitats a la festa, però no en vaig saber veure cap.

—També hi ha el president —em va dir una estona després l'Anna.

En efecte, era allà, a tan sols uns metres de distància de l'alcalde, marcant-lo de prop. Amb la mateixa cara de president confiat i feliç, convençut de guanyar totes les eleccions que li posessin al davant, amb què sortia als diaris i a la televisió. També ell tenia una mena d'aura al voltant, una aura formada per un núvol de pilotes oficials que no paraven d'afalagar-lo i de riure-li totes les gràcies.

—Jo vaig conèixer el teu pare —vaig sentir que li deia a un actor jove, que passava pel tràngol com podia, amb el somriure forçat de les grans ocasions—. Recordo que, ja fa bastants anys, ell i jo vam fer una excursió plegats al Matagalls. Va ser un dia memorable. Feia un cel clar, sense ni un núvol, i me'n recordo molt bé perquè el teu pare duia un transistor, un

Philips si no em falla la memòria, i anava escoltant un partit decisiu entre el Barça i el Madrid. Va guanyar el Barça 3 a 2, amb gols de...

Vaig desconnectar quan em vaig adonar que la xerrameca populista no semblava que s'hagués d'acabar mai.

Mentre el Roc es feia un tip de saludar els vells coneguts, l'Anna em va continuar fent de guia entre la gent de la sala. Hi havia més cares famoses: el regidor de Cultura, el president de la Diputació, el director general de no sé què, el conseller de... En fi, tota la cosa oficial i oficialista. Si algú s'hagués entretingut a passar llista no crec que hagués trobat gaires absències. Vaig pensar que potser és que els venen tots en bloc. Em vaig fumar un porro discret prop dels lavabos i em vaig imaginar una agència de col·locació de personalitats, amb un ambient com ara el d'aquestes pizzeries on ho encarregues tot per telèfon, i una possible trucada:

TELEFONISTA: «Personalitats Tot a Cent», digui'm...

JO: Bon dia, senyoreta, m'interessaria comptar amb la presència de l'alcalde a la presentació d'un llibre meu.

ELLA: (*amb veu metàl·lica, gairebé robòtica*): ¿De què va el llibre?

JO: De Zanzíbar...

ELLA: ¿Hi surt Barcelona?

JO (*somrient*): Oh, sí. La ciutat hi és present en uns quants capítols...

ELLA (*inquisidora*): Suposo que Barcelona hi surt de forma positiva...

JO: I tant! ¿Com si no podria sortir en un llibre Barcelona?

ELLA: És que si no fos així, a l'alcalde no li interessaria, sap. ¿Hi ha algun fragment desagradable?

JO (*sorprès*): ¿A què es refereix?

ELLA (*en to neutre*): Bàsicament al sexe dur.

JO: Oh, no. Tot és blanc, molt blanc.

ELLA (*recitativa*): Tampoc hi pot haver mofa de l'alcalde.

JO: Tranquil·la, que no n'hi ha.

ELLA: ¿Per quan necessita la presència de l'alcalde?

JO: M'aniria bé per al 21 de març.

ELLA: Un moment que ho consulto. No es retiri (*i, al cap d'una estona, amb veu de servei de taxis*). Tenim disponible o bé el dia 23, a les vuit del vespre, o el 24, a les 7.

JO (*encantat*): El 24 em va bé.

ELLA (*monòtona*): Li recordo que, per un mòdic increment del preu, «Personalitats Tot a Cent» li ofereix també la presència del president de la Generalitat, del de la Diputació i d'un conseller, a més de set o vuit presidents d'entitats culturals de tota mena, cosa que, sens dubte, donaria prestigi a la presentació del seu llibre.

JO: ¿De quin conseller es tracta?

ELLA: L'oferta no ho especifica. S'hauria de conformar amb el que estigui disponible aquell dia. Si en vol algun en concret hauria de pagar un suplement.

JO: ¿I no m'hi podria posar també alguna primera dama?

ELLA: Això va inclòs en l'oferta (*en un to cansat, volent dir: «se'ls ho ha d'explicar tot, a aquests novells»*). ¿Desitja alguna cosa més?

JO: ¿Hauria de pagar molt més perquè un d'ells em presentés el llibre?

ELLA (*monòtona*): Envïi un full amb el que vol que digui el presentador i qualsevol d'ells ho farà amb molt de gust, amb un petit sobrecàrrec, per descomptat.

JO: ¿I no se'l podrien llegir i redactar ells mateixos unes paraules?

ELLA (*indignada*): Però, ¿què s'ha pensat? Els polítics són gent molt ocupada. ¿Com vol que perdin el temps llegint?

Clic.

Vam felicitar l'Alba quan per fi va sortir. Estava exultant de felicitat i es queixava que havia anat ben bé d'un pèl que no sortís tot malament, que no havia parat de patir durant tota l'obra.

—Però ara ja està! —va alçar una copa de xampany i un somriure—. Gràcies a tots per venir!

Petons, abraçades, felicitacions... En fi, més o menys com sempre. Em vaig treure una rosa que duia a la butxaca i l'hi vaig regalar. Estava pansida i rebregada, però tot i així li va fer il·lusió. Almenys em va premiar amb un petó. Tothom estava content, tothom reia i els més ben dotats per a la lluita cos a cos fins i tot bevien xampany. En un moment donat, el Roc se'm va acostar, em va arrossegar fins a un racó discret i em va comentar a cau d'orella:

—Ni una paraula a l'Anna d'allò d'ahir.

—Roc... —li vaig dir, somrient—. Puc ser hippy, però no tonto.

—És que a vegades... —va fer un moviment d'ulls i de mans que no vaig saber com interpretar i va canviar radicalment de tema—. Molt fort això del Saura, ¿no trobes?

—Fortíssim.

—¿Creus que se l'han carregat?

—Hi posaria la mà al foc.

—Collons, com les gasten! ¿I per què?

—Ni idea. Potser es pensaven que el Saura sabia alguna cosa.

—¿I creus que la sabia?

—Ara ja...

—¿Què penses fer amb tot això?

—Ni puta idea. Suposo que estar-me ben quiet i fer bondat. No vull seguir el camí del Saura.

L'Anna es va afegir per sorpresa a la conversa. Venia amb una copa de xampany a la mà i el seu millor somriure d'estrena teatral.

—¿Es pot saber què esteu tafanejant? —ens va preguntar—. ¿Algun secretet?

—No, no! —va córrer a dir el Roc, sobtadament vermell com un tomàquet—. Parlàvem de l'obra, que és un rotllo.

—Ui, sí, i tant! Insuportable... —va dir l'Anna i, després d'una pausa—. L'escenografia, perfecta, però l'obra...

—Però —vaig objectar, una mica confós—, si tothom ha aplaudit fins a fer-se mal a les mans...

—Home —va riure el Roc—, és que som en una estrena.

—¿I què passa a les estrenes?

—Doncs això, que tothom aplaudeix. No veus que avui ningú no paga entrada. Tots són amics i parents...

Vaig buscar un cambrer itinerant i, fent una finta a la brasilera per despistar un parell de competidors agressius, vaig caçar al vol una copa de xampany. La necessitava. La hipocresia social mai no em deixarà de sorprendre.

Em vaig beure el xampany d'un glop i vaig encendre un porro amb la intenció de recuperar l'estabilitat perduda. M'atabalava tanta gent. Acabava de fer la primera pipada quan, innocent de mi, no em vaig adonar que havia entrat sense adonar-me'n en els límits d'influència del president. Vaig mirar de recular i de perdre'm entre la multitud, però ja era massa tard.

—Vostè deu ser hippy, ¿oi, jove? —em va etzibar el president amb el cap tort.

—Home...

—Ho he deduït pel seu aspecte. La camisa de flors, els cabells llargs... —va fer una pausa per estossegar i els pilotes oficials es van apressar a lloar la seva perspicàcia; ell, impertèrrit, va continuar—. Miri, jove, quan vam fer la campanya de «Volem bisbes catalans», als anys seixanta, ja fa molt d'això, ¿eh? —va dirigir un somriure de complicitat a la piloteria que l'envoltava—, vaig coincidir en un poble d'Osona amb un noi que també era hippy. No duia els cabells tan llargs com ara vostè, però vaig saber que era hippy perquè duia al braç un tatuatge que deia «Sóc Hippy». En fi, que vaig deduir que era hippy... Però escolti'm, al que anàvem, jove, vull que sàpiga que si hi ha un partit que ha sabut copsar l'essència del moviment hippy, que sabrà defensar els seus valors fins al final, aquest és el nostre, no ho dubti. I és que, en el fons, com ja deu haver notat, jo també sóc una mica hippy...

El vaig veure tan entusiasmat amb els ideals hippies que vaig decidir passar-li el porro que tenia entre els dits. De col·lega a col·lega; de hippy a hippy. Un guardaespatlles ben cepat, però, m'ho va impedir clavant-me una urpa de ferro al braç.

Me'n vaig anar, esverat, quan el president mirava de ficar el nas en el meu arbre genealògic per veure si coneixia algú de la meva família.

Una ràpida exploració del vestíbul em va permetre constatar que s'havien exhaurit les existències de xampany, de croquetes i de pastes seques, motiu pel qual vaig proposar a l'Anna i al Roc d'escampar la boira. L'Alba hi va estar d'acord, però va proposar d'anar a fer una última copa a Gràcia. Després de la festa oficial, tenia ganes de celebrar-ho en petit comitè, amb els amics.

El taxi ens va deixar al carrer Còrsega, just davant del Cibeles, com aquell que diu a les portes de Gràcia. Teníem ganes de caminar una mica i ens vam endinsar pels carrers estrets del barri amb la intenció d'anar a un bar de la plaça del Rellotge. Hi havia poca gent pels carrers, almenys en aquella banda de Gràcia. Algun borratxo que dormia en un banc, quatre o cinc joves que bevien a morro d'una xibeca asseguts a terra i parelles d'enamorats a la recerca urgent d'un niu d'amor. Enmig del silenci i sota una llum escassa, sentíem el soroll de les nostres passes en caminar i, molt de tant en tant, el so massa alt d'un televisor o una discussió de veïns. L'Anna i l'Alba parlaven de les seves coses. De l'obra, suposo; i de nens adoptats, i de cases adossades. El Roc i jo, uns metres més enrere, continuàvem donant voltes a l'estranya mort del Saura.

—No me'l trec del cap —repetia el Roc—. Ahir estàvem amb ell en aquell bar i avui...

De sobte, en tombar una cantonada mal il·luminada, van aparèixer quatre joves repenjats contra una paret amb una actitud inequívocament fatxenda. Tots anaven pelats i duien caçadores Bomber i botes amb punta metàl·lica. Ens miraven amb cara de pocs amics. Quan vaig veure una cadena que brillava al mig de la nit, vaig arrencar a córrer i li vaig recomanar al Roc que fes el mateix.

—Corre, Roc, corre! —vaig cridar.

Massa tard. Abans que pogués reaccionar, vaig notar un cop de cadena a les cames i em vaig doblegar com un animal caçat. El Roc també es va arronsar al meu costat. Vaig sentir el contacte fred i humit de les llambordes a la cara i, instintivament, em vaig protegir el cap amb les mans, però en mil·lèsimes de segon vaig començar a rebre un festival de cops. Amb els punys, amb els peus, amb les cadenes... El Roc, arraulit al meu costat, va deixar anar un xiscle de dolor. Mig estabornit, vaig notar que se m'ennuvolava la visió, un dolor molt fort al ventre i un regust de sang a la boca. Gairebé al mateix temps, vaig sentir els crits de l'Anna i de l'Alba, que s'havien adonat del que estava passant i que venien corrents per intentar ajudar-nos. Els seus crits angoixats —«Fills de puta!», «Cabrons!»— van esquinçar el silenci de la nit. Vaig sentir que s'obrien unes quantes finestres i els crits de gent indignada. Algú va llançar una galleda d'aigua que va caure just al meu costat. Gairebé de seguida, els pelats van arrencar a córrer i es van perdre carrer enllà.

—¿Estàs bé, amor meu? —em va preguntar l'Alba.

Vaig fer que sí amb el cap, mentre, amb un mocador, ella m'eixugava la sang que em sortia a raig de la cella partida d'una puntada de peu. Al meu costat, l'Anna i el Roc protagonitzaven una escena semblant. Plors, gemecs, sang i crits... No va trigar a formar-se un grup de gent al voltant nostre. Uns okupes es van posar a renegar dels pelats i uns quants veïns els van donar la raó. Després vaig sentir una sirena que s'anava acostant i vaig veure uns infermers que ens posaven en lliteres, ens recomanaven que no ens moguéssim i ens introduïen a tots dos en una ambulància. No recordo res més.

21

—¿CREUS QUE PLOURÀ, ROC? —LI VAIG PREGUNTAR.

El Roc va alçar el cap, va donar un cop d'ull al cel, es va fregar la barbeta i va sacsejar el cap.

—No ho crec —va murmurar sense bellugar-se de la cadira on seia—. Podria ser que aquells núvols de la banda de ponent fossin de pluja, però no, no ho crec.

—¿T'has fixat en les mongetes?

—No les veig bé, no —va sacsejar el cap—. Necessiten aigua.

—¿I les tomaqueres?

—També.

—Potser que les reguéssim, ¿no?

—Potser sí —va dir i, després d'una pausa, va afegir—: Però millor al vespre, ¿no?, així la terra queda més xopa.

Van passar uns quants minuts. Se sentia el vol d'una mosca torracollons i, no gaire lluny, el motor d'un tractor que llaurava i uns gossos que bordaven. Vaig donar un altre cop d'ull a l'hort. Al cap i a la fi, no es podia fer gaire cosa més en aquella casa de l'Empordà. De dia ens tocava seure prop de l'hort i contemplar com creixien les verdures; de nit, encendre la llar de foc, fer un porret i unes torrades i parlar de velles històries.

Tot semblava dominat per una rutina absoluta, fins que, de sobte, el Roc es va aixecar de la cadira, va fer unes quantes passes amunt i avall, procurant no trepitjar el recinte sagrat de l'hort de l'Alba, va encendre un porro, va fer un parell de pipades nervioses i se'm va quedar mirant fixament:

—Prou, Max! No puc més! —va escopir sense embuts—. N'estic fins als collons de mirar l'hort, de parlar de l'hort, de trempar amb l'hort... Semblem un parell de pagesos, collons ¿Quants dies portem aquí ja?

—Avui en fa quatre —vaig dir.

—Massa! —va cridar.

Tot era culpa de les dones, de l'Anna i de l'Alba en concret. Havien estat elles les que havien decidit, arran de l'agressió que vam patir a Gràcia, que el Roc i jo necessitàvem descansar uns dies al camp, a la casa de l'Empordà. Al principi ens havia agradat la idea de deixar-nos mimar. Érem unes víctimes, al cap i a la fi, i ja ens estava bé ser els reis de la casa per una temporada. Aquella mateixa nit, al dispensari, ens havien donat uns quants punts —a mi a la cella; al Roc, a la barbeta—, ens havien trobat macats i fotuts pertot arreu i ens havien recomanat uns dies de descans. Però tants...

—Prou! S'ha acabat! —va insistir el Roc, molt excitat—. Tu fes el que vulguis, Max, però jo me'n torno cap a Barcelona. A prendre pel cul les verdures i la mare que les va parir!

Li vaig donar la raó. Visca l'asfalt i els cotxes! Fora els horts i les verdures! Jo també començava a tenir una indigestió mental d'hort. Em sabia de memòria cada cogombre, cada tomàquet, cada enciam... Procurava somriure cada vegada que l'Alba me'n cantava les excel·lències, però la veritat és que me la portaven més que fluixa. No és que les verdures em molestin. Al contrari, me les menjo amb molt de gust, però per a mi ja estan bé endreçadetes en les capses del supermercat, o fins i tot embolicades amb un plàstic, amb el preu i el codi de barres marcat. M'és igual si vénen de l'hort, d'un hivernacle, d'un laboratori clandestí o d'on sigui... M'importa un rave, i mai més ben dit, la seva procedència, el seu codi genètic i la seva genealogia. L'únic que vull és menjar-me-les sense haver-ne de cantar les virtuts. Reclamo el meu dret a menjar-me-les en silenci, tranquil·lament, sense fer cap comèdia, sense haver de dir entre mos i mos que es nota tant que són de l'hort, que tenen un altre gust i un color més viu, que això sí que... Prou!

—Hem de tornar a Barcelona —va insistir el Roc, cada segon que passava més convençut—. Ho hem deixat tot penjat i no pot ser. ¿M'entens, Max? No ens podem rendir tan fàcilment. Si el que volen els fills de puta dels skins és que ens oblidem de la desaparició del Tomàs, doncs es fotran, perquè continuarem endavant, ¿oi? Tu i jo no ens fem enrere així com així.

—Home... —vaig guanyar temps fixant la mirada en un pebrot vermell que ja semblava a punt per a una escalivada—, jo no m'hi penso jugar la pell...

—¿I què vols, Max? —el Roc va augmentar el grau d'emprenyamenta—. ¿Quedar-te aquí tota la vida, escrivint una història il·lustrada de les verdures en cinquanta mil capítols? Vinga, Max, que a la vida un s'ha de mullar... Recorda Ned Beaumont a *La clau de vidre*, de Hammett. Li foten una pallissa de cal déu, però ell no es dóna per vençut en cap moment. Al contrari, continua endavant a pesar de tot. Digues —em va posar una mà al braç, procurant ser cent per cent convincent—, ¿vols recuperar el teu pis de la plaça Reial o vols viure com un exiliat?

—És clar que vull tornar al meu pis.

—Doncs mentre no aclarim què ha passat amb el Tomàs, la foca de la Clàudia no se n'anirà. D'això en pots estar segur.

El Roc tenia tota la raó. Només de pensar en la meva cunyada escarxofada al meu sofà de la plaça Reial com una figa tova se m'encenia la sang. No ens podíem quedar de braços plegats. Hi havia un altre element, a més, que em feia pensar en la conveniència de tornar: la Laia. Tenia ganes d'estar amb ella. Li havia trucat per comentar-li que seria uns dies fora de Barcelona, però era evident que no era el mateix parlar per telèfon que veure-la.

—¿La Clàudia està ja al corrent de les últimes novetats? —em va preguntar el Roc.

—No en sap res —vaig dir—. Diu l'Alba que no ho aguantaria, que està feta pols i que...

—¿I què li heu dit, doncs?

—Això rai! Ja saps que aquella s'ho empassa tot. És capaç fins i tot de creure que el Tomàs ha anat a comprar tabac i que fa dies que no troba cap estanc obert. Mentre tingui una capsa de bombons, una tona de Coca-Coles light i una tele engegada...

—¿I la policia no l'ha anat a interrogar?

—Doncs, no.

El Roc es va quedar una estona rumiant.

—Tot això és molt estrany, Max —va concloure—. Si és veritat el que va dir l'inspector González sobre l'estafa del Tomàs, el primer que haurien de fer és interrogar la Clàudia a fons, ¿no?

El Roc, nerviós, va tornar a passejar per l'hort, amb la mirada baixa i les mans a l'esquena, fins que es va aturar de cop i em va preguntar on era l'Alba.

—Ha anat a Barcelona —li vaig dir.

—¿A què fer?

—No ho sé. Jo dormia quan ha sortit. Suposo que ha anat a portar una nova remesa de mocadors i bombons a la Clàudia.

—Ja.

—¿I on és l'Anna?

—Al poble, a comprar. Pots comptar, segur que es deu estar enrotllant amb un pagès, convençuda que està tenint la conversa més transcendent del món...

Com si endevinés que estàvem parlant d'ella, es va obrir la porta del jardí i va aparèixer l'Anna. Duia un vestit ample de quadres marrons i blancs, un mocador vermell al cap i un cabàs penjat de l'espatlla.

—Mireu què porto —ens va anunciar, encantada de la vida—. Un pa rodó acabat de sortir d'un forn de llenya i uns ous que semblen d'estruç —i, acariciant els cabells del Roc, va afegir—: ¿Eh que estem bé aquí, amor?

El Roc va remugar unes paraules incomprensibles, més a prop del gruny que del parlar racional.

—¿Ho veus com jo tinc raó quan et dic que hem d'anar a viure fora de Barcelona? —va insistir ella.

El Roc va callar i em va dirigir una mirada que indicava que era a punt de petar.

—Amb una caseta com aquesta, un hortet, un jardí amb quatre flors i un nen jugant amb un gos, jo ja en tinc prou.

El Roc va deixar anar un «quèèè!» absolutament horroritzat i l'Anna es va posar a riure.

—Tranquil, Max —em va fer l'ullet—, que de mica en mica ja se li va ficant la idea al cap. És qüestió de deixar passar uns quants dies més i ens posarem a fer papers per adoptar la xineta. Ja ho veuràs...

Vaig riure, mentre veia de reüll com el Roc treia foc pels queixals.

—No riguis tant, estimat Max —em va dir l'Anna amb un somriure de punyalada—, que ja ho he parlat amb l'Alba i ella també està entusiasmada amb la idea. ¿No te n'ha dit res? Potser ens faran descompte si fem les adopcions de dos en dos...

Després de deixar caure la bomba, l'Anna se'n va anar taral·lejant una cançó, tan tranquil·la com si hagués fet un comentari sobre el temps.

—Hem de marxar d'aquí com abans millor, Max! —va concloure el Roc, ara amb més urgència que abans—. Suposo que te n'adones. Uns dies més i quedarem tots dos embarassats i sense escapatòria.

Era a punt d'ampliar-me els detalls del pla de fuga quan va arribar l'Alba. Se la veia amoïnada. Va deixar la bossa damunt la taula i ens va dirigir una mirada inquietant.

—Hi ha novetats sobre el Tomàs —va dir quan va estar segura que tots dos estàvem pendents d'ella—. Estava fent companyia a la Clàudia quan ha trucat la seva secretària.

—¿La Mercè? —vaig apuntar jo.

—Sí, la Mercè —em va concedir de mala gana, com si fos un aclariment del tot innecessari—. Estava excitada i s'explicava de manera confusa, però al final hem aconseguit entendre que acabava de parlar amb el Tomàs.

—¿Amb el Tomàs?! —vaig dir, incrèdul.

L'Alba va assentir amb el cap i va mantenir uns segons d'intriga.

—Aquest mateix matí la Mercè ha rebut una trucada al despatx —va explicar a la fi—. Diu que se sentia molt malament, però segons ella no hi ha cap dubte que era el Tomàs. Li ha demanat mig plorant que li digués a la Clàudia i als seus fills que els estimava molt...

—¿Res més? —vaig preguntar en veure que s'encallava.

—La Mercè li ha demanat si estava bé i ell li ha dit que tenia diarrea.

—¿Diarrea?!

—Sí, diarrea. Després la trucada s'ha tallat de cop.

—¿I no li ha dit on collons era i quan tornaria? —vaig preguntar, intrigat. Em resistia a creure que l'únic que havia dit el Tomàs després de tants dies d'absència era que estimava la dona i els fills i que tenia diarrea. Ben mirat, si donàvem per sabut que era un fet que estimava la Clàudia i els nens des de feia temps, l'única novetat era que tenia diarrea.

—No ha dit ni una paraula d'on era —va continuar l'Alba—. Segons la Mercè, la veu sonava molt apagada i la trucada estava plena d'interferències, com si fos de molt lluny.

—Això no vol dir res —va apuntar el Roc—. Tal com funciona Telefònica, tant pot tractar-se d'una trucada des de la cantonada com des de l'altra punta del món.

Vaig seure amb el cap entre les mans mentre mirava de pair tota la informació. Aquella trucada significava que el Tomàs era viu, però deixava moltes incògnites per respondre. ¿On era? ¿El vigilava algú? ¿El tenien segrestat? No sabíem res de tot això; l'únic que sabíem era que tenia diarrea. Ara bé, tenint en compte que la diarrea no és patrimoni de cap país en concret, volia dir que el Tomàs podia estar a qualsevol lloc del món.

—La veritat és que el Tomàs no ha dit res de nou —va concloure el Roc, que devia estar pensant el mateix que jo.

—L'única novetat és que té diarrea —vaig apuntar.

—No sigueu derrotistes —ens va renyar l'Alba—. Almenys sabem que està viu, que ja és molt. Fins ara ni això teníem clar.

—¿Ja ho has dit a la bòfia? —li vaig preguntar.

—N'he parlat amb l'inspector González, però ja m'ha avisat que no podien rastrejar la trucada.

—Aquell inútil no trobaria aigua a mar —vaig dir, convençut de la seva ineficàcia—. Estic segur que deu haver-hi dies que ni es troba a ell mateix.

—El que hem de fer és tornar ara mateix a Barcelona —va dir de cop el Roc, fent passar l'aigua descaradament pel seu molí—. Ara que sabem que el Tomàs és viu, el millor que podem fer és anar a Barcelona i reprendre immediatament les investigacions.

—No t'hi emboliquis, Roc —va intentar frenar-lo l'Alba—. Al cap i a la fi no en trauràs res. Recorda que ja veu rebre sortint del teatre.

—Prefereixo morir a mans d'uns pelats a Barcelona que morir-me d'avorriment a l'Empordà —va proclamar el Roc, melodramàtic—. ¿Tu què hi dius, Max?

Vaig estar d'acord amb ell. Havíem de tornar a Barcelona i mirar d'aclarir què estava passant. Hi havia dues pistes a seguir:

d'una banda, la del misteriós «senyor Manubens» de Masdeu i Associats, l'últim client del Tomàs; de l'altra, la de la Bea, l'okupa que s'havia refugiat a casa els pares després de l'incendi. El que estava clar era que no ens podíem quedar allà més plantats que un enciam. Calia actuar, i com més de pressa millor.

22

EL PRIMER QUE VAIG FER EN ARRIBAR A BARCELONA VA SER respirar a fons per omplir-me els pulmons d'aire contaminat. Necessitava treure'm de dintre qualsevol rastre de l'aire pur de l'Empordà. Quatre dies al camp havien estat suficients per confirmar-me que la ciutat era el meu món i que sense el núvol de pol·lució que sempre està lligat a Barcelona jo no era ningú. A partir de l'entrada a la Meridiana, vaig notar que la sang em tornava a rajar per les venes i que ho començava a veure tot molt més clar.

El Roc, que conduïa en silenci, concentrat, va anar trencant per l'Eixample fins arribar al carrer Girona. Un cop allà, va aparcar en doble fila i vam pujar al despatx del Tomàs.

—Ah, sou vosaltres —ens va rebre la Mercè amb la veu esquerdada; es notava que havia estat plorant—. Cada cop que s'obre aquesta porta em fa por que no sigui algú que em vulgui donar un mal cop... Aquí estan passant moltes coses rares. El Miralles ha desaparegut i truca des de qui sap on, el Saura és mort...

—Hem vingut perquè et necessitem, Mercè —gairebé li va implorar el Roc. S'havia posat davant seu, genoll en terra, per fer-ho més dramàtic.

—¿Jo? Ai, pobra de mi.... —la noia es va dur la mà al pit—. Si no sé res de res.

—T'equivoques —va dir el Roc, clavant la mirada en els seus ulls de lluç—. Tu tens la clau de tot aquest cas. Per començar, ¿què ens pots dir de la trucada del Tomàs?

—No gaire cosa, la veritat —va contestar, afalagada pel que li deia el Roc—. Es sentia com si el Tomàs estigués molt lluny, amb molt soroll de fons. Només em va dir que li digués a la Clàudia que l'estimava molt...

—I que tenia diarrea, ¿no? —vaig intervenir.

—Ai, sí, el pobre —es va mossegar el llavi i va sacsejar el cap, com si es posés del tot en el seu lloc—. I no vaig pensar a dir-li que es comprés Fortasec.

—¿Fortaquè? —vaig preguntar, absolutament descol·locat.

—Fortasec. Va molt bé per a la diarrea. Te la talla de cop. Penseu que fa uns anys, a Mèxic, em va...

—Molt bé, molt bé... —el Roc va interrompre sense miraments la descripció del seu memorable episodi diarreic—. Anem al que ens interessa. ¿Vas tenir la impressió que hi havia algú amb ell?

—No ho sé, però la veu li tremolava i la trucada es va tallar de cop.

Vaig pensar que una possibilitat era que uns hipotètics segrestadors haguessin deixat trucar el Tomàs només perquè sabéssim que encara era viu. Però, llavors, ¿per què no havien demanat cap rescat? ¿Què volien d'ell? ¿A canvi de què el deixarien anar? Mentre no resolíem aquell dubte, vaig decidir tirar per una altra banda.

—L'altre dia ens vas dir el nom del contacte del Tomàs a Masdeu i Associats —li vaig dir a la Mercè, cada cop més satisfeta amb el seu paper de protagonista.

—Sí, el Manubens.

—Exacte, però resulta que aquest nom és fals i no duu enlloc —vaig continuar—. ¿El vas arribar a veure?

La Mercè es va mossegar el llavi i s'ho va pensar una estona.

—Només una vegada —va dir a la fi—. Mai va arribar a entrar al despatx, però un dia va quedar al bar del davant amb el Tomàs i jo els vaig veure quan me n'anava cap a casa.

—¿El reconeixeries si el tornessis a veure? —vaig insistir.

—Em sembla que sí —va dir després d'uns instants de dubte—. Era alt, repentinat...

—No, no cal que ens el descriguis —la va aturar el Roc mentre consultava el rellotge—. Farem una cosa millor. ¿A quina hora plegues al migdia?

—A les dues tinc una hora per dinar.

—Perfecte —va somriure el Roc—. Són tres quarts de dues. Vinga, anem!

—¿On? —va preguntar la Mercè, esverada, mentre agafava la jaqueta.

—A Masdeu i Associats!

Vam pujar tots tres al Volvo del Roc i vam sortir corrents en direcció al passeig de Gràcia. El Roc ens va informar pel camí que entre les dues i les tres era quan sortia el ramat d'advocats de Masdeu i Associats i que no podíem fer tard.

Vam deixar el cotxe en un pàrquing i vam seure en un banc del passeig de Gràcia, just enfront de la seu de Masdeu i Associats, un edifici de línies modernes, amb molt de formigó, vidres de color fosc i una entrada plena fins a l'excés de marbre, moqueta i plantes exòtiques. Li vam suplicar a la Mercè que no apartés la mirada de la porta i que ens avisés tan bon punt veiés al misteriós Manubens.

—I ara, paciència —va recomanar el Roc, que semblava disfrutar a fons amb aquella situació—. El gran John Le Carré diu que espiar és sobretot esperar. Ja sabeu el que ens toca, doncs —va fer una pausa estudiada i, canviant el to de veu i encongint la mirada, va afegir—: esperar.

La Mercè se'l va mirar, embadalida, com si tingués al davant un estrateg d'alçada mundial. I encara el va admirar més quan, amb un posat misteriós, el Roc va afegir que continuéssim nosaltres l'observació, ja que ell s'havia d'absentar per uns moments.

—¿On vas? —li vaig preguntar, intrigat.

—Missió secreta —va posar cara d'espia ben pagat i se'n va anar passeig de Gràcia avall; abans de desaparèixer, però, ens va dir que estiguéssim tranquils, que de seguida tornava.

—El trobo tan interessant —va sospirar la Mercè quan el Roc es va perdre de vista—. I tan guapo...

—Vigila, que és periodista —la vaig avisar.

—Ai, sí, però ho porta amb tanta modèstia...

Vaig empassar saliva. Passés el que passés, no pensava deixar-li al Roc el pis de la Diagonal. Ni el de la plaça Reial. Ni cap altre pis. Ja estava fart de les seves històries, i més si se li acudia embolicar-se amb la fleuma de la Mercè.

—¿On creus que deu haver anat? —va sospirar la Mercè quan no havia passat ni un minut—. ¿A buscar armes?, ¿reforços...?

—Pots comptar —la vaig fer baixar dels núvols—. El més probable és que hagi anat a pixar...

La Mercè va abaixar la mirada i no va dir res. Li devia semblar que entràvem en un terreny massa groller, massa allunyat dels seus somnis de Mata Hari. Uns minuts després tornava el Roc amb el seu botí. No eren ni armes ni reforços, sinó tres entrepans de mortadel·la embolicats amb paper de plata i una xibeca més aviat calenta. Ens va donar els entrepans amb posat seriós, com si estigués repartint municions, i ens va aconsellar que no deixéssim de vigilar la porta de Masdeu i Associats mentre menjàvem.

—Semblem agents secrets, ¿oi? —va sospirar la Mercè amb unes quantes espurnes d'il·lusió als ulls—. Hi ha moments en què el Roc sembla talment el James Bond.

Déu meu, on aniríem a parar! Als ulls de la Mercè, Roc Bond era a punt d'entrar en acció. Vaig esbufegar. James Bond no podia caure més baix. En comptes de menjar caviar i de beure xampany en un restaurant de luxe, s'estava fotent un entrepà de mortadel·la i una xibeca. I en comptes d'anar acompanyat d'una supermodel de calendari, tenia al costat una bleda amb ulleres...

Comparacions al marge, l'espera va continuar, cada cop més tensa, amb els clàxons dels cotxes, enxampats en un embús descomunal, marcant el pas dels minuts. Mentrestant, de la seu de Masdeu i Associats n'anava sortint molta gent, però la Mercè no aconseguia veure el Manubens.

—Ai, és que els trobo tots iguals —va sospirar—. Americana fosca, camisa blanca, maletí negre, cabells curts i rostre bronzejat.

En el fons, la Mercè tenia raó, fins al punt que feia la impressió que, en comptes de ser la seu d'un bufet d'advocats, Masdeu i Associats era una empresa especialitzada en genètica que es dedicava a fabricar clònics d'executius.

—Acostem-nos-hi més —va proposar el Roc, encoratjat pel fet de tenir la Mercè admirant-lo a un pam.

Vam agafar la xibeca i els entrepans i ens vam situar a tocar de la porta, discretament repenjats contra la paret. Des d'allà podíem veure els advocats que sortien de l'ascensor i avançaven amb pas decidit cap a la sortida. Caminaven marcialment i amb la mirada alta, com soldadets de plom.

—Em sembla que és aquest! —va cridar de sobte la Mercè.

Un mitja merda vestit d'executiu avançava cap a nosaltres amb una expressió molt seriosa, com si estigués a punt de deixar anar un discurs transcendental per al futur del país. Ja ens disposàvem a abordar-lo quan la Mercè s'hi va repensar.

—Ai, no, no... S'hi assembla, però no —ens va avisar a temps.

Ens va fer el mateix amb altres tres advocats. Primer era «és aquest, segur!» i un minut després, «ai, no, no, s'hi assembla però no». A tres quarts de tres ja ens havíem polit els entrepans i la xibeca, però del Manubens, ni rastre. Ens disposàvem a donar la partida per perduda, quan la Mercè va exclamar molt excitada que un home que estava sortint de l'ascensor en aquell precís moment era el Manubens.

—¿N'estàs segura? —va preguntar el Roc, travessant-la amb una mirada plena de males intencions.

—Seguríssima! Aquesta vegada és ell!

Tenia uns trenta-tants anys, alt, mirada fosca, nas aguilenc i pell morena, amb els cabells pentinats cap enrere amb un bon tou de brillantina. Vestia de manera impecable, americana de solapa alta i corbata de color blau cel amb dibuixos recargolats. Vam pensar per un instant a abordar-lo, però el Roc va preferir una maniobra més segura. Es va dirigir al porter que saludava en pla mesell tots els advocats i, indicant amb el cap el Manubens, li va dir:

—Perdoni, haig de trucar aquesta tarda al senyor... —va fer petar els dits com si no se'n recordés del nom i el porter de seguida va picar.

—Morera —va dir, servicial—. Narcís Morera.

—Això mateix, al senyor Morera —va somriure el Roc—. ¿Que sap a quina hora torna de dinar?

—Hi ha moltes tardes que no ve. Si el vol trucar al despatx és millor que ho faci demà.

El Roc li va donar les gràcies i es va girar cap a nosaltres sense dissimular la seva satisfacció. Per fi teníem identificat el misteriós Manubens.

—¿I ara, què? —vaig preguntar.

—Anem a la policia —va contestar el Roc—. Ells sabran com continuar. Està clar que la clau de tot plegat passa per interrogar el Morera.

—Em sorprèn que encara hi confiïs —vaig dir, recordant el paperot de l'inspector González.

—Comencem per aquí —va insistir a pesar de tot—. Si la bòfia falla un altre cop, ja pensarem alguna alternativa.

La Mercè, excitada amb la seva nova faceta de superespia, va comentar mirant el rellotge que ho sentia molt, però que havia de tornar al despatx.

—Això de fer d'espia està molt bé —va admetre—, però la feina és la feina.

El Roc, culminant la seva actuació, li va allagar la mà i li va agrair amb un èmfasi exagerat la seva eficaç ajuda. Ella es va posar vermella fins a les orelles, va dir que el que havia fet no tenia importància, va esbossar un somriure tímid i es va allunyar de nosaltres caminant com un ocellet desvalgut.

—S'ha de reconèixer que té un polvo... —va comentar el Roc, la mirada clavada en el seu cul.

—Roc, sisplau...

—Vull dir un polvo morbós —va aclarir fent-me l'ullet—. Molt morbós.

23

L'INSPECTOR GONZÁLEZ ENS VA SORTIR A REBRE AMB EL seu característic posat de fatxenda: el cap tort, un somriure glaçat i la papada oscil·lant com un pèndol. Em va saludar amb un gest cansat, com si estigués fart de veure'm, i va fer el mateix amb el Roc, encara que a ell el va obsequiar amb un somriure suplementari que no vaig dubtar a atribuir a les circumstàncies especials en què s'havien conegut, quan l'inspector havia enxampat el Roc en pilotes durant l'escorcoll del pis de la Diagonal.

Quan li vaig comentar a l'inspector que hi havia novetats interessants sobre el Tomàs, ens va fer passar al despatx. Allà tot continuava com el dia que hi havia anat amb la Clàudia: pudor de resclosit i decoració franquista camuflada amb alguns tocs de disseny mal entès. El Roc i jo vam seure enfront del González, amb la taula pel mig, i vam començar per preguntar-li què n'opinava de la trucada que la Mercè havia rebut del Tomàs.

—La veritat és que no aporta res de nou al cas —va dir després de deixar anar un esbufec, com si parlar d'allò el fatigués—. En primer lloc, perquè no hi ha cap prova que fos el Tomàs...

—Però si la Mercè el va reconèixer —vaig dir.

—No hi fa res —va rebutjar l'apel·lació amb un cop de mà—. Una veu és molt fàcil de confondre. En segon lloc, la trucada no va ser gravada ni pot ser rastrejada de cap de les maneres. ¿Què tenim, doncs? Que no estem segurs que el qui va trucar fos el subjecte implicat i que no sabem des d'on es va fer la trucada. Això i res és el mateix.

—Encara que no ho vulgui acceptar, la novetat és que el Tomàs està viu —va replicar el Roc amb duresa.

—I que té diarrea —vaig afegir.

—Sí, ja, però...

L'inspector va acabar la frase amb un somriure fumeta.

—¿I què pensa fer a partir d'ara? —va preguntar el Roc, procurant contenir la seva indignació.

—Res —l'inspector va arronsar les espatlles i va obrir els braços per ensenyar-nos els palmells—. La veritat és que no puc fer res per aquesta banda.

—¿I com van les investigacions de l'estafa? —vaig intervenir, recordant les increïbles acusacions vessades sobre el Tomàs.

—Van endavant, però no en puc parlar —es va contemplar atentament les ungles, com si preferís no mirar-nos a la cara—. És millor mantenir-ho en secret.

El Roc i jo ens vam mirar sense dir res, però de seguida ens vam entendre. El González era un desgraciat que seguia la llei del mínim esforç. Qualsevol diria que li importava un rave trobar el Tomàs. L'únic que li interessava era acumular proves de la increïble estafa de què, qui sap per quins set sous, l'acusava. Però, ¿qui es podia creure a aquelles alçades de la pel·lícula que un home immers en una estafa multimilionària truqués només per dir que tenia diarrea? No, era evident que alguna cosa no lligava en tot allò. De tota manera, el Roc va passar full i va posar al corrent l'inspector del nostre descobriment més recent: que el misteriós senyor Manubens es deia de debò Narcís Morera.

—¿I què? —va reaccionar l'inspector González amb el seu habitual enfotisme—. Això no resol res.

—Un moment, un moment... —el Roc estava que s'enfilava per les parets—. El Tomàs tenia un estrany negoci entre mans quan va desaparèixer, un negoci en el qual estava implicat el bufet Masdeu i Associats. El Max i jo acabem de saber que el seu contacte en el bufet, i per tant en aquest estrany negoci, era Narcís Morera. A mi em sembla que valdria la pena seguir el fil per veure de quin negoci es tractava...

—Tot això són elucubracions —el va tallar l'inspector—. M'apunto el nom de Morera, però ja veurem què en faig. Tinc molta feina, ¿sabeu?, i no em dedico només a un cas.

El Roc i jo ens vam tornar a mirar, desarmats. ¿On volia anar a parar aquell mitja merda?

—¿I per on pensa seguir la investigació? —li va preguntar el Roc, que es frenava per no saltar-li al coll.

—Això és cosa meva —va respondre amb fanfarroneria—. I ara, si em permeten, tinc feina.

L'inspector González es va aixecar, ens va acompanyar a la porta i ni es va molestar a dir-nos adéu.

Un cop al carrer, el Roc va treure enfora tota la indignació reprimida.

—¿Tu has vist aquest fill de puta?! —es va posar a cridar—. ¿Qui es pensa que és?! ¿De què va?!

—Mai hi he confiat gaire, però ara menys que mai —vaig murmurar, destrempat.

—Però si és un corrupte, un desgraciat, un torracollons... —la ira del Roc creixia per moments—. Et juro que m'he hagut d'aguantar per no trencar-li la cara. I pensar que aquest fill de puta em va enxampar amb pilotes al pis del Tomàs...

—¿Què podem fer ara? —vaig preguntar, mirant d'enfocar la situació des del punt de vista pràctic.

—Podríem anar a veure l'inspector Dalmau —va proposar el Roc—. ¿Què et sembla?

—Podem provar-ho. Almenys és més tractable —vaig acceptar.

Vam anar caminant fins a la catedral, vam esquivar uns quants ramats de turistes i uns quants escamots de pispes, vam trencar pels carrers del Barri Gòtic fins a la plaça de Sant Jaume i vam baixar pel carrer Ferran en direcció a la plaça Reial. Quan vam entrar al Bar Alfil, vaig veure uns quants esforçats escaquistes immersos en el seu joc predilecte i l'inspector Dalmau instal·lat a la barra, amb una cervesa al davant. Estava de perfil, fumava amb pipa i es dedicava a observar atentament tot el que passava al seu voltant.

—¿Com va la partida, Max? —ens va saludar amb un somriure quan ens va veure.

—Fotuda, la veritat —vaig reconèixer.

El vaig posar al corrent de totes les novetats, insistint de manera especial en la trucada avortada del Tomàs, el desemmascarament del Manubens i l'enfotisme de l'inspector González.

—¿I què voleu de mi? —ens va preguntar sense perdre la calma.

—Això és cosa teva —li vaig cedir gustós la iniciativa—, però suposo que podries posar algú a vigilar Narcís Morera, àlies Manubens. O a interrogar-lo. No ho sé. El que és evident és que aquest advocat sap coses i que valdria la pena que les expliqués. Així potser sabríem on s'amaga el Tomàs.

L'inspector Dalmau va empassar saliva, va donar una ullada més enllà de la finestra del bar i va exposar les seves objeccions.

—La veritat és que no és gens fàcil —es va fregar la barbeta—. Com ja et vaig dir, el cas és en mans de l'inspector González i...

—Però si és un desgraciat que passa de tot —va saltar el Roc.

—Mentre això no es demostri —va posar-se seriós el Dalmau, disposat a defensar el seu gremi—, és ell qui pren les decisions en el cas Miralles. ¿Queda clar?

—Claríssim —va acceptar el Roc, amb els punys closos; i, dirigint-se cap a mi, va afegir—: Anem, Max, que aquí no se'ns hi ha perdut res.

—Un moment! —ens va demanar el Dalmau, al mateix temps que m'agafava pel braç per evitar que marxéssim—. Com ja li vaig dir al Max, mentre la investigació interna no resolgui si l'inspector González és culpable de desídia o d'alguna altra cosa, penso estar atent a tot el que passi. Ja he començat a fer-ho i us diré que hi ha indicis que les acusacions d'estafa que s'han presentat no estan gens clares...

—I tant que no! —va celebrar el Roc—. Això no s'aguanta ni en pinces. És evident que s'ho ha inventat el González!

—Estic mirant de trobar l'origen de l'error —va continuar el Dalmau, impertèrrit—, però no és fàcil. De tota manera, confio que tot quedi aclarit ben aviat —va fer un glop de cervesa i em va preguntar—. Per cert, Max, ¿has tret alguna cosa dels okupes?

—Tant ells com jo tenim clar que l'incendi va ser provocat i que el Tomàs hi va tenir alguna cosa a veure —vaig dir, convençut—. El problema és...

—Que et falten proves, ¿oi?... Sobre això hi ha una notícia que em sembla que no t'agradarà —el Dalmau em va apuntar amb la pipa—. L'skin detingut ja està en llibertat.

—Però...

L'inspector no em va deixar continuar.

—No el podem retenir sense proves —va dir, taxatiu—. Si se t'acut alguna manera d'implicar-lo, endavant, fes-ho, però no ens podem moure per intuïcions.

—Fa només quatre dies uns skins ens van hostiar al Roc i a mi a Gràcia —vaig protestar, indignat—. Estic segur que va ser un avís perquè deixéssim de ficar el nas en tot això, un avís que indica clarament que són culpables.

—Per desgràcia, els skins no necessiten gaires excuses per apallissar algú —va filosofar el Dalmau—. Et poden fer una cara nova perquè no els agrada el color de la teva pell, perquè portes els cabells llargs o per qualsevol altra nimietat.

—¿I què penses fer, doncs? —vaig plantejar, impacient. La flegma de l'inspector m'estava posant dels nervis.

—Pel que fa al Manubens, intentaré moure algun fil. Crec que pot ser una bona via.

—¿I quan ho faràs? —va preguntar el Roc, més impacient encara que jo.

L'inspector es va rascar l'orella molt a poc a poc.

—Necessito dos o tres dies de marge —va dir a la fi—. Si em moc abans, ho puc espatllar tot. No puc entrar en el cas sense una autorització, i això demana temps.

—Llavors potser ja serà tard —va fer petar la llengua el Roc—. Anem, Max! Ja ens espavilarem pel nostre compte.

Vam sortir del Bar Alfil fets pols. Era evident que la via policial quedava tallada per culpa dels corruptes i de la burocràcia i que, per tant, ens hauríem de buscar la vida per una altra banda. Vam seure en un dels bancs de la plaça Reial, a l'espera que els déus del lloc ens il·luminessin. Vaig passejar la mirada per les finestres uniformes de les cases: geranis escarransits, persianes de diferents models, dobles vidres, gent gran que badava, motxillers que feien fotos, pintors que prenien apunts...

—L'únic que podem fer —va comentar el Roc, que no parava de donar voltes a la situació— és abordar nosaltres el Narcís Morera.

—¿Amb quina autoritat?

—Cap, evidentment —va inflar les galtes i va arronsar les espatlles—. Però, qui sap, potser el factor sorpresa farà que ho confessi tot.

—És una opció —vaig admetre, no gaire convençut—. Podem anar a veure el Morera demà al matí, que és quan tornarà a ser al despatx, però mentrestant m'agradaria provar sort per l'altra via que tenim oberta: la dels okupes. ¿Què et sembla si anem a veure la Laia?

Al Roc li va semblar bé, però no va fer grans alegries. La veritat és que en aquell moment em va agradar que ignorés el rotllo que tenia amb ella. Si ho hagués sabut, segur que hauria començat a punxar-me sobre la meva vida sexual i potser fins i tot m'hauria acusat de desviar-me conscientment del recte camí per tal de retrobar-me amb la Laia. Tindria raó, en part, però també era cert que només la Laia ens podia portar fins a la Bea, l'okupa que havia detectat moviments sospitosos poc abans de l'incendi. Vaig trucar a la Laia amb el mòbil del Roc i vam quedar al cap d'una hora als Jardinets de Gràcia.

—Ens portarà on és la Bea, però diu que no ens serà fàcil parlar amb ella —li vaig explicar al Roc després de penjar—. La tenen sota vigilància.

El Roc va sacsejar el cap, com si no es pogués creure que topéssim amb tantes dificultats. De tota manera, va optar per anar a buscar el seu cotxe i vam enfilar passeig de Gràcia amunt. Quan vam passar per davant de la Casa Batlló em vaig fixar en un ramat de japonesos que no parava de fer fotografies. Res sorprenent, d'altra banda. Gaudí tenia l'estrany poder d'hipnotitzar-los, de transportar-los qui sap on.

24

—¿AQUEST BOMBONET ÉS LA LAIA? —VA PREGUNTAR el Roc quan vam arribar als Jardinets de Gràcia—. Doncs, està per sucar-hi pa.

Vaig somriure. Sabia molt bé que la Laia era una dona deu. Anava vestida amb uns pantalons texans molt gastats i amb una samarreta de colors barrejats, sense mànigues, que li ressaltava la rotunditat dels pits. Al voltant del coll hi duia un cordonet de cuiro amb un símbol de la pau platejat. Quan la vaig mirar em va fer la impressió que tenia un aire antic, com si fos una hippy de Formentera vinguda a Barcelona a través del túnel del temps i del desig.

—¿Les okupes follen? —va preguntar el Roc, excitat amb la visió de la Laia.

—Suposo, com tothom.

—Doncs no m'importaria gens provar-ho amb aquesta. ¿Creus que és de les fàcils?

Vaig callar i vaig tornar a somriure mentre el Roc frenava just al davant del Cine Casablanca. La Laia va pujar al darrere, vaig fer les presentacions de manera ràpida i llavors va venir la sorpresa. Sobretot per al Roc. La Laia em va passar un braç pel coll, em va forçar a girar el cap i em va plantar als llavis un petó contundent.

—T'he trobat a faltar, bitxo —em va dir, carinyosa.

—I jo a tu —vaig contestar—. Em feia por pensar que us haguessin desallotjat.

—No encara, però em temo que és tan sols qüestió de dies. L'ambient està més carregat que mai.

Li vaig fer un petó per donar-li ànims i li vaig passar la mà pels cabells. Ella va somriure i va fer cara de pallasso.

Em divertia veure de reüll com al Roc li sortien els ulls literalment de les òrbites. Ens mirava i remirava, però era evident que no es creia el que estava passant. Si continuàvem així, aviat els ulls li caurien rodolant per terra i els hauria de recollir a les palpentes, plens de pols i de brutícia. Estava tan interessat en el que passava entre la Laia i jo que va haver de fer una maniobra brusca per esquivar el cotxe que teníem al davant.

—Vigila, Roc —li vaig comentar sense immutar-me—, que gairebé ens la peguem.

—Perdó, perdó... —va murmurar—, però és que...

No va acabar la frase. Se'l veia atabalat, descol·locat, esmaperdut, sense paraules. Va girar a l'esquerra per anar a buscar la Via Augusta i va rondinar que el trànsit estava massa carregat i que Barcelona s'estava posant impossible. Després va conduir una estona en silenci, com si estigués capficat per alguna cosa. A mi no m'enganyava, però. Sabia perfectament que la gran preocupació del Roc en aquells moments era la Laia, a qui estudiava amb atenció pel retrovisor, com si no es sabés avenir que hagués lligat amb mi. Sent-hi ell al món, devia pensar, havent-hi professionals cotitzats i ben plantats com ell, ¿què havia pogut veure aquella bellesa de vint-i-pocs anys en un hippy caducat i descatalogat? Mentre entràvem al barri de Sarrià, vaig sentir que el Roc em clavava una mirada de retret carregada de goma-2; era evident que no em perdonava que no li hagués dit res del meu rotllo amb la Laia, però vaig preferir mirar cap a una altra banda. Cap a la Laia, per exemple, que estava parlant amb uns ulls la mar d'expressius.

—Sé que la Bea és a la casa dels seus pares, a Vallvidrera, però ja t'he dit que no ens serà gens fàcil veure-la —ens va explicar—. Viuen en una torre amb jardí, voltada d'un mur molt alt.

—¿Hi ha vigilància? —va preguntar el Roc, fent-se el professional.

—L'única vigilància a aquesta hora és la de la seva mare, però és pitjor que qualsevol segurata. No la deixa sola ni un moment i desconfia de qualsevol cosa.

—Tranquil·la, que trobarem la manera —va somriure el Roc, en pla Bogart. Després va accelerar de cop, suposo que per impressionar la Laia, i va començar a pujar per la sinuosa carretera de Vallvidrera, entre pins escarransits, torres que feia temps que havien deixat enrere el seu moment d'esplendor i ciclistes equipats a l'última que treien el fetge per la boca. Al cim del turó, la torre de comunicacions regnava sense contemplacions sobre el temple del Tibidabo, com un símbol dels nous temps que corrien.

La casa de la Bea estava situada en un dels millors llocs de Vallvidrera, abocada sobre Barcelona, als peus de la torre de comunicacions i amb uns quants pins i molt de verd al voltant. De fora no tenia cap encant especial. Era una més de les moltes cases sense gràcia que havien crescut com bolets en els últims anys, amb unes ridícules columnes neoclàssiques a la façana, un frontispici no menys ridícul, una porta pintada de blanc amb un picaporta daurat i una ostentosa i brillant teulada de pissarra. El pecat imperdonable d'un nou-ric renyit amb el bon gust. Per la part del carrer, el jardí estava protegit per un mur alt gens fàcil d'escalar.

—Sembla inexpugnable —es va queixar el Roc, que es mirava la casa com si fos un castell medieval.

—¿Enteneu ara per què us he dit que no seria gens fàcil? —va comentar la Laia, pessimista.

Durant una bona estona, ens vam quedar tots tres contemplant el mur com uns babaus. Miràvem aquella paret pintada de blanc on queia el sol de ple i no se'ns acudia res. El món es reduïa en aquells moments a un mur-barrera que s'interposava entre nosaltres i la Bea, entre nosaltres i la solució del cas Tomàs Miralles. El repassàvem de dalt a baix, però no teníem ni idea de per on començar a assaltar-lo.

—Estem de sort: fa sol —va comentar per sorpresa la Laia, al mateix temps que suavitzava la seva expressió amb un somriure.

—Collonut! —va riure en sec el Roc—. Ja saps el que et toca, Max. Vinga, posa't a cantar allò de «*Here comes the sun...*».

—Quan fa sol, la Bea surt al jardí i és més fàcil abordar-la —va continuar la Laia sense fer-li cap cas.

Vam anar resseguint el mur lateral, ínfims davant la seva contundència, i vaig provar de pujar-hi pel lloc on semblava més accessible, just en el punt on s'hi repenjaven les branques d'una alzina.

—Te la fotràs, Max —em va advertir el Roc, molt en la seva línia de pensament positiu.

Vaig ignorar la seva profecia i em vaig enfilar a l'alzina com si fos un gat. Un cop a dalt, no em va costar gens passar al mur a través d'una branca. Des de la meva plataforma improvisada, podia veure perfectament un jardí traçat amb tiralínies, amb una gespa pentinada fins a l'obsessió, uns quants arbustos retallats i un esclat de geranis en un racó. Just a sota meu hi havia una piscina rectangular, plena d'aigua i de pinassa, amb un salze al costat. Sota el salze, estirada en una gandula, hi havia una noia grassa, amb la cara rodona com un pa de pagès, el cabell negre i llarg recollit en una cua i la mirada perduda. Anava vestida amb texans i un jersei blau de coll alt i feia tot l'aspecte de no estar-s'ho passant gaire bé.

Vaig baixar del mur per la banda del carrer i vaig comentar a la Laia i al Roc el que acabava de veure.

—És la Bea —va confirmar la Laia i, després de mossegar-se el llavi inferior en un gest carregat de sensualitat, va afegir—: Ara que sabem que és al jardí, algú hauria de distreure la mare.

Tots dos ens vam mirar el Roc, que va intentar espolsar-se les puces.

—Amb mi no hi comptis, Max —es va queixar—. Les mares de Vallvidrera mai no han estat la meva especialitat...

—Et toca a tu, Roc —vaig dir a poc a poc, procurant ser tan convincent com un venedor d'enciclopèdies—. És evident que la Laia no passarà de la porta. La traeix el seu aspecte okupa. A mi tampoc em voldran rebre. Tu mateix dius que semblo un hippy caducat... Per eliminació, et toca a tu.

—No sé com t'ho fas, Max, però sempre em toca a mi el rebre —va esbufegar—. Tu t'emportes la part millor —va indicar amb un cop de cap ràpid a la Laia— i a mi em toca rebolcar-me per la merda —va callar una estona, com si fes morros, però es va acabar rendint a l'evidència—. Bé, ¿què haig de fer?

—Podries trucar a la porta i dir que ets un venedor d'assegurances... —vaig deixar anar el primer que em va passar pel cap.

—O un mormó que fa apostolat... —va afegir la Laia, rient.

—Rieu, rieu, que sóc jo qui me la jugo... —el Roc ens va crucificar amb la mirada—. Ho faré a la meva manera —va inflar el pit; era evident que la presència de la Laia el motivava—. ¿Quant temps necessiteu?

—Tant com puguis —vaig dir—. ¿Saps ja què li diràs?

—Ni idea —va confessar—, però improvisaré. No patiu. Ja saps, Max, que sóc home de recursos.

La Laia i jo ens vam amagar a la cantonada, disposats a saltar dalt del mur tan bon punt veiéssim que el Roc se sortia amb la seva. Ell es va arreglar la jaqueta, va connectar un somriure de circumstàncies i va trucar al timbre amb decisió. Un instant després, la mare de la Bea —una dona grassa i enjoiada, amb una permanent escarolada i unes ulleres de format panoràmic— obria la porta. El Roc li va dir alguna cosa que no vam poder sentir i, gairebé immediatament, la porta es va tornar a tancar sense remei.

El Roc va venir cap on ens trobàvem, abatut, completament desinflat.

—Deu segons, Roc! —el vaig felicitar amb un copet a l'esquena—. Tot un rècord!

—És que aquesta dona és com un gos rabiós —es va queixar—. Li he dit amb el millor dels meus somriures que era de l'Associació de Veïns i que venia a comentar-li un assumpte que ens implicava a tots i, abans no pogués explicar-li de què es tractava, m'ha fotut la porta als nassos. Cop de porta i bon vent!

—És evident que haurem d'estudiar un pla alternatiu —vaig dir.

Vaig tornar a pujar al mur, i aquesta vegada em van seguir la Laia i el Roc. La Laia es va enfilar a l'alzina en un tres i no res, amb moviments força àgils, i va passar al mur sense problemes. El Roc, en canvi, va haver de lluitar contra el pes mort d'una panxa excessiva, cosa que va fer esbufegant gairebé fins a l'extenuació. Un cop a dalt, però, ens va repassar a tots dos amb una mirada prenyada d'orgull, com si acabés de fer el cim de l'Everest...

Des del capdamunt del mur ens vam poder assegurar que la Bea continuava jaient sota el salze, a tocar de la piscina. L'única novetat era que ara hi havia amb ella un ridícul gosset de color mel, poc més que un garbuix de pèls que mandrejava als seus peus.

—Bea! —va cridar la Laia fent servir les mans d'altaveu.

La Bea va alçar el cap i va escombrar el jardí amb la mirada, fins que va descobrir la cara de la Laia, mig amagada entre les fulles de l'alzina. Primer va somriure, com si s'alegrés de veure-la, però gairebé immediatament va arrugar el front i li va demanar a la Laia que se n'anés.

—Si et descobreix la meva mare, muntarà un número —va xiuxiuejar, alarmada—. És capaç de trucar a la policia.

—Hem de parlar amb tu —va insistir la Laia—. És urgent! ¿No et pots escapar un moment?

La Bea va sacsejar el cap.

—Impossible! —va dir—. No em deixen sortir per res.

Ens vam mirar sense saber què fer. Érem ja a punt de renunciar quan, de sobte, el déu dels impossibles, o el dels penjats, o el que fos, es va compadir de nosaltres i va venir en la nostra ajuda. La mare va obrir per sorpresa la porta del jardí i va cridar el gosset. Quan aquest se li va acostar remenant la cua, el va lligar amb la corretja i va anunciar a la Bea que sortia un moment.

—Serà cosa de deu minuts o un quart —va afegir—, el temps d'anar al veterinari per posar-li la injecció al Gufi.

La Bea la va mirar amb la mateixa cara inexpressiva de sempre i uns segons després la mare sortia al carrer amb el seu estimat gosset.

—Ara! —va proclamar la Laia—. Tu, Roc, espera't a la cantonada per avisar-nos si torna la mare, mentre el Max i jo anem a parlar amb la Bea.

Dit i fet. La Laia i jo vam saltar al jardí i ens vam plantar davant la Bea.

—Esteu bojos! —ens va dir sacsejant el cap com un autòmat.

La Laia no va perdre el temps desmentint-ho, potser perquè s'adonava que probablement la Bea tenia raó, i li va explicar en poques paraules el que volíem d'ella. La Bea, però, ens va dir que el metge li havia recomanat esborrar aquella etapa fosca del seu passat, evitar pensar-hi. Parlava fent-se un nus amb les paraules, com si tingués la boca plena de cotó fluix. Era evident que estava embotida de pastilles.

—Has de parlar, Bea! —va insistir la Laia, agafant-la per les espatlles—. Ho has de fer pels companys. Pensa en el Marc i l'Ígor, que van morir en l'incendi... Tu em vas explicar que uns dies abans havies vist algú fent fotos des d'un terrat i resulta que ell, el Max —em va assenyalar a mi—, ha trobat aquestes fotos. Llavors no et vam fer cas, però ara me n'adono que tenies raó...

La Laia li va ensenyar algunes de les fotos trobades al despatx del Tomàs, però la Bea no va canviar d'expressió. Callava. Mirava les fotos i no deia res. La Laia li va agafar la mà i la va obligar a mirar-la als ulls, però no va aconseguir que s'animés.

Veient que el temps passava i que la Bea es mantenia en silenci, se'm va acudir jugar una altra carta: vaig treure la foto del Tomàs i l'hi vaig ensenyar.

—¿El coneixes? —li vaig preguntar a boca de canó.

La Bea se'l va estar mirant una estona amb el rostre inexpressiu. Després em va mirar a mi, com si em veiés per primer cop. Semblava que no diria res, però finalment va desenganxar els llavis i va parlar.

—És el cabró del Golf negre —va murmurar.

La Laia i jo ens vam mirar, satisfets. Per fi trobàvem la informació que volíem, la connexió que lligava el Tomàs amb l'incendi de la casa okupa.

—Unes setmanes abans de l'incendi, jo estava mandrejant per la casa —va explicar la Bea, la mirada perduda, la veu monòtona, com si no fos ella la que parlés— i vaig veure uns moviments sospitosos en un terrat del davant. Ho vaig dir a alguns companys, però ningú em va fer cas —la Laia li va prémer la mà per animar-la a continuar—. Es van pensar que eren neures meves. Vaig decidir vigilar per veure què estava passant. Em vaig posar a l'aguait i al cap d'uns dies vaig descobrir un home que feia fotos des del terrat. Cada cop que sortia algú, l'enfocava amb un teleobjectiu i li feia unes quantes fotos. El vaig estar observant amb uns prismàtics i em vaig quedar amb la seva cara. Uns dies després, per casualitat, el vaig veure caminant pel carrer Verdi. El vaig seguir fins que va entrar en un bar de la plaça del Rellotge. Uns minuts després va arribar un Golf negre, va aparcar sobre la vorera i en van sortir l'home de la foto —va indicar el Tomàs amb menyspreu— i un skin.

Vaig pensar de cop, com un flaix, en els skins que ens havien apallissat dies enrere i vaig sentir una esgarrifança que em recorria l'espinada.

—A la sortida del bar, el pelat es va adonar que jo els estava vigilant —va continuar la Bea sense cap mena d'entonació— i em va perseguir pel barri fins que em va acorralar en un cul de sac. Va ser horrorós!

La Bea es va tapar la cara amb les mans i es va posar a plorar. La Laia la va abraçar i li va suplicar que no parés. Al cap d'uns segons, amb la veu trencada, la Bea va continuar el relat.

—El pelat va treure una navalla i em va obligar a entrar en un portal desert —va fer una pausa per inspirar aire—. Allà em va posar la navalla al coll i em va violar —es va tornar a tapar la cara amb les mans—. Va ser terrible, horrorós... Després em va deixar marxar, però em va jurar que em mataria si parlava del que havia passat... Aquell vespre vaig arribar a la casa okupa sense saber què fer. Volia plorar, cridar, pegar a algú... Em vaig adormir en un racó, indefensa, i al cap d'una estona vaig sentir que algú cridava «Foc! Foc!». Vaig sortir de la casa com vaig poder i vaig decidir que mai més tornaria a Gràcia. És per això que em vaig refugiar aquí, a la casa dels pares...

La Bea va callar en sec, mentre la Laia l'atreia cap a ella i mirava de protegir-la amb una gran abraçada. Totes dues ploraven. Vaig prémer els punys, indignat.

—¿No tens cap indici de qui podia ser l'skin? —li vaig preguntar a la Bea.

—Duia un tatuatge al braç —va murmurar, absent—. Era una àguila amb les ales desplegades i amb un nom al mig: Charly.

De sobte, vam sentir el Roc que ens avisava que la mare tornava. Li vaig donar les gràcies a la Bea, la Laia la va abraçar per última vegada, més fort que mai, i vam tornar a saltar el mur. Érem ja al carrer quan vam sentir el gos que bordava al jardí.

Mentre tornàvem cap a Barcelona, li vam explicar al Roc el que ens havia dit la Bea. Va reaccionar amb ràbia, com nosaltres, però també en va treure conclusions.

—El relat de la Bea confirma les nostres sospites —va dir, esforçant-se per mantenir el cap clar—. Les coses devien passar així: el Tomàs, molt probablement per encàrrec de Masdeu i Associats, va contractar uns skins, amb aquest Charly al capdavant, per tal de fer fora els okupes de la casa de Gràcia. La cosa, però, es va complicar amb la mort dels dos nois en l'incendi i el Tomàs es va veure obligat a desaparèixer...

—Però, ¿on és el Tomàs? —em vaig preguntar en veu alta—. ¿Per què collons no dóna senyals de vida?

Per desgràcia, no hi havia resposta a aquelles preguntes. Encara quedava molt per resoldre.

La Laia ens va demanar que la deixéssim a Gràcia i així ho vam fer. Abans de dir-li adéu, però, li vaig proposar, davant l'atenta mirada del Roc, que vingués a casa a la nit. Ella em va dir que ho intentaria, però, posant cara de sentir-ho molt, va afegir que segurament no podria, ja que els okupes de Kan Gamba havien decidit tancar-se per mirar d'evitar un desallotjament que es considerava imminent. Va afegir amb un somriure que, si tot anava bé, em trucaria l'endemà per veure'ns. Va segellar la promesa amb un petó de llarga durada.

—Bé, ¿què t'ha semblat? —li vaig preguntar al Roc quan ella se'n va anar. Em referia a les novetats sobre el Tomàs, però ell ho va interpretar d'una altra manera.

—T'ho tenies molt callat, mamonàs! —em va retreure, emprenyat.

—¿Què t'empatolles?

—Ja saps què vull dir... —el Roc em va travessar amb una mirada afilada—. T'estic parlant de la Laia, collons, que està de puta mare. Ja em podries haver dit que tenies un rotllo amb ella. Jo t'ho explico tot i tu em véns amb secretets.

—Però, Roc, que no som adolescents...

—Ni Roc ni hòsties. Aquestes coses es comparteixen amb els amics.

—Com vas fer tu amb l'inspector González, ¿oi? —li vaig dir, sense poder-me aguantar el riure.

—Vés a la merda! —em va engegar.

Van passar uns minuts de silenci mentre el Roc conduïa per Barcelona. Feia sol i la ciutat era plena de cotxes que avançaven molt a poc a poc. Si fa no fa com sempre.

—Podríem anar a trobar el fill de puta del Charly —va proposar el Roc quan ja érem al carrer Balmes.

—¿I per on comencem? —vaig objectar—. Deu haver-hi deu mil quillos anomenats Charly...

—Anirem a Sant Cosme —va dir ell, molt segur—. Recorda que l'skin detingut era d'allà...

—És un barri fotut, ¿no?

—No és precisament un balneari, però no perdem res anant-hi. Al cap i a la fi, no ens queden gaires sortides...

—¿I què penses dir-li al Charly? —vaig dir—. ¿Li preguntaràs directament si ell és el culpable de tot plegat?

—Ja ho veurem... —va dir el Roc, gens disposat a recular—. Tinc la impressió que el temps passa de pressa i que és important que no ens quedem plegats de braços.

—¿I si és un dels que ens van hostiar a Gràcia? —vaig continuar posant pals a les rodes.

—Llavors —el Roc va somriure—, ja hem begut oli...

25

EL ROC CONDUÏA DE PRESSA, FENT ZIGA-ZAGUES PER MIRAR de salvar el trànsit espès. En aquests casos, sé que és millor no dir-li res. Vaig encendre un porro, doncs, i el vaig deixar fer mentre la ciutat, difuminada per la calitja i pel fum dels cotxes, desfilava per la finestreta amb una textura irreal, de pel·lícula. Vam deixar enrere els carrers atapeïts de cotxes, el monument a Colom, la muntanya escrostonada de Montjuïc, les piles de contenidors del port, les creus desendreçades del cementiri i el nyap de les cases barates. Mentre vèiem aquell paisatge a mig camí entre la ciutat i els afores em va venir al cap una vella cançó del Gato Pérez. *«A la corba del Morrot, cap a mig camí del port, on el prat i el mar es fonen en terreny guanyat al mar...»* Pobre Gato, havia mort massa jove. Un infart se l'havia endut als trenta-nou, quan encara li quedaven moltes coses per dir i molta música a dintre. No érem res, érem tan sols pols en el vent, com cantaven els Kansas. *«All we are is dust in the wind...»*

Al Cinturó del Litoral vaig veure uns joves que es punxaven a la mitjana de l'autopista, a l'ombra mínima d'uns baladres escarransits. Era un trist espectacle de misèria urbana. L'agulla, el cavall i tot el que venia després: les mirades buides, el caminar sense nord, la banda salvatge de la vida... Havíem perdut tants amics en aquell camí sense sortida. Tants... Havien volgut tocar el cel amb les puntes dels dits i al final... Hi havia una altra cançó del Gato que parlava precisament del tràfic d'heroïna, d'una «maleta milionària» i d'unes corredisses furtives per aquells estranys espais del port. «*En estos barrios húmedos, húmedos y tristes, muy cerca del muelle donde atracan los barcos...*». Parlava d'un noi que queia mort d'un tret a l'esquena mentre els mafiosos s'enduien la maleta plena de cavall...

El Roc es va desviar per la sortida de la Zona Franca i va continuar sense reduir la velocitat. Vam travessar una sèrie de carrers fantasmals, plens de fàbriques, magatzems, contenidors i camions de gran tonatge, fins que vam anar a parar als carrers indefinits del Prat de Llobregat. Allà es podia veure ben clarament la línia que marcava el final de la ciutat. A una banda hi havia velles masies voltades de camps de carxofes i de ramats de cabres; a l'altra, blocs de pisos que avançaven implacables. Barcelona ja quedava enrere i l'aglomeració urbana s'anava desfent per moments, com una magdalena quan la suques al cafè amb llet.

Just abans d'agafar la carretera de l'aeroport, el Roc va girar a l'esquerra i es va ficar entre uns blocs de pisos fets pols. Carrers bruts i esventrats, voreres desdibuixades, pintades desafiadores que es superposaven en diferents capes, cotxes desballestats, balcons recoberts de qualsevol manera —amb vidres trencats, amb cartrons, amb fustes—, nens mig nus que ploraven amb la cara plena de mocs i gent que girava el coll molt a poc a poc i que ens mirava amb cara de pocs amics. Em va cridar l'atenció una pintada amb lletres molt grans que deia: «*Me cago en los muertos del que rompe las ventanas*». Pura supervivència.

—És aquí! —va proclamar el Roc amb orgull.

Érem al barri de Sant Cosme, una mena de Bronx a la catalana.

—El lloc ideal per passar-hi un cap de setmana —vaig sospirar—. Tranquil·litat, aire net, ambient agradable...

El Roc va ignorar el meu comentari irònic, va baixar del cotxe i va entrar en un bar que no es podia dir que fos precisament un local selecte. Vull dir que no hi havia ni porters uniformats ni cap cartell que indiqués que es reservava el dret d'admissió. Si n'hi hagués hagut un, em temo que cap dels clients d'aspecte patibulari que seien a les taules hauria passat el filtre. La barra era llarga i gastada i hi havia unes quantes taules i cadires d'alumini, un terra ple de tovallons de paper rebregats i de serradures i unes parets pintades de color verd brut, amb dos pòsters: un de Los Chunguitos i un d'Estopa. En un racó, un tio prim i pelat, amb un espectacular tatuatge d'una serp a cada braç, jugava als marcianets, mentre pels altaveus sonava el gran èxit dels Estopa: *«Por la raja de tu falda yo tuve un piñazo con un Seat Panda...»*. Filosofia d'alt nivell. Dubto que els buròcrates de la Unió Europea haguessin homologat aquell local com a bar, però en un mirall hi deia que allò era el Bar Manolo.

Totes les mirades van convergir en nosaltres quan hi vam entrar. Més que mai vaig tenir la sensació de ser un foraster en un Saloon. Desarmat, però, i acollonit. El Roc, de tota manera, no es va fer enrere. Va demanar dues cerveses i, d'esquena a la barra, va preguntar a la selecta clientela si hi havia entre ells algú que respongués al nom de Charly. Ningú va piular. És més, ningú va canviar d'expressió, com si sentissin ploure.

—¿Algú sap on puc trobar el Charly? —va insistir el Roc somrient, fent-se el simpàtic—. No cal que parleu tots alhora —un altre somriure, aquesta vegada més nerviós—. I que quedi ben clar que no sóc de la bòfia.

Els rostres dels presents van continuar immutables, com si fóssim al Museu de Cera. Només un d'ells es va bellugar: el tatuat de la màquina va deixar de jugar en sec i, sense dir ni una paraula, va sortir al carrer amb les mans a la butxaca i el cap baix.

El Roc, impertèrrit, es va servir la cervesa al vas i en va beure un glop.

—¿I ara, què? —vaig preguntar.

—Ara esperem.

—¿I què esperem?

—No ho sé —va riure per demostrar-me que no estava espantat—, però a les novel·les de Hammett i de Chandler quan algú entra en un bar i s'espera a la barra sempre acaba passant alguna cosa.

—Mentre no ens facin una cara nova.

Cinc minuts després no havia passat res. Només al carrer vam detectar algun moviment. Un grup de marrecs s'estava mirant el cotxe del Roc amb intencions aparentment no gaire bones. Tots duien samarretes brutes i esparracades, algunes d'equips de futbol, i vambes de marca. Un d'ells tenia una barra de ferro a la mà; un altre, un pal de beisbol. Tots dos els acariciaven com si fossin una joguina inofensiva. En altres barris els nens tenien ossets de peluix; allà estava clar que anaven d'un altre rotllo.

—Mira que fer-t'ho amb la Laia i no dir-me'n res —va atacar-me el Roc, a qui era més que evident que li costava pair aquella sorpresa.

—Roc, no comencis...

—El que més em fot és que està molt bona —va insistir—. Digues, ¿com és al llit?

Vaig fer un glop de cervesa, me'l vaig mirar amb un somriure i li vaig dir que no tenia cap intenció de parlar amb la premsa.

—¿Com t'imagines que és aquest Charly? —vaig canviar de tema.

—Un delinqüent —va arronsar les espatlles.

—No sé per què, però això ja ho sospitava —vaig somriure—. Però vull dir si, a part del que ens ha explicat la Bea, en saps alguna cosa.

El Roc es va girar cap al cambrer, que s'avorria assegut en un tamboret. El va cridar amb un gest i li va demanar en veu baixa què sabia del Charly.

—És un xaval del barri —va dir com si el conegués de tota la vida—. No era mal nano, però les males companyies l'han perdut... —va sacsejar el cap i va prémer els llavis—. Des dels dotze anys que està ficat en merders. Estrebades, robatoris de motos, de cotxes, baralles...

—En fi, un angelet.

—L'ambient de Sant Cosme l'ha marcat —el cambrer va indicar amb un gest els edificis degradats que es veien més enllà de la finestra—. El seu pare i el seu germà gran són a la presó per a una bona temporada. Ell se n'ha lliurat perquè només té disset anys, però amb la carrera que porta no trigarà a fer-los companyia. La veritat és que d'aquí surten pocs universitaris...

Vaig beure un glop de cervesa mentre pensava que devia ser molt dur viure en aquell barri. Quan em vaig girar vaig notar que l'ambient del bar s'estava fent tan dens que es podia tallar amb un ganivet. Totes les mirades convergien en nosaltres, com si ja s'estiguessin fent apostes mentals per veure quant duraríem.

—¿Creus que vindrà? —li vaig preguntar al Roc.

—M'hi jugo el que vulguis —va somriure, segur d'ell mateix—. Aquesta gent sempre acaba venint. No veus que són uns notes... El tatuat que ha sortit del bar fa una estona, segur que l'ha anat a avisar. Quan el trobi, el Charly vindrà de seguida, perquè no diguin pel barri que és un gallina. Pot trigar més o menys, però si està per aquí vindrà. No té res a perdre. Es mou en el seu territori.

—D'això no en tinc cap dubte...

En aquell moment vam veure que els nois que envoltaven el cotxe sortien corrent, com si fossin pollets d'un galliner esvalotat. Una estona després va aparèixer caminant pel que quedava de vorera un noi que no devia tenir més de setze anys. Era baix, estret de pit, pelat al zero i garrell. Caminava fent el notes: mans a la butxaca, camisa descordada que deixava a la vista una cadena i una gran medalla d'or, texans ajustats, caçadora Bomber de color verd, botes militars i porro als llavis. Si hagués anat arremangat, hauríem pogut comprovar si duia l'àguila tatuada que ens havia descrit la Bea, però per desgràcia duia els braços tapats. L'acompanyaven dos tios vestits pel mateix sastre i pelats com ell, però quadrats com armaris. Van passar davant del cotxe sense ni mirar-lo i van entrar al bar. El més baix va venir directament cap a nosaltres i ens va preguntar qui havia demanat per ell.

—Si tu ets el Charly, jo he demanat per tu —va dir el Roc.

—¿Què vols?

Parlava sense perdre ni un punt del seu posat fatxenda. Al contrari, se'l notava crescut. De tant en tant es girava cap als seus amics com volent dir: «Ho estic fent bé, ¿oi?». La resta de clients del bar contemplaven l'escena en silenci, expectants, com si tinguessin ganes que s'acabessin ja els prolegòmens i l'espectacle comencés d'una vegada.

—Sóc periodista —li va dir el Roc—. M'interessa fer un reportatge sobre l'incendi de la casa okupa de Gràcia...

—¿I per què m'ho dius a mi?

—Per si en saps alguna cosa —va somriure—. Tranquil, que no sóc de la bòfia.

—Jo em cago en la bòfia —va cridar de cop el Charly, tens, amb la cara vermella i els músculs del coll ben marcats—. Si tingués un poli aquí, l'obriria de dalt a baix —va fer un gest il·lustratiu amb la mà dreta, com si hi tingués una navalla—. Em cago en la bòfia, no en tinc ni per començar amb un puto poli. ¿O és que potser et penses que em fan por?

—M'interessa fer un article sobre l'incendi —va continuar el Roc, procurant mantenir la calma—. Sé que l'skin que van detenir és del barri i...

—El Kevin ja és al carrer —el va tallar el Charly.

—Ja ho sé, l'han deixat anar sense càrrecs, però...

—Ni peròs ni hòsties! —va cridar el Charly, mentre picava el taulell amb la mà plana—. Si la bòfia no té res contra el Kevin, vol dir que ningú de nosaltres té res a veure amb l'incendi. Per tant, esteu perdent el temps.

—¿Coneixes un advocat anomenat Tomàs Miralles? —vaig intervenir jo. M'adonava que era una pregunta agosarada, però ja no venia d'aquí.

El Charly va torçar el gest i, girant-se cap als seus dos companys, va dir:

—Començo a notar que l'aire està massa carregat per aquí, ¿no? —va somriure mentre ensumava al voltant seu—. Si la cosa no millora d'aquí a uns minuts serà qüestió de posar-se a fer neteja.

Vam entendre el missatge. Estava clar que al Charly se li havia acabat la paciència. Vam pagar les cerveses i vam tocar el dos sense mirar enrere.

—No sembla que hagi servit de gaire venir aquí —vaig comentar mentre el Roc conduïa cap a Barcelona.

El Roc va sacsejar el cap, les mans al volant, tens.

—Estic segur que el Charly és l'home que busquem... —va escopir—. Juraria que és un dels que ens van hostiar a Gràcia... ¿A tu què et sembla?

—L'únic que recordo d'aquella nit és el joc d'hòsties que vaig rebre —vaig dir, sense gens de ganes de pensar en aquella pallissa—. No vaig tenir temps de fixar-me en cap cara... Per desgràcia, tampoc hem pogut veure si duia una àguila tatuada al braç.

—De tota manera, ha de ser ell... —va insistir el Roc—. ¿Has vist la cara que ha posat quan li has parlat del Tomàs? És evident que el coneix, el molt fill de puta!

Vam callar tots dos. Es feia estrany pensar que acabàvem d'estar amb algú capaç de fer tant de mal. Vaig recordar les fotos que havia vist per televisió dels dos okupes morts i em va venir a la memòria la mirada perduda de la Bea, el seu posat d'autòmat. Molt probablement, tot havia estat culpa d'aquell Charly que es feia el notes pel barri de Sant Cosme; d'aquell mitja merda que portava anys jugant amb el perill i la mort. Tot semblava encaixar: el Tomàs devia haver rebut l'encàrrec de Masdeu i Associats de «netejar» la casa okupa i havia contractat el grup de skins del Charly perquè la cremessin. La cosa, però, es va complicar amb els dos morts, fet que no devia agradar gens als responsables de Masdeu i Associats. Davant la perspectiva que la investigació els acabés esquitxant, ja que hi havia un pelat detingut que podia explicar-ho tot, van optar per retirar el Tomàs de circulació. Però, encara quedava un detall important per resoldre: ¿on collons era el Tomàs? ¿Per què no apareixia d'una vegada?

—L'únic camí que ens queda per saber on és el teu cunyat és seguir la pista de Narcís Morera —va comentar el Roc quan ja érem prop de la plaça Reial.

—Ja —vaig acceptar—. Del misteriós «Manubens».

—El millor que podem fer és apostar-nos demà a la porta de Masdeu i Associats i seguir-lo quan surti —el Roc va fer una ganyota de contrarietat i va afegir—: Però hi ha un petit problema...

—¿Quin?

—Te n'hauries d'encarregar tu, Max. Jo hauré d'anar al diari. Fa temps que no m'hi veuen el pèl i ja em deuen estar maleint els ossos.

Un altre cop em tocava carregar amb els neulers. No em va sorprendre, però. A l'hora de l'acció ja és sabut que en aquest país els cansats fan la feina.

—Molt bé —vaig acceptar—. La cosa no sembla difícil. Em planto a la porta, espero que surti i el segueixo. ¿I després, què?

—Després ja ho veurem... D'entrada, però, tenim dos problemes —va dir el Roc, repassant-me d'un cop d'ull—. En primer lloc, hauries de dissimular el teu aspecte hippy per no cridar massa l'atenció. En segon lloc, necessites un vehicle. Pensa que si el Morera se'n va amb cotxe, no el podràs seguir a peu.

Vaig tenir un pensament per a la meva vella Mobylette. Era un bon ferro, sí, senyor, i m'havia fet servei durant molts anys, però ja feia mesos que era a l'altre barri, al cel dels vehicles que ja no han pogut aguantar més.

—¿Saps conduir, Max? —em va preguntar el Roc.

—És clar —vaig contestar, mosquejat—. ¿Per què m'ho preguntes?

—No ho sé, com que et veig així, tan hippy... —va indicar amb un punt de menyspreu la meva camisa afgana—. És com si de sobte passés Schopenhauer conduint un Porsche. Hi ha coses que no encaixen. Què vols que et digui, Max, et veig més amb bicicleta que al volant d'un cotxe.

—Vés i que et moqui la iaia!

26

A LES DUES EN PUNT DE LA TARDA, NARCÍS MORERA VA SORTIR de la seu de Masdeu i Associats, va saludar amb un cop de cap i amb mig somriure a un altre advocat i va entrar al pàrquing sense mirar enrere. Feia ja més de mitja hora que l'estava esperant, assegut al volant del Volvo del Roc, discretament aparcat sobre la vorera en una posició estratègica. Un parell de minuts després, el Morera sortia del pàrquing conduint un Audi 4 platejat, net com una patena. Em vaig enganxar al seu darrere. Primer, passeig de Gràcia amunt fins a la Diagonal; després, per la Via Augusta fins als Túnels de Vallvidrera. El trànsit, per sort, era dens i no em podia esquivar de cap manera. A part que no podia sospitar res de mi, que m'havia mudat amb l'americana de pana negra de les grans ocasions i amb la meva millor camisa de quadres.

Vam deixar enrere la ciutat i vam travessar el túnel de Vallvidrera fins a desembocar als boscos de l'altra banda del Tibidabo. El paisatge era ara radicalment diferent: turons plens d'alzines i pins, urbanitzacions pirates de cases autoconstruïdes, masies aïllades i, finalment, l'aparició de Sant Cugat com una població polida i endreçada destinada a la burgesia més exigent, amb moltes cases unifamiliars, una bona col·lecció d'adossades i un horitzó ple de grues que augurava un creixement imparable en què les zones verdes tenien totes les de perdre. Vaig pensar en un amic de Cerdanyola, el poble del costat, que a Sant Cugat solia anomenar-lo Sant Kuwait. No li faltava raó.

Vaig seguir el Morera quan va agafar la sortida cap a Sant Cugat. Després d'un parell de giragonses per carrers de torres antigues i senyorials, d'aquestes amb torreó, pèrgola, pista de tennis i jardins exuberants, es va aturar davant d'una casa de línies modernes, amb terrasses a diferents nivells, parets de formigó i finestrals enormes. Al voltant hi havia un jardí mínim, ple de gespa tallada al mil·límetre, com si fos de plàstic, i amb uns quants pins al fons. Més enllà s'estenia el camp de golf de Sant Cugat, un excés ple de verd, forats i sòmines.

Quan em vaig adonar que el Morera no tenia pressa per sortir, em vaig arribar fins al bar de la cantonada, em vaig menjar un pa amb tomàquet amb anxoves, em vaig beure una cervesa, vaig encendre un porro i vaig trucar al Roc.

—Sóc a casa seva —li vaig anunciar—. A Sant Cugat.

—Collonut! —em va felicitar—. ¿Sospita alguna cosa?

—Res de res. Ni sap que existeixo.

—Molt bé, Max, molt bé. Ara l'únic que has de fer és esperar. Si veus que surt, em truques i vindré d'un salt.

—No pretendràs colar-te a la casa...

—¿Hi ha gos?

—No.

—Doncs, això és exactament el que farem: entrarem a la casa com sigui i remenarem fins a trobar alguna pista que ens digui on para el Tomàs.

—Roc... —el vaig interrompre.

—¿Què?

—¿I si no trobem cap pista?

—No siguis pessimista, Max... —em va engegar—. Si no hi ha cap pista, passarem al pla número 2.

—O sigui...

—L'esperem, l'agafem pels collons i fem que ho canti tot.

De seguida em va agradar el pla 2. Era més directe, més definitiu; no s'estava per romanços. Això de remenar a l'espera de trobar un paperet que ens digués on era el Tomàs em semblava una criaturada. Com qui juga als secretets o una cosa semblant. Vaig aparcar a una distància prudencial de la casa del Morera, vaig abaixar el seient del cotxe i em vaig dedicar a esperar. O sigui, a dormir.

Quan em vaig despertar eren les set de la tarda. El cotxe del Morera continuava al jardí i s'havien encès alguns llums de la casa. Pel que es veia, l'home tenia un dia casolà. Em vaig estar fixant en la finestra de la sala, per veure si hi havia algú més, però només el vaig veure a ell. De tant en tant creuava per darrere la finestra amb pas decidit i desapareixia més enllà de la meva vista.

A les vuit em vaig arribar al bar per menjar-me un altre entrepà —aquesta vegada de mortadel·la— i per beure una altra cervesa. El noi que servia em va mirar com si es preguntés què hi feia allà. Li vaig preguntar si coneixia el Morera i va fer que no amb el cap, bellugant-lo molt a poc a poc a banda i banda, com si hi tingués una molla.

—El nom no em diu res —va dir a la fi.

—Viu en aquella casa del fons —li vaig explicar—, la de murs de formigó i grans finestres.

—Ah, l'advocat! —el noi hi va caure de cop—. La veritat és que se'l veu poc. Sempre surt amb cotxe i no ve mai al bar. Només el veig que passa...

Veient que aquella era una via morta, vaig callar i em vaig dedicar a menjar. Els espies som molt reservats, ja se sap. Quan em vaig acabar la cervesa, vaig tornar al cotxe, em vaig fumar un porro en solitari i em vaig posar a somiar en Zanzíbar. Platges, palmeres, aigua blau turquesa, cabanes de sostre de palma, dones exòtiques... Res a veure amb aquell món endreçat de Sant Cugat...

Cap a quarts de deu de la nit, en veure que s'apagaven els llums de la casa, em vaig posar en estat d'alerta. Uns minuts després, el Morera sortia tot sol, pujava al cotxe i conduïa en direcció al centre de Sant Cugat. El vaig seguir a distància, sense arriscar-me. Es va aturar prop d'una filera d'adossades del centre, va prémer un timbre i va rebre la dona que va sortir de la casa amb un somriure d'orella a orella. Era jove i maca: morena, vestida amb elegància i amb la pell bronzejada. El Morera li va fer un petó als llavis i van pujar tots dos al cotxe. Una estona després, van aparcar en una placeta, just davant del restaurant Casablanca, i van entrar-hi agafats de bracet. Vaig veure, a través de la finestra, com seien i consultaven el menú.

Vaig trucar al Roc des d'una cabina pròxima.

—El Morera ha sortit de casa —li vaig dir—. Vine de seguida que puguis.

—¿Saps si disposem de molt de temps?

—Un parell d'hores com a mínim —vaig calcular—. Està sopant amb una noia en un restaurant.

—Collonut! —es va exclamar el Roc—. Dóna'm l'adreça del Morera que ara mateix vinc en taxi.

27

LA VERITAT ÉS QUE NO ENS VA COSTAR GENS ENTRAR A LA casa del Morera. S'havia deixat la porta de la cuina mal tancada i el Roc la va obrir d'un cop de peu no massa fort. Va ser fàcil, fins i tot molt fàcil. Un cop a dintre, ens vam dedicar a tafanejar. Hi havia una cuina blanca i impol·luta, una sala gran i ben moblada, un parell de dormitoris, un bany amb jacuzzi i un despatx.

—Tu, dedica't a la sala —em va xiuxiuejar el Roc, que anava equipat amb una potent llanterna—, que jo m'ocupo del despatx.

Vaig avançar a les palpentes, sentint-me com un lladre de mitjanit i amb el cor bategant a mil. Per sort, la llum d'un fanal del carrer entrava per una finestra i m'ajudava a veure-m'hi una mica. Vaig fullejar les revistes d'una tauleta baixa sense trobar-hi res d'interessant; després em vaig dedicar a obrir calaixos i a remenar-ne el contingut. Només hi havia prospectes d'electrodomèstics, comandaments a distància espatllats i cartes d'unes quantes nòvies del Morera amb mata-segells de diferents països. En un prestatge alt hi vaig trobar una col·lecció de fotos. La majoria eren de Menorca; hi sortia el Morera al mercat de Ciutadella, el Morera fent una banyada a la cala Macarella i el Morera menjant una caldereta a Fornells amb un grup d'amics.

Pel que es veia, el Morera es sabia cuidar. En una altra foto se'l veia somrient a la coberta d'un iot, amb banyador i ulleres de sol, lluint un moreno intens i amb la noia del restaurant al costat.

—¿Què? —va treure el cap el Roc—. ¿Trobes alguna cosa interessant?

Vaig dir-li que no.

—Jo tampoc —va dir ell, desesperat—. Al despatx només hi té papers sense cap interès.

—¿I què hem de fer?

—Ni puta idea.

El Roc es va posar a obrir i tancar armaris com un posseït, fins que va deixar anar un «uauu!» d'admiració.

—¿Què has trobat? —li vaig preguntar en veu baixa—. ¿Alguna prova?

—Molt millor que això —va exclamar, amb els ulls exultants de felicitat—. Un Sauternes!

—¿I què és això, un medicament?

—Exacte —es va girar per mostrar-me una ampolla de vi blanc—. És la millor medicina que hi ha per a l'ànima. Pensa que és un vi buscadíssim, Max, molt adequat per menjar amb foie o com a aperitiu. I més aquest, que és un Château d'Yquem! —va obrir els ulls gairebé fins a desorbitar-los—. Vinga, Max, vés a la nevera a veure si hi ha fetge d'ànec...

—Roc —li vaig implorar—, que no hem vingut per això!

—Sí, ja, però ja que hi som... —va exhibir un somriure de sàtir.

Veient que jo no em movia, el Roc va desaparèixer en direcció a la cuina. Uns minuts després en va tornar eufòric, amb un llevataps a una mà i un tros de foie a l'altra.

—Ens ha tocat la loteria, Max —em va anunciar, molt convençut—. Els déus han estat propicis amb nosaltres. Per mi ja poden donar pel cul al Tomàs i a qui sigui. Mentre hi hagi foie i Sauternes, la vida val la pena.

Va servir un parell de vasos generosos —pagava el Morera— i va començar a fer els elogis d'aquell vi grogós i dolç que entrava com un caramel.

—Pensa, Max, que només es pot embotellar Sauternes a cinc pobles de la regió de Bordeus —em va il·lustrar, fent-se el notes—. A més, es tracta d'un vi molt delicat que prové d'un raïm atacat per un fong, que és el que li dóna aquest gust tan original —va fer una pausa per paladejar-lo amb fruïció—. ¿Te n'adones de la sort que tenim? ¿Ens estem bevent una ampolla del millor vi blanc del món?

—Roc... —vaig mirar de fer-lo baixar a la realitat—. No és el moment. Et recordo que som aquí per buscar alguna pista sobre el Tomàs.

—¿Saps que de cada cep només en surt un vas de Sauternes, quan en sortiria una o dues ampolles de vi normal? —va continuar, concentrat en el vi—. Pensa que la collita dura dos mesos i es fa gairebé gra a gra. Al cap de l'any només se'n fan 5 milions d'ampolles. Si penses que hi ha 60 milions de francesos, vol dir que no arriba ni a un vas per persona i any. Si a sobre no som francesos, com és el nostre cas, significa que som uns privilegiats de collons i que ho hem de celebrar.

—Som uns privilegiats i uns manguis —vaig apuntar.

—La nostra obligació com a detectius és la de no renunciar als plaers de la vida que se'ns presentin —va proclamar, sentenciós. Estic segur que Sant Philip Marlowe beneiria el que estem fent.

Vam brindar doncs per tot l'imaginable i, mentre esperàvem l'arribada del Morera, ens vam menjar tot el foie i vam buidar l'ampolla de Sauternes. Un plaer de déus, certament. Potser és cert que espiar és esperar, però si es tractava d'esperar d'aquella manera, podien comptar amb mi sempre que calgués.

A mitjanit, després d'amagar les restes del tiberi, se'm va acudir que hi havia un tros de la casa que encara no havíem examinat: el garatge. De fet, m'estranyava que, tenint garatge com tenia, el Morera hagués deixat el cotxe al jardí, exposat a la pols, al fang i a la brutícia. Els advocats solen cuidar aquests detalls. Vaig baixar al soterrani, doncs, i allà vaig trobar la porta que comunicava amb el garatge. Estava tancada, però hi havia una clau just al costat, penjada a la paret. Vaig provar sort i la porta es va obrir. Quan vaig encendre el llum, va aparèixer davant meu un cotxe tapat amb una lona de color gris. Vaig cridar el Roc i entre tots dos vam treure la lona; a sota hi havia un Golf GTI de color negre.

—Bingo! —vaig deixar anar un xiulet d'admiració—. És el del Tomàs!

—I nosaltres buscant paperets que comprometessin el Morera —va dir el Roc—, quan aquí tenim una prova de l'alçada d'un campanar.

El cotxe estava tancat amb clau, però no es veia res estrany a l'interior. Per fora tampoc hi havia cap senyal de violència.

—¿Creus que se l'ha carregat? —em va preguntar el Roc.

—No —vaig contestar, molt segur—. Recorda que el Tomàs va trucar fa només uns dies. Sabem que és viu.

—Sí, ¿però on?

—Això és el que ens haurà d'explicar el Morera.

Vam continuar esperant, asseguts a la foscor de la sala. Tensos, en silenci, mentre ens revenia el gust del foie i el Sauternes com una prova definitiva de l'existència de Déu. A la una de la nit vam sentir que s'obria la porta del jardí i vam veure per la finestra com entrava l'Audi del Morera. Venia sol, per sort. Va aparcar al jardí i va entrar a la casa xiulant. Pel que es veia, el sopar amb la morena havia anat força bé.

—Bona nit, senyor Morera —el va saludar el Roc quan va encendre el llum de la sala—. ¿O potser hauria de dir-li senyor Manubens?

—¿Però, qui?... —el Morera va intentar retrocedir cap a la porta, però jo ho vaig impedir—. O marxeu ara mateix o truco a la policia! —ens va amenaçar.

—No cal que et prenguis la molèstia. Nosaltres som la policia —va dir el Roc, alhora que li ensenyava una placa oficial que no li havia vist mai—. Hem vingut perquè ens expliquis tot el que saps del Tomàs Miralles.

—No sé de qui em parles —es va apressar a dir el Morera, esverat—. A més, ¿on és l'ordre d'escorcoll? ¿Com us permeteu entrar a casa meva com si fóssiu lladres? Us denunciaré per violació de domicili...

El Roc va deixar anar un sospir.

—Parlarem després de totes aquestes petiteses, si vols —va dir, apuntant-lo amb un dit, amb un to autoritari—, però abans ens hauràs d'explicar què hi fa al teu garatge el cotxe de Tomàs Miralles, un advocat que dius que no coneixes.

—¿El cotxe? —el Morera va deixar anar un altre esbufec i es va eixugar la suor del front amb la mà—. Va ser ell qui em va demanar que li guardés. Se n'anava de viatge i...

—Prou mentides! —el vaig tallar—. Si això fos veritat, ¿com és que no en vas dir res a la policia? Saps perfectament que el Tomàs ha desaparegut i que la pasma l'està buscant des de fa dies.

—O ens dius la veritat o ens hauràs d'acompanyar ara mateix a comissaria —va reblar el Roc, que semblava encantat de fer el paper de policia dur.

Arribats a aquest punt, el Morera es va enfonsar. Es va deixar caure en una butaca, es va afluixar el nus de la corbata, es va passar la mà pels cabells, va encendre un cigarret amb dits nerviosos, va fer un parell de pipades i es va estar una estona amb el cap baix.

—Molt bé —va dir quan per fi va gosar mirar-nos a la cara—. Ho explicaré tot —va fer una pausa per inspirar ben fort—. Al cap i a la fi, és una història que ja m'està pesant massa.

El Morera es va mossegar el llavi durant uns segons i ho va vomitar. Tot plegat era una història de mala llet, confusions, prepotència, nyaps i disbarats, per desgràcia amb unes quantes víctimes innocents pel mig. Segons el relat del Morera, tot havia començat un parell de mesos enrere, quan, com a advocat de Masdeu i Associats, havia rebut d'una immobiliària l'encàrrec de «buidar» una casa ocupada del barri de Gràcia. Ho havia intentat primer amb la llei a la mà, però en veure que no se'n sortia i que la immobiliària tenia pressa, havia optat per recórrer a mètodes més directes.

—És per això que vaig entrar en contacte amb Tomàs Miralles, amb qui m'uneix una amistat i a qui ja coneixia d'altres assumptes similars —va explicar sense perdre's en detalls—. En aquests casos, sempre és millor disposar d'una pantalla. Per si van mal dades...

—Com van anar, de fet —vaig apuntar.

—Exacte —el Morera va fer una pipada al cigarret i va empassar saliva—. El Tomàs va començar per assetjar els okupes de manera suau: els feia fer fotos des del terrat per tenir-los fitxats, els tallava la llum, els robava les bombones de gas... fins que es va adonar que calia forçar-los més. Va ser llavors que va decidir parlar amb uns skins del barri de Sant Cosme, concretament amb un grup liderat per un tal Charly. Volia que espantessin els okupes, que n'apallissessin algun, que els forcessin a marxar com fos. La seva intenció era acollonir-los, però sense passar-se...

Em costava imaginar el Tomàs organitzant tot aquell joc brut, però les paraules del Morera no deixaven lloc al dubte. Era el Tomàs qui havia muntat aquell seguit d'agressions que el degradaven com a advocat i com a persona.

—Suposo que tot es va torçar amb l'incendi —vaig ajudar-lo a pensar.

—Abans i tot —va dir el Morera—. El Charly va resultar ser un eixelebrat absolut, un boig que no admetia ordres i que sempre volia anar més enllà. Odiava els okupes i acusava el Tomàs de ser massa tou. Un dia que havia begut més del compte, va trucar al Tomàs per dir-li que aquella mateixa nit pensava cremar la casa okupa. Segons el Charly, era la millor manera d'acabar de soca-rel amb el problema.

—¿Vols dir que la iniciativa de l'incendi va ser del Charly? —vaig preguntar.

—Tot va ser culpa d'ell —va insistir mirant-me als ulls, com si no hi pogués haver el més mínim dubte—. El Tomàs va provar d'impedir-ho, però la veritat és que el Charly no és gens fàcil de tractar. Anava begut i no volia renunciar a res. Per acabar-ho de complicar, va exigir al Tomàs que li pagués de seguida un milió de pessetes si no volia que ho destapés tot. Veient que en podia sortir esquitxat, el Tomàs va treure els diners del seu compte i va pagar al Charly el que li demanava. Va ser un últim intent perquè l'assumpte no se li escapés de les mans. De tota manera, no va servir de res. Aquella mateixa nit, el Charly i els seus amics van calar foc a la casa i van provocar la mort dels dos nois.

El Morera va fer una pausa, com si necessités un temps mort per assumir que ho havia buidat tot, i es va entretenir apagant a consciència el poc que quedava del cigarret, com si en aquell moment fos la feina més transcendent del món.

—¿I què ha passat amb el Tomàs? —vaig voler saber.

—La nit de l'incendi, em va venir a veure a casa, molt espantat pel que havia passat. Estava assegut on ara seus tu —va assenyalar el Roc—. La veritat és que no sabíem què fer. La situació ens desbordava. Quan van dir per la ràdio que semblava que havien detingut un skin vam perdre els papers. Conscients que tot s'havia complicat, vam decidir que el millor era que ell desaparegués una temporada. Al cap i a la fi, a mi ningú em podia relacionar amb el cas, però a ell sí. Si a través de l'skin detingut arribaven al Charly, aquest podia donar el nom del Tomàs i destapar tot el pastís. Era massa arriscat...

—¿I on és ara el Tomàs? —vaig insistir.

—Aquella mateixa nit vam decidir actuar sobre la marxa —el Morera va fer una pausa per encendre un altre cigarret—.

Ell estava molt nerviós i no parava de dir que el detindrien i que es passaria uns quants anys a la presó. Hi vam estar donant moltes voltes i al final vam trobar una solució: el Tomàs se n'aniria fora un temps, almenys fins que les aigües es calmessin. Jo tinc un amic que dirigeix una agència de viatges, un amic que em deu uns quants favors —ens va dirigir una mirada incisiva que indicava clarament que es tractava de favors de pes—. Li vaig trucar explicant-li que ens convenia que algú volés lluny el més aviat possible i em va dir que a les quatre de la matinada sortia un xàrter amb places lliures. No ens ho vam pensar dues vegades. Vaig acompanyar el Tomàs a l'aeroport i va pujar a l'avió...

—¿Cap a on? —va preguntar el Roc.

—Cap a Zanzíbar.

—Zanzíbar!!! —vaig exclamar, sorprès i indignat a la vegada—. ¿I per què precisament Zanzíbar?!

—Era el primer xàrter que hi havia amb places lliures —va contestar el Morera sense adonar-se de la magnitud del problema. ¿Per què havia hagut de volar precisament a l'illa dels meus somnis? ¿Per què? ¿Què hi pintava un advocat avorrit i torrafaves en un paradís de palmeres, platges de sorra blanca i aigües transparents?

—Però la policia no té cap constància que el Tomàs hagi sortit del país —va objectar el Roc.

—El meu amic em va facilitar molt les coses. Gràcies a ell, el Tomàs va poder pujar a l'avió amb el nom canviat i sense passar per la policia. No hi va haver cap problema.

Vaig recordar el prospecte de Zanzíbar que havia trobat a la tauleta de nit del Tomàs. Des del primer moment ho havia trobat estrany i ara, per desgràcia, es confirmava que aquell dropo havia envaït el meu paradís.

—Segons tu, tot va ser completament improvisat, decidit sobre la marxa, però el Tomàs tenia un prospecte de Zanzíbar a casa seva —li vaig dir al Morera.

—El Tomàs em va explicar un dia que, quan tot acabés, pensava donar una sorpresa a la dona i portar-la de viatge a algun país exòtic —va admetre l'advocat—. Va ser llavors quan li vaig dir que tenia aquest amic de l'agència de viatges i li vaig passar un prospecte de Zanzíbar. El Tomàs s'hi va mostrar interessat, sobretot quan va saber que podia tenir un bon descompte.

Allò ja era massa. La Clàudia, a Zanzíbar! Només d'imaginar-me aquella foca banyant-se a les platges de l'illa, el somni començava a trontollar. Les palmeres deixaven de semblar-me paradisíaques, l'aigua la veia ara bruta i vulgar i els edificis de Stone Town eren iguals que els de qualsevol bloc de qualsevol suburbi.

—Hi ha una cosa que no m'encaixa —vaig reprendre el fil—. ¿Per què el Tomàs no en va dir res a la Clàudia?

—Vam quedar que jo li trucaria i l'hi explicaria tot —va dir el Morera.

—Però no ho vas fer —vaig punxar-lo.

El Morera va sacsejar el cap, amb els llavis premuts, i va fer unes quantes pipades, molt curtes i molt seguides. Era evident que l'havíem enxampat en falta.

—La veritat és que no li vaig trucar... —va acceptar amb cara de culpable—. Va ser un error i me'n penedeixo. Però és que els primers dies eren molt agitats, molt tensos. Vaig pensar que, si li deia a la dona on era el Tomàs, podria ficar la pota. Si no en sabia res, en canvi, la seva reacció seria més autèntica...

—I tan autèntica, fill de puta! —vaig somriure—. ¿Saps que per culpa teva s'estan acabant les existències de bombons a Barcelona?! ¿Saps que ha envaït el meu pis de la plaça Reial?!

El Morera em va mirar amb cara de no comprendre res, com si temés que em faltés un bull.

—El que no em lliga —va apuntar el Roc, que no es deixava portar per la passió— és que el Tomàs ni tan sols truqués a la Clàudia. Ho va fer amb la seva secretària, sí, però fa només uns dies...

—D'una banda, el Tomàs es pensava que jo havia trucat a la Clàudia i que, per tant, tot estava sota control —va explicar el Morera enmig d'un núvol de fum de cigarret—. De l'altra, no és gens fàcil trucar des de Zanzíbar. Jo he parlat amb el Tomàs un parell de vegades, però se sent fatal i la comunicació es talla de seguida.

—Pensa que la Clàudia, a més, no és a casa seva, Roc —vaig afegir jo—. El Tomàs no pot saber que ella és al meu pis de la plaça Reial. Per això devia trucar a la Mercè.

—¿Vas ser tu qui va buidar el despatx i els ordinadors del Tomàs? —va preguntar el Roc, que mirava de reconstruir totes les peces del trencaclosques.

—Vaig pagar a algú perquè ho fes —va admetre el Morera—. No em podia arriscar que, tot i la desaparició del Tomàs, aparegués algun document comprometedor.

—¿I el Saura? —vaig preguntar jo—. ¿Per què va morir el Saura?

—¿Qui és el Saura? —va preguntar el Morera, sorprès.

—No et facis l'orni —vaig insistir—. Saps molt bé que és l'amic del Tomàs, el seu veí de despatx. Va morir fa uns dies en un accident de cotxe.

El Morera va sacsejar el cap a banda i banda i va dir que no en sabia res. Però, ¿qui ens assegurava que aquell home estava dient la veritat? ¿No s'estaria cobrint per quedar net de culpa? Per desgràcia, no hi havia cap testimoni del que li havia passat al Saura. Potser sí que havia estat un accident, o potser no...

Vaig callar una estona, mirant de pair tota la informació que ens havia donat el Morera. El que més em sublevava era que el Tomàs, precisament el sòmines del Tomàs, l'avorrit del Tomàs, el torracollons del Tomàs, estigués tranquil·lament a Zanzíbar mentre tothom anava de cul buscant-lo. Tan gran com era el món i no se li havia acudit res més que anar a petar a Zanzíbar, que tacar amb la ignomínia més penosa el meu paradís somiat.

—¿Quan tornarà el Tomàs? —va preguntar el Roc, que era qui mantenia el cap fred.

—Aquest és el problema... —el Morera va apagar el cigarret i es va fregar la barbeta—. De fet, podria tornar ara mateix. L'skin detingut ha estat alliberat i sembla que ja hem recuperat la calma. És un bon moment perquè torni.

—¿I les acusacions d'estafa? —vaig preguntar—. ¿Què passa amb tot aquest rotllo?

—Faré que es retiri la denúncia —va confessar el Morera després d'un llarg silenci.

—No em diguis que això també és cosa teva —va dir el Roc sense saber-se'n avenir.

—Vaig perdre el cap, ho confesso —el Morera es va posar a suar com un porc—. Vaig pensar que això desviaria l'atenció del cas i justificaria la desaparició del Tomàs. No em va costar gaire convèncer l'inspector González.

—El mamonàs del González! —vaig saltar—. Mai m'he fiat d'ell! Segur que el vas sucar, ¿oi?

El Morera va callar i va concentrar la mirada en un punt precís del terra. Em feia la impressió que no ens havia dit tot el que sabia. ¿Era creïble que tota la responsabilitat de l'incendi fos només del Charly? ¿Per què no havia trucat a la Clàudia? ¿Per què havia llançat les acusacions d'estafa sobre el Tomàs?

—Tant tu com el Tomàs haureu de respondre per tot el que va passar a la casa okupa —el vaig acusar sense pietat. Dos nois havien mort en aquell incendi i, per molt que el Morera mirés de quedar-ne al marge, era evident que hi tenia alguna responsabilitat. Era ell qui havia contractat el Tomàs per actuar fora de llei, i era el Tomàs qui havia fet entrar l'eixelebrat del Charly en tot aquell merder. Si la cosa hagués sortit bé, s'estarien penjant medalles i repartint-se un grapat de diners. Ara que havien anat mal dades no se'n podien rentar les mans.

—Hi ha una altra cosa que us he de dir —el Morera es va passar la mà pels cabells, conscient que tot es complicava, i va buscar forces per continuar encenent un altre cigarret—. El Tomàs pot tornar quan vulgui, però...

—Però, ¿què?

—Està malalt.

—Ja —vaig recordar la trucada a la Mercè—. Diarrea, ¿no?

—Pitjor que això. L'últim que sé d'ell és que es troba en un hospital de Zanzíbar. Se li han acabat els diners i, tot i que el puc colar de tornada en un xàrter, no pot viatjar sol. Necessita que algú l'acompanyi. Està molt dèbil...

Collonut! El molt desgraciat havia deixat tirat el seu amic i no semblava tenir cap pressa per fer-lo tornar.

—¿I què penses fer? —va preguntar el Roc, sarcàstic—. ¿Deixar que es podreixi?

—Ja l'hauria d'haver anat a buscar, però la feina se m'ha complicat i...

El Morera es va mossegar el llavi inferior i va sacsejar el cap.

—...i has decidit deixar-lo tirat en un cul de món —va acabar la frase el Roc—. Ets un fill de puta, Morera! Segur que has pensat que, si el Tomàs es mor, millor que millor. Fora problemes! Amb amics com tu, ¿qui necessita enemics?

—No és això, però... —el Morera va intentar defensar-se, però va acabar enfonsant la cara entre les mans, qui sap si avergonyit o potser només emprenyat de veure com s'enfonsava tot el seu muntatge.

De sobte, el Roc es va posar a caminar amunt i avall de la sala, com si estigués prenent mides per emmoquetar-la.

—¿El teu amic de l'agència de viatges encara et deu favors? —li va preguntar al Morera.

—Sí, ¿per què?

—¿Quan surt el pròxim vol a Zanzíbar?

Tot i que era tard, el Morera va fer una trucada, va estar parlant una estona i, tapant l'auricular amb la mà, ens va dir que el vol de Zanzíbar sortia cada dijous, a les quatre de la matinada.

—Avui ja és dijous, ¿no, Max? —em va preguntar el Roc.

Li vaig dir que sí. Era la una de la matinada. Faltaven només tres hores perquè l'avió s'enlairés.

—Digues al teu amic que necessitem una plaça en aquest vol —va ordenar al Morera en un to que recordava el de Bogart a l'escena final de *Casablanca*. I després, conscient del seu moment estel·lar, girant-se cap a mi, va afegir—: Max, ¿estàs disposat a volar cap a Zanzíbar?

—Ara mateix i amb els ulls tancats! —vaig acceptar, entusiasmat.

La veritat és que sempre havia pensat que si algun dia arribava a anar a l'illa seria en una barca de vela llatina, farcida de passatgers i de càrrega, que salparia de nit del port de Dar Es Salaam, la capital de Tanzània. Navegaria a la llum de la lluna, amb la constel·lació de la Creu del Sud marcant el camí i amb una excitant música oriental que no pararia de sonar. De matinada, veuria com el sol començava a definir els perfils de l'illa i com sorgien del no-res les platges amb palmeres, els palaus i l'esplendor de Stone Town. Ho havia somiat tantes vegades, havia imaginat tantes jugades rocambolesques que algun dia em portarien a l'illa... Però mai dels mais havia pensat que finalment hauria d'anar-hi per rescatar el plasta del meu cunyat.

El Morera es va encarregar d'arreglar-ho tot. Suposo que se sentia culpable d'haver abandonat el Tomàs i buscava reivindicar-se. Va parlar amb el seu amic de l'agència de viatges i em va assegurar que no hi hauria cap problema; fins i tot em va donar uns quants centenars de dòlars per si sorgien despeses no previstes. A quarts de tres hauria de ser a l'aeroport de Barcelona i la resta ja era cosa meva. Hauria d'anar a buscar el Tomàs a l'hospital i tornar-lo sa i estalvi cap a casa.

—El Tomàs i tu haureu de tornar al cap de dotze hores a Barcelona —em va explicar el Morera—. Arribaràs a Zanzíbar a les sis de la tarda, hora d'allà, i a les sis de la matinada haureu de sortir un altre cop cap aquí.

Estaria només dotze hores a Zanzíbar. Massa poc per a un paradís que havia somiat durant tants anys, però no podia triar. Era o allò o res. No ho vaig dubtar ni un segon. El Roc em va acompanyar a casa a recollir el passaport i després em va dur a l'aeroport. Pel camí, vam estar repassant el que suposaven les revelacions del Morera.

—¿Creus que ens ha dit la veritat? —li vaig preguntar.

—Gairebé tota, però em temo que s'ha deixat algunes coses que el podrien comprometre més del compte.

—¿Per exemple?

—La responsabilitat de l'incendi. Ha estat molt hàbil carregant-la tota al Charly, però no m'estranyaria que ell i el Tomàs hi tinguessin alguna cosa a veure.

—¿I el Saura? —vaig preguntar—. ¿Creus que el va matar ell?

—Qui ho sap... Potser és cert que no el coneixia...

Vaig recordar el Saura, nerviós, fumant un cigarret amb avarícia i mirant a banda i banda per veure si el seguia algú. Estava amoïnat per la desaparició del seu amic i no sabia què fer. Podia haver estat un accident, però...

Hi havia un últim detall que m'intrigava: ¿D'on havia tret el Roc la insígnia de policia que li havia ensenyat al Morera?

—D'un Tot a Cent de Sants —va dir sense aguantar-se el riure—. És de joguina i l'havia comprat per al meu nebot, però el Morera s'ho ha empassat, ¿oi? Tanta planificació, tants estudis i tantes lleis que deu saber, i al final no sap ni detectar un bunyol com aquest.

Vam esclatar tots dos en una rialla i vam celebrar que al final tot s'havia aclarit. Faltava que tornés el Tomàs, però allò era només qüestió de temps.

Abans de dir-me adéu, el Roc em va prometre que trucaria a l'Alba per posar-la al corrent del meu viatge inesperat —«ho faré de debò», em va dir amb un somriure, «no com el desgraciat del Morera»— i que aniria a veure l'inspector Dalmau per explicar-li la confessió de Narcís Morera.

—Si amb això no troba els elements suficients per començar a actuar, val més que es dediqui als escacs —va comentar sacsejant el cap; després em va abraçar amb força i, somrient, em va dir—: Ets un cabronàs, Max! Al final et surts amb la teva! Te'n vas a Zanzíbar!

28

VAIG ARRIBAR A ZANZÍBAR A MITJA TARDA, A UNA HORA en què les ombres de les palmeres ja començaven a allargar-se i en què les veles dels *dhows* eren com taques esgrogueïdes que invitaven a l'aventura enmig d'un mar atabalat. Des de l'avió, les costes de l'illa apareixien com un miratge de sorra daurada protegit per boscos de palmeres i voltat d'una aigua plena de clarobscurs marcats pels relleus de la barrera de corall i pel caprici dels bancs de sorra. De tant en tant, una illa petita, com de joguina, sobreeixia tot just per mostrar quatre palmeres, un parell de roques i un arc perfecte de sorra blanca. Era el primer cop que les veia, però les vaig reconèixer de seguida: les havia dibuixat tantes vegades...

Em va agradar comprovar que Zanzíbar era tal com l'havia somiat, un paradís que ara se'm revelava com una realitat a l'abast, a tocar dels dits; una illa plena de verd, amb conreus d'espècies, palaus orientals, platges de somni i un misteriós esclat arquitectònic que tenia el nom mític de Stone Town, Ciutat de Pedra. Quan l'avió va aterrar al minúscul aeroport de l'illa —un camp obert entre boscos de palmeres— em va fer la impressió que trigaven una eternitat a obrir les portes. ¿Què estava esperant? ¿Per què ens torturaven d'aquella manera? Em sentia com si tingués la mel als llavis i no la pogués tastar... Al meu voltant, un grup heterogeni format per parelles de joves en pla escapada exòtica, matrimonis avorrits de mitjana edat i avis ansiosos de veure nous paisatges no semblaven ser conscients del que ens esperava. Parlaven de coses banals, com del canvi de moneda, del perill de la malària, dels millors repel·lents antimosquits, de les precaucions per evitar la diarrea... Vaig desconnectar: no m'interessava la lletra petita. Era com si els estiguessin anunciant que anirien al cel i, en comptes de celebrar-ho amb eufòria, es dediquessin a preguntar a quina hora servien l'esmorzar i altres parides per l'estil.

Quan per fi es va obrir la porta de l'avió, em va venir una alenada d'aire calent, tropical, humit, i una intensa olor de clau. Vaig caminar com un *zombie* fins a la terminal de l'aeroport, un edifici d'una sola planta, sense vidres a les finestres, moblat tan sols amb una taula que ballava on un funcionari cerimoniós i uniformat, conscient de la seva importància, es dedicava a estampar segells i a fer omplir formularis redactats en swahili. Li vaig mostrar el passaport i em vaig fer l'orni quan em va demanar el certificat de vacunacions. Després d'uns instants de dubtes, em va deixar sortir per l'altre costat de la terminal. Suava tant que la camisa se m'enganxava al cos, però m'envaïa per damunt de tot una sensació indescriptible de felicitat. Estava cansat per les moltes hores de vol que havia hagut de fer en un seient estret, enllaunat com una sardina, però satisfet de poder trepitjar per fi Zanzíbar.

Al pàrquing de l'aeroport hi havia tan sols un autocar i un taxi. Mig desballestats, a punt per a l'última carrera, s'esperaven a l'ombra d'un arbre esponerós, fugint d'un sol que gairebé feia bullir l'asfalt. Mentre els meus companys de xàrter pujaven a l'autocar que els havia de dur a algun gueto asèptic per a turistes blancs, vaig despertar el taxista, que pesava figues al seient del conductor, i li vaig preguntar quant em cobraria per portar-me a Stone Town.

—Vint dòlars —va somriure, mostrant-me unes dents brutes i tortes.

—Cinc —vaig contraofertar, mostrant-li els cinc dits de la mà.

—Vint és un bon preu, senyor —va tornar a somriure.

Em feia la impressió que cinc dòlars era el preu just, però m'adonava també que no anava sobrat de temps: el sol anava baixant i, abans d'anar a trobar el Tomàs a l'hospital, no em volia perdre l'espectacle del crepuscle des de la terrassa de l'Africa House. Li vaig oferir deu dòlars al taxista i, després de rondinar una estona, va acabar acceptant-ho.

—¿Ve d'Europa, senyor? —em va preguntar amb el cotxe ja en marxa, observant-me amb curiositat pel retrovisor.

—Sí —vaig contestar, cansat. Europa, en aquells moments, em quedava molt lluny, com un pes mort del qual preferia desfer-me.

—Jo estic estalviant per anar a Londres —em va explicar sense deixar de somriure—. Hi tinc un cosí que treballa en un restaurant i diu que allà també hi ha feina per mi. Guanyaria molts diners i...

—¿On estaràs millor que aquí? —el vaig tallar.

L'home va riure i va sacsejar el cap, com si hagués deixat anar una collonada.

El seient del taxi estava espellifat i apedaçat, les finestres no es podien tancar i el parabrises estava esquerdat en diversos punts, formant una mena de teranyina de vidre que dificultava enormement la visió. Per la ràdio sonava una música monòtona, repetitiva, de clara cadència àrab, i a través de les finestres es veia el típic paisatge dels països africans: arbres immensos amb unes increïbles flors vermelles, fileres de palmeres, cases mig en ruïna, tones de pols, ramats de cabres, bicicletes i motos que circulaven fent esses, carretons carregats fins a l'exageració, taxis col·lectius plens a vessar, cotxes escapats directament del desballestament i gent que caminava amb uns paquets enormes a l'esquena. El que més m'atreia era el color dels vestits —vermells, blaus, grocs, verds, com un esclat festiu— i aquella olor d'Àfrica que no ens abandonava: d'espècies, de fruita podrida, de petroli, de zotal, de carbó mal cremat...

—¿Ve per turisme, senyor? —em va preguntar el taxista.

—No exactament.

—¿Negocis?

—Més o menys —vaig somriure, enigmàtic.

—¿I com és que no porta maleta?

—Tot el que necessito per viatjar és dintre meu —li vaig dir portant-me un dit al front.

Mentre l'home em mirava com si jo no hi fos tot, vaig pensar que venia a l'illa, de fet, per un doble motiu: un d'espiritual, per fer les paus amb un somni que m'empaitava des de feia anys; i un altre de més prosaic, per recuperar el meu pis de la plaça Reial i per treure'm de sobre la bleda de la Clàudia.

—¿Vol que el porti a les platges de l'Est? —em va proposar el taxista—. Li faré un bon preu.

Vaig sacsejar el cap. M'hauria agradat, però no tenia temps. El meu era un viatge contra rellotge. Tenia només dotze hores per estar a Zanzíbar.

—¿Segur que no vol que el porti a Bwejuu, senyor? —va insistir el taxista—. És una platja preciosa...

—No, gràcies —vaig declinar la proposta mentre em venien a la memòria les fotos que havia vist de la costa Est. M'hauria encantat instal·lar-me en una cabana vora el mar i passar unes quantes setmanes disfrutant d'aquelles aigües de color blau màgic, però sabia que no disposava de prou temps.

—¿I a Nungwi, al nord? —va continuar l'home, disposat a caçar al vol tots els dòlars que pogués—. El portaré al mercat del peix de Mkokotoni i a llocs secrets on no van els turistes... Li faré un bon preu.

Vaig tornar a dir que no a pesar meu, mentre el taxista m'estudiava preguntant-se quina mena de turista era jo. No duia bossa, anava amb les mans a la butxaca i no tenia ganes de veure res. Devia considerar-me un cas perdut.

Vaig baixar del taxi davant de l'Africa House, l'antic centre de la comunitat anglesa de Zanzíbar. Era una mena de caserna colonial de murs gruixuts i blancs que semblava escapada de *Beau Geste*. Els seus interiors, foscos i humits, em remetien a totes les lectures de països exòtics que havia fet de petit. Vaig travessar el corredor amb una emoció continguda, vaig pujar les amples escales que temps enrere havien utilitzat els oficials britànics i, a través d'un arc oriental, vaig sortir a la terrassa. Era just com havia llegit i com m'havia imaginat: una balconada immensa, situada enfront d'una petita platja flanquejada d'aquests arbres enormes, desproporcionats, que només es veuen als països tropicals. En un extrem hi havia una barra tronada i al davant, com escampades a l'atzar, una trentena de cadires i taules baixes de diferents models i èpoques, en diversos graus de degradació.

La terrassa era plena de gent jove, la majoria occidentals, que parlaven en diferents llengües, bevien cervesa, vestien informalment i fumaven porros sense parar. Vaig seure en una de les poques cadires que quedaven lliures i em vaig dedicar a contemplar la vista, l'autèntica joia de la corona de l'Africa House. El sol era ja molt baix, a punt de pondre's enmig d'un naufragi de llum daurada. Un parell d'illes petites, allargades i planes, molt a prop de la costa i no més grans que un petrolier, plenes de palmeres que ressaltaven a contrallum, ajudaven a dibuixar un escenari de *Les mil i una nits* al qual posava el toc definitiu l'alta vela d'un *dhow* que navegava a poc a poc i en silenci.

—¿Què vol prendre? —em va preguntar el cambrer, un negre desmenjat amb un somriure encomanadís.

—Una cervesa.

—¿Li va bé una Kilimanjaro?

—Em sembla perfecte.

Vaig pensar en *Les neus del Kilimanjaro*. Seria meravellós beure'm una cervesa marca Kilimanjaro a la salut de Hemingway, seria fantàstic retrobar-me amb el món de les lectures de la meva joventut.

Quan el cambrer em va dur la cervesa, li vaig preguntar on podia trobar haix. L'home va accentuar el somriure i, obrint la mà que fins llavors havia mantingut tancada, em va ensenyar una pedra de haixix ennegrida.

—És molt bona. Ve del nord, de Nungwi —em va informar—. Allò és com Jamaica. Està ple de rastes, festes a la platja i bon haix.

Tal com ho explicava, em venien ganes d'oblidar-me del Tomàs i de sortir disparat cap a Nungwi, però sabia que no ho podia fer. Nungwi hauria d'esperar, com tantes altres coses a Zanzíbar. Vaig negociar un bon preu amb el cambrer i em vaig apressar a fer un porro ben carregat abans que el sol no es pongués. Un cop encès, em vaig sentir transportat a un paradís de mil estrelles, homologat per les guies més exigents. El sol es trobava ara a tocar de la línia de l'horitzó i semblava deixatar-se en mil matisos de color groc, carbassa i vermell damunt d'un mar cada cop més fosc. Vaig disfrutar cada pipada d'aquell porro mentre m'omplia els ulls de meravelles i ensumava al meu voltant l'olor embriagadora d'Àfrica barrejada ara amb la del haix.

Vaig estar tirat a la terrassa una llarga estona, veient com la nit s'anava emparant de la ciutat i del mar, sentint com les converses s'apagaven i com el cel s'anava omplint d'una infinitat d'estrelles desconegudes. Vaig apuntar algunes idees per a una possible novel·la, vaig dibuixar alguns esbossos, més de sensacions que de paisatges, i vaig buscar la Creu del Sud sense trobar-la. Només quan el cambrer somrient em va preguntar si volia una altra Kilimanjaro vaig recordar que era a Zanzíbar per fer una feina. Li vaig preguntar on podia trobar un taxi.

—En trobarà als jardins Jamituri —em va informar amb el seu somriure despreocupat—. No es pot perdre. Vagi seguint la línia de la costa i hi arribarà.

Em vaig desviar pels carrers estrets i sinuosos de Stone Town, vaig badar davant de palaus decadents i de portes de fusta tallada fins a la perfecció, vaig esquivar venedors insistents que em volien vendre tota mena de *souvenirs* i vaig seguir els grans murs del vell fort portuguès fins a desembocar als jardins Jamituri. Tant en les cases com en les cares de la gent es podia veure a Zanzíbar una barreja que resumia la seva atabalada història: swahilis, omanís, indis, anglesos, portuguesos... Tots havien deixat la seva petja en aquella illa que havia servit d'escenari als navegants de la ruta de les espècies, als mercaders àrabs que anaven a caçar esclaus al continent i als exploradors que al segle XIX volien descobrir els secrets del cor d'Àfrica. Les expedicions de Burton, Speke, Stanley i Livingstone havien salpat des d'allà a la recerca dels grans llacs i de les fonts del Nil. Zanzíbar era aquell aire càlid, aquella olor enganxifosa, aquella història plena de sotragades, aquella arquitectura barreja de tots els estils i aquell festival de races i de colors. Zanzíbar era un resum de tots els paradisos, amb uns tocs de decadència que feien pensar en la urgència de disfrutar-lo abans no s'extingís.

La visió dels jardins Jamituri, arrecerats entre el mar i el palau del sultà, amb una glorieta colonial al mig, uns quants arbres de copes gegantines i nombroses paradetes il·luminades amb llum de gas que oferien menjar i begudes a bon preu, em va semblar el súmmum de la felicitat. Em vaig comprar unes quantes *samosas* que em van portar a la memòria els anys passats a l'Índia i em vaig beure una altra Kilimanjaro. Després, plàcidament assegut a la vora del mar, em vaig fumar un altre porro i em vaig deixar enlluernar per la visió dels jardins, per l'anar i venir de la gent, per l'olor del menjar i de les espècies...

Quan algú em va dir que ja eren les deu de la nit vaig comprendre que no em podia entretenir més. Vaig pujar a un taxi atrotinat i li vaig demanar al taxista que em portés a l'hospital. Ni vaig voler discutir el preu; estava tan bé a Zanzíbar que no em veia amb cor de regatejar. A més, pagava el Morera.

L'hospital estava situat als afores, no gaire lluny de la casa que havia servit de centre per preparar les expedicions del doctor Livingstone. A primer cop d'ull no presentava massa garanties. El terra i les parets estaven plens de brutícia i hi havia gent dormint per tots els racons. Vaig notar que alguns malalts m'observaven amb els ulls entreoberts, com si la presència d'un occidental en aquell lloc fos del tot inusual. Després de molt preguntar, i quan ja em començava a enneurar pensant que mai trobaria el Tomàs, vaig topar amb un doctor que parlava anglès i que sabia on era el meu cunyat.

—Ja fa cinc dies que és aquí —em va comentar mentre m'acompanyava cap al seu llit.

—¿Què és el que té?

—Malària —va somriure, com si aquella fos la malaltia més òbvia—. Febre, diarrea, vòmits... Pel que es veu, no s'ha adaptat gens bé al nostre clima.

—¿És greu?

—No, però està molt dèbil.

—¿Pot viatjar? —vaig preguntar, pensant en el vol de tornada.

—Serà el millor remei per a ell. Des que ha arribat aquí que només pensa a tornar al seu país.

Vam entrar a una sala on hi havia una vintena de llits. Se sentia una remor de gemecs i de roncs i una pudor intensa d'antisèptics barrejada amb l'olor característica del país. El doctor em va indicar quin era el llit del Tomàs i m'hi vaig acostar amb una certa aprensió. ¿I si no fos ell? ¿I si tot hagués estat un error? Però no, era ell, encara que costava reconeixe'l. Duia barba de quatre o cinc dies, estava pàl·lid i demacrat, tenia la cara i els braços plens de picades de mosquits i respirava amb dificultat. Dormia. Li vaig agafar una mà i vaig notar que cremava.

—Té molta febre —li vaig comentar al doctor, alarmat.

—La febre puja i baixa. L'estem tractant amb doxiciclina, però...

En aquest moment, el Tomàs es va despertar. Primer em va mirar com si no sabés qui era i, quan per fi es va convèncer que no era una visió, es va incorporar i, plorant, em va abraçar i va repetir el meu nom unes quantes vegades.

—Max, Max, Max... —deia, com si fos incapaç de pronunciar cap altra paraula.

—He vingut a treure't d'aquí, Tomàs —li vaig dir—. Ànim, que aviat et portaré a casa.

Em va abraçar amb més força i va deixar anar unes quantes llàgrimes. Era tot un contrast amb el tracte fred amb què ens relacionàvem a Barcelona. Ben pensat, era la primera vegada que no em donava la pallissa sobre el preu del diner i sobre la conveniència de fer-me un pla de pensions.

—¿On és la seva roba? —li vaig preguntar al metge.

Em va indicar una cadira on hi havia uns pantalons doblegats i una camisa blanca. Ho vaig arreplegar tot i ho vaig dur al Tomàs.

—¿La Clàudia està bé? —em va preguntar mentre es vestia amb mans tremoloses.

—De puta mare —li vaig dir, sense poder-me treure del cap la visió del meu pis envaït de la plaça Reial. La Clàudia estava bé, en efecte, per molt que es fes la víctima i la deprimida.

—¿I els nens?

—També estan bé. Et troben a faltar.

Vaig donar-li uns quants dòlars al doctor i li vaig agrair el que havien fet pel Tomàs. Després, me'l vaig carregar a collibè i el vaig portar cap a la sortida. Panteixava quan el vaig ajudar a pujar al taxi. Era mitjanit, cosa que volia dir que quedaven encara sis hores per a la sortida del nostre vol.

—A l'Spice Inn —vaig ordenar al taxista.

Havia llegit molt sobre l'Spice Inn. Sabia que era l'hotel més vell de Zanzíbar, una fonda tronada del segle XIX que ocupava un palauet de Stone Town, en una placeta que s'obria enmig del laberint de carrerons. El podria disfrutar només durant unes hores, però no me'l volia perdre per res del món.

El taxista ens va deixar a un centenar de metres de l'Spice Inn, ja que els carrers eren massa estrets per poder-hi passar amb cotxe. Vaig deixar que el Tomàs es repengés contra la meva espatlla i vam caminar tots dos cap a l'hotel. Stone Town estava desert i les botigues, tancades i barrades. Podíem sentir els ecos de les nostres pròpies passes i la barreja d'olors que arribava del mercat tancat. Un pobre dormia ajagut en un portal i un vell amb gel·laba va passar sense ni tan sols mirar-nos.

Quan vam arribar a la plaça de l'hotel em vaig adonar que no m'havia equivocat triant-lo. Era una casa de quatre plantes, amb trets inequívocament orientals, balconades de fusta i gelosies a les finestres. El recepcionista dormia; duia una camisa bruta i rebregada, amb les puntes del coll mirant cap amunt, i al seu darrere, penjat de la paret, hi havia un calendari de l'any passat. No es va sorprendre quan el vam despertar.

—Volem una habitació —li vaig dir.

—¿Cara o barata? —va contestar sense immutar-se.

—Que sigui la més maca.

—La suite costa vint dòlars.

Vaig deixar el Tomàs ajagut a un sofà i vaig pujar a donar una ullada a la suite. Era una habitació de més de cinquanta metres quadrats, amb finestres d'arcs orientals, un llit de matrimoni amb mosquitera, un llit petit i un ventilador penjat del sostre que remenava l'aire amb mandra. L'ambient, com a tot l'hotel, era d'una decadència absoluta, amb el terra de fusta recobert amb un linòleum ple de taques, un sofà espellifat, les parets brutes i la mosquitera foradada. Quan vaig sortir al balcó, però, vaig saber que era allà on havíem de passar la nit. El terra, la barana i les gelosies de fusta, i sobretot la visió de les teulades desendreçades de Stone Town, em van convèncer que aquell era el lloc. Li vaig dir al recepcionista que ens quedàvem la suite, vaig pagar per avançat i li vaig demanar que ens despertés a les quatre.

Vaig abaixar la mosquitera un cop el Tomàs es va ficar al llit. Després vaig sortir al balcó a fumar-me un porro i a contemplar el miracle de Stone Town, aquell caos multiforme ple de detalls sublims i amenaçat per una decadència imparable. Va ser just llavors que vaig sentir que m'embolicava una emoció molt intensa, com si estigués vivint dins d'un somni que es desfaria d'un moment a l'altre com una bombolla de sabó. Era a Zanzíbar, era a la Ciutat de Pedra, era a l'Spice Inn... No tindria temps d'anar a les platges, però tampoc m'importava gaire en aquells moments. Tornaria a Zanzíbar sense presses, aniria a les platges de l'Est i del Nord i em quedaria a viure uns mesos a Nungwi...

Estava tan excitat de saber-me al paradís que no tenia ni son. Estava cansat, sí, però ja dormiria a la tornada. Vaig estar revisant tot el que havia passat des de la desaparició del Tomàs, les caramboles que havien desembocat amb el meu inesperat viatge a Zanzíbar, i vaig concloure que la vida era ben complicada i estranya. ¿Què passaria a partir d'ara amb el Tomàs? ¿I amb el Charly? ¿I amb el Morera? També vaig pensar en la Laia. L'últim cop que ens havíem vist m'havia dit que em trucaria per sortir l'endemà, però jo havia volat cap a Zanzíbar...

Quan vaig veure clar que ja no m'adormiria, vaig sortir a passejar per Stone Town. Tot sol, meravellant-me amb els palaus mig amagats, amb les portes de fusta tallada, amb les finestres d'artesania, amb la llum de la lluna, amb els arbres que sorgien en el racó més inesperat, amb els colors, amb les olors... Vaig seure a la platja, molt a prop de les ones i, amb la marea baixa, em vaig dedicar a contemplar el deixant de llum de lluna que marcava un camí damunt de l'aigua. Era com el millor dels somnis; no hi faltava res i no hi sobrava res.

Vaig tornar a l'Spice Inn poc abans de les quatre de la matinada, l'hora en què ens havíem de despertar. El recepcionista continuava dormint, amb el cap repenjant contra el taulell i amb els braços fent un niu. Ni em va sentir entrar. Quan vaig obrir la porta de la suite, vaig sentir la respiració pesada del Tomàs. El molt desgraciat havia tingut la sort d'estar-se unes quantes setmanes al paradís i l'únic que se li havia acudit era enxampar totes les malalties possibles. Com si fos al·lèrgic a les meravelles. El paradís, per a ell, devia ser un univers asèptic ple de figuretes de Lladró i d'ofertes de supermercat...

De sobte, un crit potent va esquinçar el silenci de la nit. Era la veu del muetzí d'una mesquita pròxima que invitava tothom a resar. Era una pregària monòtona, però màgica, encantadora, com un vel que queia a poc a poc sobre les teulades de Stone Town, una capa invisible que cobria els carrerons i les places d'un misteri i d'un exotisme infinitament fràgil. Vaig despertar el Tomàs i li vaig dir que ens en havíem d'anar, que l'avió sortiria al cap de poc.

Quan vam baixar del taxi, a l'aeroport, vaig descobrir una lluïssor molt especial en els ulls del Tomàs: la il·lusió del retorn a casa.

—Gràcies, Max —em va dir amb els ulls plorosos.

Si s'hagués pres la molèstia de mirar els meus ulls, els hauria trobat enrogits per la son acumulada i coberts d'un tel de tristesa. Havia tingut la sort de veure finalment el paradís, però tenia la desgràcia d'haver-ne de marxar.

29

La Clàudia, l'inspector Dalmau i una ambulància esperaven el Tomàs quan vam arribar a l'aeroport de Barcelona. També hi eren l'Alba, el Roc i la Mercè, però aquests es van conformar a fer de comparses. Des del primer moment, la Clàudia va assumir el paper de protagonista absoluta. Va plorar, va gemegar, va sospirar, va tremolar, va xisclar... Tan bon punt va veure sortir el seu estimat Tomàs, se li va penjar al coll com si fos una pageseta enamorada de Lladró i es va dedicar a bavejar-lo i a omplir-li la camisa de llàgrimes. L'abraçava tan fort que vaig pensar que l'ofegaria. O que el Tomàs optaria per tocar el dos en el primer vol per tal de fugir d'aquella paparra humana. Però, no. El Tomàs també es va posar a plorar com una Magdalena mentre li repetia a la Clàudia que l'estimava i que l'havia enyorat molt i molt.

L'Alba, per la seva banda, em va abraçar amb un amor contingut i, després de donar-me les gràcies pel que havia fet, em va venir a dir amb un somriure que, ara que per fi havia estat a Zanzíbar, ja no podria donar-li la pallissa sobre les meves ganes de viatjar a l'illa.

—T'equivoques —li vaig dir—. Ara que sé que Zanzíbar és tal com me l'imaginava, no pararé fins a tornar-hi.

Quan per fi vam aconseguir desenganxar la Clàudia del Tomàs —per estrany que pugui semblar ho vam fer solets l'Alba i jo, sense haver de recórrer als bombers ni als fòrceps—, la Mercè es va acostar amb el seu característic posat de bleda i, amb els ulls plorosos i un gest tímid, va donar la benvinguda al seu cap, es va congratular de tornar-lo a veure i li va donar dues coses: una llista detallada de totes les trucades rebudes al despatx en la seva absència i una capseta de Fortasec.

—És per la diarrea... —va murmurar posant-se vermella.

Després que el Tomàs li donés les gràcies efusivament, un parell d'infermers el van fer entrar a l'ambulància i el van dur cap a l'hospital per sotmetre'l a una revisió a fons. La Clàudia, la Mercè i l'Alba van anar amb ell; per cuidar-lo, per fer-li companyia.

Quan l'ambulància va desaparèixer, l'inspector Dalmau, el Roc i jo ens vam mirar com si ens descobríssim per primera vegada.

—Fas mala cara, Max —em va comentar l'inspector mentre omplia la pipa de tabac.

—Fa més de quaranta-vuit hores que no dormo —vaig dir. De sobte, em sentia infinitament cansat, com si m'haguessin clavat una pallissa.

—Doncs potser que anem a fer un cafè.

Vam anar al bar de l'aeroport i em vaig prendre un parell de cafès carregats que em van donar forces per escoltar les explicacions de l'inspector i del Roc. Seguint el fil de les confessions del Morera, el Dalmau havia trobat elements suficients per convèncer els seus superiors que convenia apartar amb urgència l'inspector González del cas. A partir del moment que ell se n'havia fet càrrec, els fets s'havien succeït molt de pressa.

—El Charly ja és a la presó, juntament amb tres companys seus —em va explicar—. Ho han confessat tot i els cauran una pila d'anys.

—Els fills de puta pagaran per tot el que van fer —va aplaudir el Roc.

Vaig recordar per un moment l'expressió fatxenda del Charly, els aires prepotents amb què es movia pel seu reducte de Sant Cosme. Aniria a la presó, sí, però allò no ressuscitaria els dos okupes morts, ni tornaria l'alegria als ulls de la Bea ni desfaria tot el mal que havia fet. Mentre complís la condemna, a més, s'enfonsaria encara més en el pou de misèria material i espiritual que l'havia marcat des del seu naixement. La societat, segons com es mirés, era una merda tan gran que em venien ganes de fugir a Zanzíbar per sempre. Però ara sabia que també allà existia la misèria, que més enllà de les platges amb palmeres i de l'aigua de color blau turquesa hi havia gent que patia, gent que s'apilonava en hospitals infectes i gent que, com el taxista de les dents brutes, somiava a fugir a Europa algun dia. Els paradisos també eren relatius...

—¿I què li passarà al Tomàs? —vaig preguntar. Que hagués tornat a casa no volia dir que se li haguessin acabat els maldecaps. Al contrari: havia jugat amb foc i hauria de respondre de les accions il·legals que havia engegat.

—Quan es recuperi l'hauré d'interrogar —va dir l'inspector, amb la pipa fumejant a la mà—. Ja ho he fet amb el Morera, però és molt murri... Tot l'equip d'advocats de Masdeu i Associats s'ha posat en marxa i estan intentant que les culpes caiguin només sobre el Charly. Al·leguen que l'skin va actuar pel seu compte, que ningú li va demanar que cremés la casa okupa.

—¿I és veritat? —vaig preguntar. Estava tan cansat que era incapaç de pensar per mi mateix.

—No, és clar que no —va saltar el Roc.

—Qui ho sap... —va respondre l'inspector, més escèptic—. El Charly diu que el van pagar per fer-ho, però... En qualsevol cas, la partida encara no ha acabat per a ells i estan movent bé les seves fitxes. Són els tribunals els que hauran de decidir si són culpables.

—Al final, l'únic que pagarà serà el Charly. Ja ho veuràs... —va rondinar el Roc—. Els rics i els poderosos sempre troben la manera que els desgraciats s'ho carreguin tot.

Vaig pensar que molt probablement tenia raó. El temps ho diria, però de moment l'únic que era a la presó era el Charly. Els que l'havien mogut com si fos un titella se'n sortirien gairebé segur sense càrrecs. Els diners són poderosos, els diners ho netegen tot... Els especuladors i els manipuladors podrien seguir actuant com si res.

—¿I l'inspector González? —vaig preguntar, recordant que era probable que el Morera l'hagués pagat perquè llancés sobre el Tomàs la falsa acusació d'estafa.

—Hi ha una investigació interna en marxa —va dir l'inspector—, però la veritat és que no hi ha proves de res. Els seus superiors tendeixen a creure que va actuar com ho va fer per un error humà...

—Però si el Morera el va sucar —vaig protestar.

—El Morera no ha dit això en la seva declaració oficial —va respondre el Dalmau—. Afirma que quan va acusar d'estafa el Tomàs estava convençut que era cert, però que al final s'ha adonat que era innocent. Fins i tot ha aportat un feix de documentació enrevessada que avala la seva versió. La veritat és que se sap moure la mar de bé per tal de no sortir-ne esquitxat.

—¿I el Saura? —vaig preguntar. Aquella era una de les incògnites que encara quedaven penjades. ¿Què havia passat amb el Saura? ¿En quines circumstàncies havia mort?

—El va matar el Charly —va dir l'inspector, lapidari—. Ell mateix ho ha confessat. El Saura, en contra del que afirmava, estava al corrent d'una bona part de les activitats fosques del Tomàs. No coneixia el Morera, però sí que sabia que el Tomàs estava en contacte amb uns skins del barri de Sant Cosme. Un dia, veient que passava el temps i que el seu amic no donava senyals de vida, va anar a trobar el Charly i li va dir que, si el Tomàs no apareixia de seguida, explicaria a la policia que era ell qui havia cremat la casa okupa. El Charly el va deixar marxar, però el va fer seguir durant tot el dia. No se'n fiava. A la nit, quan el Dalmau es va quedar sol, el va amenaçar amb la navalla i el va obligar a anar cap a Sitges per les costes del Garraf. La resta ja la sabeu: va estimbar el cotxe amb el Dalmau a dintre i li va provocar la mort.

—També va ser ell qui ens va assaltar a Gràcia, ¿oi? —va dir el Roc.

—Ell i els seus. Al Charly no li agradava que fiquéssiu el nas en el seu territori. Va veure com us reuníeu amb el Dalmau en un bar i com tafanejàveu sobre el que li havia passat al Tomàs. Vau estar de sort que es va conformar a donar-vos només un avís...

Em vaig acabar el cafè i li vaig trobar un regust amarg. Tanta mort per no res... Vaig pensar en el pobre Saura, mort perquè havia volgut ajudar el seu amic, i en el Tomàs, que hauria de tornar a aprendre a viure després del seu joc absurd amb la il·legalitat i la mort.

—Hi ha una altra cosa que hauries de saber —va afegir el Roc—. Ahir la policia va desallotjar Kan Gamba.

—Va arribar una ordre judicial —va comentar l'inspector Dalmau en un to neutre—. Els okupes es van defensar amb pedres, barres de ferro, còctels molotov i pots de pintura, però al final han hagut de marxar de Kan Gamba. Hi ha disset detinguts.

—¿I la Laia?

—No en sé res —el Roc va fer un gest d'impotència—. No figura entre els detinguts, però no tinc ni idea d'on pot ser.

El Roc em va passar el seu mòbil i vaig marcar el número de la Laia. Una veu mecànica em va informar que o bé tenia el telèfon desconnectat o estava fora de cobertura. ¿On podia ser?

30

L'ENDEMÀ EM VAIG LLEVAR A LA PLAÇA REIAL AMB LA sensació de començar una nova vida. Havia dormit més de quinze hores seguides, havia somiat en Zanzíbar i em sentia com nou de trinca; per si això no fos prou, tornava a recuperar el meu pis de sempre. Era cert que encara feia pudor del perfum barat de la Clàudia i que quedava algun toc cursi com a testimoni del seu pas, però amb el temps també allò desapareixeria. Adéu malsons de figuretes de Lladró, adéu pastoretes i pallassos ridículs, adéu quadres de cavalls alats, adéu a aquell ordre i a aquella netedat impecable...

Vaig esmorzar al meu ritme —cafè amb llet i magdalenes resseques, com als vells temps—, vaig posar l'*American Beauty* dels Grateful Dead i em vaig fumar un porro al balcó, contemplant la plaça que tant havia trobat a faltar. La font, els arcs, els motxillers, els guiris, els negres, els cambrers de les terrasses, els polis, els pispes, els camells... No hi faltava res; tot era al seu lloc.

Va sonar el telèfon. Era la mare. Només de sentir la seva veu ja em vaig sentir culpable. Havien passat els dies i, capficat en la recerca del Tomàs, no havia complert la meva promesa de passar-la a veure.

—¿Es pot saber on t'amagaves, fill? —em va renyar, empipada—. Fa dies que no sé res de tu i no em véns a veure mai.

He trucat al pis de la Diagonal i l'Alba m'ha dit que tornaves a ser aquí. ¿A què jugues, a cuita a amagar?

—Era a Zanzíbar, mare —li vaig explicar, i una vegada més em va agradar com sonava aquell nom.

—¿A Sant Cugat, dius?

—No, mare, a Zanzíbar! —vaig cridar.

Va ser inútil. Ella havia entès Sant Cugat i no hi havia qui la fes baixar del burro. Es va engegar a parlar d'una excursió que havia fet a Sant Cugat de jove i em va comentar que li havia semblat «un paradís». La paraula paradís, pel que es veia, estava molt devaluada.

—Per cert, fill —va canviar de tema—, ¿com et va la feina de detectiu?

—Molt bé —li vaig dir, recordant la mentida piadosa que li havia dit—. El desaparegut que buscava ja és a casa. Tot ha acabat bé.

—Gràcies a Déu! —va celebrar la mare—. Segur que ha estat per les meves novenes a Santa Rita, perquè si s'hagués hagut de refiar de tu, el pobre encara estaria a les quimbambes...

Em pensava que continuaria amb la seva habitual col·lecció de retrets —que si era un pollós, un gandul, un poca-solta, un trinxeraire....—, quan, per sorpresa, va canviar de to.

—Ai, fill, gairebé me n'oblidava —va dir amb una veu que presagiava admiració—. ¿Saps que et vaig veure a la televisió amb el president? Era en una estrena de teatre i se us veia a tots dos parlant animadament. ¿Per què no em vas dir que el coneixies? No, si al final encara en farem alguna cosa de tu...

Li vaig dir que la passaria a veure l'endemà sens falta i, quan vaig penjar, vaig intentar pensar en la conversa que havia tingut amb el president al vestíbul del Tívoli. ¿De què havíem estat parlant? No aconseguia recordar-me'n. Ni m'importava, de fet. Preferia pensar en Zanzíbar. O en la Laia. ¿On devia ser? ¿On podia haver anat després del desallotjament de Kan Gamba?

Mentre pensava en el seu cos de sirena, li vaig trucar al mòbil. Tenia ganes d'explicar-li com era Zanzíbar, de parlar-li de la terrassa de l'Africa House, dels carrers de Stone Town, del balcó de l'Spice Inn...

—¿Laia? —vaig preguntar quan va despenjar. La seva veu m'arribava apagada, amb un soroll de fons que semblava la remor del mar.

—¿Ets tu, Max? Quina alegria! —em va rebre amb una rialla transparent que va aconseguir el prodigiós efecte que la veiés de sobte davant meu, pura realitat virtual.

—Acabo d'arribar de fora i m'han dit que us han desallotjat de Kan Gamba —li vaig explicar—. ¿Estàs bé, Laia?

—Va ser una putada —va escopir amb una veu fosca—. La pasma va arribar de matinada i ens van atacar amb pots de fum i amb bales de goma. Vam mirar de resistir, però les barricades no van servir de res...

—¿I què penses fer ara?

—¿Ara? —va riure—. No ho sé, però ja et vaig dir que per als okupes res no és per sempre. ¿Endevina on sóc?

—¿Al Corte Inglés tirant de Visa?

—No siguis tonto, Max! Sóc a Formentera!!! —Em va venir al cap la música de King Crimson: «*Formentera Lady, dance your dance for me. Formentera Lady, dark lover...*»—. Estava tan emprenyada i em sentia tan impotent que vaig decidir que el millor que podia fer era marxar de Barcelona per uns dies i anar-me'n a un lloc tranquil...

—¿I t'agrada?

—M'encanta! És un paradís, és just com l'havia somiat.

Era a punt de dir-li que no es mogués de l'illa, que de seguida que pogués agafaria un avió per reunir-me amb ella, quan va afegir:

—¿Saps el millor de tot, Max? En el barco que em portava d'Eivissa he conegut un guitarrista escocès collonut i m'he enrotllat amb ell... Deu ser cosa del destí, ¿oi?

Li vaig dir que segur que era cosa del destí, o del karma, o del que fos.

Vam comentar la detenció del Charly i els seus companys, ens en vam felicitar i vam recordar la Bea, tancada a la gàbia d'or de Vallvidrera. Després, li vaig desitjar molta sort, li vaig enviar un petó i vaig penjar. Adéu, Laia, adéu...

Estava mirant de pair el que m'acabava de dir quan van trucar a la porta. Era el Roc, amb un paquet aparatós embolicat amb paper blau i amb un gran llaç groc.

—T'he portat un regalet, Max —em va anunciar mentre em passava el paquet.

—¿Què és? —li vaig preguntar, escèptic.

—Obre-ho i ho veuràs.

Intrigat, vaig estripar el paper i va aparèixer un test pintat de colors psicodèlics, amb una planta de maria al mig.

—És petita —va somriure el Roc—, però ja creixerà.

Li vaig donar les gràcies de tot cor. Era el que faltava perquè tot tornés a ser al seu lloc, per esborrar el rastre nefast del pas de la meva cunyada.

—L'Anna i jo hem anat aquest matí a veure el Tomàs —em va explicar mentre ens fumàvem un porro ben carregat—. També hi era l'Alba.

—¿I com està ella?

—¿La Clàudia? Fleuma, com sempre, però encantada que el seu Tomàs hagi tornat. No para de rebre visites i d'explicar tots els seus patiments amb pèls i senyals.

—¿I el Tomàs?

—Li van recomanar que es quedés uns dies a la clínica, però ell va insistir per anar a casa. Se'n moria de ganes. Ja està en tractament per la malària, però sembla que no és greu. A part d'això, té una gran debilitat.

—I diarrea.

—Sí, i una gran i incontrolable diarrea —el Roc va moure les mans intentant dibuixar la magnitud de la tragèdia—, però ell diu que amb les atencions de la Clàudia es refarà de seguida... Ah, per cert, en el seu recompte de tornada la seva estimada i sacrificada esposa ha trobat a faltar tres ampolles de xampany de la nevera.

Vaig riure. ¿Com s'ho farien a partir d'ara per celebrar res? Haurien d'esperar que sortís una altra oferta de supermercat, si és que la situació econòmica i la moral estricta del Tomàs, en segons quins temes, és clar, ho permetien.

—El gran disgust del Tomàs, però, l'ha tingut amb els nens —va continuar el Roc—. Després d'una emotiva escena de retrobada, la Mònica li ha dit al seu pare que sabia un conte nou i, mentre el Tomàs s'escoltava embadalit la nineta dels seus ulls, ella ha començat a explicar-ne un sobre un pagès que regava amb amor una formosa planta de maria i una mala puta que l'hi llançava a les escombraries sense contemplacions... El Tomàs ha estat a punt de morir d'un atac de cor. Quan la Mònica s'ha defensat dient que l'hi havies explicat tu, la Clàudia ha tret tota l'artilleria per desacreditar-te. La molt puta ni se'n recorda que el Tomàs és amb ella gràcies a tu...

—No ve d'aquí... —vaig arronsar les espatlles—. La veritat és que espero trigar molt a tornar a veure aquesta bleda. Prefereixo mil vegades que malparli de mi. Almenys no vindrà a agrair-me els serveis prestats amb una ridícula figureta de Lladró, Coca-Coles light i somriures llefiscosos... Per cert —vaig passar full—, ¿ja han interrogat el Tomàs?

—No siguis il·lús, Max —va somriure el Roc—. ¿En quin món vius? No veus que per això no hi ha cap pressa... Els diaris ja han publicat que el Charly i els seus amics són a la presó i que l'incendi va ser només cosa seva. Aquesta és la versió oficial. M'hi jugo el que vulguis que ningú més en sortirà esquitxat.

—Però si sabem que va ser ell qui va engegar el joc brut —vaig protestar.

—¿I què? —el Roc va arronsar les espatlles—. Ja vas sentir el Dalmau: si no hi ha proves no hi ha res a fer, i els advocats de Masdeu i Associats estan fent mans i mànigues per demostrar que tant el Morera com el Tomàs són dos angelets innocents que ignoraven les malifetes del Charly.

Mentre aspirava ben fort el fum del porro, vaig tenir un record per als okupes que continuaven lluitant i pel seu eslògan preferit: «Un desallotjament, una okupació!». Haurien de vèncer molts obstacles abans de poder viure com volien, haurien de passar per moltes cases, per molts domicilis provisionals. Ho tenien tot en contra i ho sabien, però no per això renunciaven a reivindicar una manera diferent de viure. També vaig pensar en el Tomàs. ¿Quin futur l'esperava? Molt probablement, aviat tornaria a treballar d'advocat com si res no hagués passat i tornaria a portar una vida monòtona i avorrida amb la figaflor de la seva dona i amb els seus dos fills de laboratori. El més irònic de tot era que el Tomàs continuaria prohibint al David i a la Mònica que miressin les sèries violentes de la televisió, però que mai no els diria que ell s'havia embrutat les mans pagant uns skins perquè agredissin els okupes. Contradiccions de la doble moral... I el pitjor de tot era que quan molt de tant en tant me'l trobés en algun dinar de família, em tornaria a parlar del preu del diner i de la conveniència de fer-me un pla de pensions, com si no hagués passat res. Uf!

—Ah, una altra cosa —va afegir el Roc—, el teu estimat cunyat va explicant a tothom que el vulgui escoltar que Zanzíbar és una illa infecta, plena de porqueria i sense cap encant. En parla com si fos pitjor que un camp de concentració nazi.

—Millor —em vaig alegrar; el molt sòmines havia estat al paradís, però no s'havia assabentat de res—. Els neures com ell no fan cap falta a Zanzíbar.

—El que més greu els ha sabut al Tomàs i la Clàudia —va rematar el Roc el repàs de novetats— és descobrir que tota la seva col·lecció de figuretes de Lladró està destrossada.

Vaig somriure. No me'n recordava de la progessiva destrucció d'aquelles figuretes ridícules, però tenia clar que no n'estava penedit. La Clàudia s'ho mereixia. Allò i molt més. Ella m'havia llançat la meva planta de maria i jo havia acabat amb el seu Univers Lladró.

—Jo he donat les culpes a la pasma —va dir el Roc—. Els he explicat que l'inspector González va fer un escorcoll molt barroer i amb molta mala llet, però em temo que la Clàudia s'ensuma la veritat.

—¿I l'Anna, com està? —vaig canviar de tema. Em cansava parlar de la meva cunyada—. ¿Encara parla d'adoptar una xineta?

—No cridis el mal temps, Max! —em va frenar el Roc amb un gest exagerat de les mans—. De moment li ha passat la neura, però ara insisteix que ens convé anar a viure a l'Empordà i tenir un hort com el de l'Alba... Però, parlant de dones, digues —em va fer l'ullet, buscant una complicitat de col·legues—, ¿com va el teu rotllet amb la Laia?

—De puta mare —vaig mentir per fer-lo content.

—Vigila, que no se't compliqui —em va aconsellar—, que jo tinc experiència en aquestes coses. Es comença jugant, pensant que ho controles tot, i al final t'hi fots de quatre grapes.

—Tranquil, que no és el cas —vaig somriure—. ¿I tu, com vas de dones?

—¿Dones, dius? ¿I què és això? —em va mirar amb ulls d'esverat—. Ja et vaig dir que a partir d'ara només la faig servir per pixar. Tu rai, Max, que totes et ponen, però a mi... Entre l'ensurt de la xineta i el del pis de la Diagonal se m'hi ha fet un nus que no hi ha qui el desfaci. Per cert, parlant del tema, me'n vaig a canviar l'aigua a les olives.

Mentre el Roc anava al lavabo, em vaig acostar a la finestra. Em feia tanta il·lusió veure com tot tornava a ser al seu lloc, com tothom tornava a complir amb el seu paper de cada dia, que em van venir ganes de posar-me a dibuixar. Zanzíbar, evidentment. Vaig treure un full i un llapis del calaix, vaig seure a la taula i vaig començar a dibuixar una posta de sol, tal com l'havia vist des de la terrassa de l'Africa House. El mar, d'un increïble color blau turquesa, estava en calma, i una barca de vela llatina navegava per la línia de l'horitzó, just davant d'un sol que es desfeia en mil colors. Com al paradís...

—¿T'he parlat mai de Zanzíbar? —li vaig preguntar al Roc quan va tornar del lavabo.

—Centenars de vegades, Max —va esbufegar—. O, millor dit, milers, milers de vegades...

# *Agraïments*

L'autor vol donar les gràcies públicament a l'escriptor Einar Örn Gunnarson i al clima d'Islàndia. Al primer, per facilitar-li una llarga i profitosa estada a Reykjavík, durant l'estiu del 2001; al segon, per convence'l que —donades les circumstàncies ambientals de fred, vent i pluja—, el millor que podia fer era quedar-se tancat hores i hores a casa. Tots dos van ser decisius per donar l'impuls definitiu a *Zanzíbar pot esperar.*